Illustration:
Gestaltung: **Ingo Kunzi / www.bzwDobler.de**
Fotografie: **Wuschel Greiner**

Porträtfoto
der Autorin: **Sandra Richter Fotografie, Lorch**

Marina Kunzi

Sondereinsatz SchoWo

Ein mörderisches Stadtfest

Wilhelm Busch sagte schon:
„Es ist ein lobenswerter Brauch:
Wer was Gutes bekommt, der bedankt sich auch.“

Und ich habe sehr viel Gutes bekommen. Sowohl nach dem Erscheinen meines ersten Buchs, als auch während der Entstehung des zweiten. Ich möchte deshalb dem lobenswerten Brauch folgen und Danke sagen.

DANKE an alle, die meinen „Erstling“ gelesen und mich ermutigt haben, weiter zu schreiben.

DANKE Sabine Fischer, die Nachtschichten eingelegt hat, damit die Veröffentlichung termingerecht zur SchoWo klappt. Sabine, ich habe viel gelernt, dafür noch ein extra Dankeschön.

DANKE an Edith. Mutsch, du hast mir den Rücken frei gehalten, damit ich Zeit zum Schreiben finde.

DANKE an meinen Bruder Ingo und an Bibi für all' die Unterstützung, die ihr mir gegeben habt.

DANKE an alle meine „Testleser“, die wieder hervorragende Arbeit geleistet haben. Dieser Sondereinsatz ist einen Applaus meinerseits wert. Danke an Alex, Anja, Bibi, Gabi, Hendrik, Mone, Peti, Rose, Sonse, Yvonne und Wuschel.

DANKE Nummer zwei an Wuschel, die im letzten Jahr lange mit mir über die SchoWo getigert ist, um das Titelbild zu schießen.

DANKE an bzwDobler. Vor allen Dingen danke ich hier Katrin und Jürgen, die mich unterstützt und mich auch durch das Projekt SchoWo begleitet haben. Wir haben einen guten Anfang gefunden.

Für Günter
Vater und bester Freund

Und dann wäre da noch eine Kleinigkeit:

Alle, die Schorndorf nicht so gut kennen und die mit Marktplatz, Archivplatz, „Lago Blamabile“ nichts anfangen können, bitte ich, die Seiten 283 und 284 zuerst aufzuschlagen. Ich habe versucht eine kleine Übersichtskarte zu erstellen, um euch zumindest die Schauplätze ein wenig näher zu bringen.

Besser aber ist: Kommt selbst und schaut es euch an.

Schorndorf ist eine Reise wert!

Kapitel 1

Donnerstag, 11. Juli 2013 - 18:25 Uhr

Ich schieß dich auf den Mond und uns're Träume hinterher. Gib mir mein Herz zurück, da oben brauchst du's ja nicht mehr. Ich schieß dich auf den Mond...« Hannah Berger sang lauthals den Text des Schlagers mit und wischte mit einem Staubtuch, tanzend, über ihre dunklen Wohnzimmermöbel. Ihr Kater Hero saß auf dem Kratzbaum und beobachtete sie kritisch. Was war nur in sein Frauchen gefahren? Als hätte Hannah seinen Blick bemerkt, ging sie auf den Kater zu und kraulte ihn hinter den Ohren. »Ach mein Kleiner, ist das nicht herrlich?« Wieder begann sie zu singen: »Urlaub, endlich Urlaub ...« Ihr Gesang übertönte die Werbung, die nach Andrea Berg jetzt im Radio lief. Die Sonnenstrahlen, die durch das große Blumenfenster schienen, zeigten gnadenlos, an welchen Stellen Hannah nicht gründlich genug gewesen war. An anderen Tagen hätte sie sich über die Wahl der Möbelfarbe geärgert, heute allerdings war sie viel zu gut drauf. Sie ging in die Küche, wusch den Lappen aus, wischte über die noch staubigen Stellen und ließ sich dann aufs Sofa fallen. Hochglanz weiß ist doch keine Herausforderung, dachte Hannah und grinste. Sie griff nach ihren Zigaretten und schaute auf

die Uhr. Es war fast halb sieben. Sie hatte also schon über eine Stunde damit zugebracht, ihre Wohnung auf Vordermann zu bringen. Zufrieden schaute sie sich das Ergebnis an. Jetzt konnte der Urlaub losgehen. Es war zwar nur eine Woche oder, genau genommen, mit dem morgigen Freitag eine Woche und ein Tag. Aber was machte das schon. Das verkürzte zumindest die Wartezeit bis zu ihrem Finca-Urlaub im August.
Hannah hatte sich diese Woche Auszeit gegönnt, um in vollen Zügen die SchoWo zu genießen. Das Schorndorfer Stadtfest war schon immer „ihr Fest“ gewesen. Hannah lehnte sich zurück, blies den Rauch ihrer Zigarette in kleinen Kringeln in die Luft und ließ ihre Gedanken schweifen. 2013 sollte ihr Jahr werden und bisher war es das auch. Ihre Trennung von Markus lag ein Jahr zurück. Sie schüttelte den Kopf. »Ich kann es noch immer nicht glauben. Es kommt mir vor, als wäre es gestern gewesen.«, sagte sie zu Hero, der sich mittlerweile neben sie gesetzt hatte und mit ihrem Feuerzeug spielte. »Weißt du noch Dickerchen,« fuhr sie fort, »wie es mir damals ging? Ich war ein bemitleidenswertes, heulendes Elend, bis...« Ja, bis diese Sache am Berghofsee passierte. Damals steckte sie in einem absoluten Tief und kannte sich selbst nicht mehr. Markus hatte ihr das Herz herausgerissen, zumindest einen Teil davon. Am Tiefpunkt angelangt, hatte sie beschlossen, dass es so nicht weitergehen konnte und das Projekt „Raus aus dem Loch" gestar-

tet. Im Nachhinein gesehen mehr als erfolgreich. Hannah lächelte. Sie dachte an ihren Shoppingwahn und die stundenlangen Ausflüge auf den Inlinern. Sie dachte an ihren einsamen Tauchgang im Berghofsee und den Fund der Frauenleiche. Sie dachte an ihren Alleingang bei der Suche nach dem Mörder und, jetzt lächelte Hannah nicht mehr, dass dieser Alleingang sie beinahe das Leben gekostet hätte. Sie dachte an Lu Odermatt, den Kripobeamten der den Fall damals bearbeitet hatte. Er hatte etwas für sie übrig, das wusste Hannah, aber sie wollte und konnte sich damals auf nichts Neues einlassen. Viel zu tief saß der Schmerz, den Markus ihr zugefügt hatte. Ein paar Mal waren sie und Lu danach noch ausgegangen. Die Abstände zwischen den Dates wurden größer. Jetzt telefonierten sie nur noch gelegentlich miteinander. Lu Odermatt hatte scheinbar aufgegeben, um sie zu kämpfen. Schade, er war ein toller Kerl und sie hatten viele gemeinsame Interessen, aber das hatte Hannah wohl vergeigt. Jetzt einen Schritt auf ihn zuzugehen, ließ ihr Stolz nicht zu.

»Ach, wer braucht schon Männer?«, wandte sie sich wieder an Hero, der noch immer mit dem Feuerzeug beschäftigt war. »Ich hab doch dich, mein Kleiner.« Zugegeben war „Kleiner“ bei Hero nicht mehr angebracht. Aus ihrem verschlafenen kleinen Kätzchen war mittlerweile ein stattlicher Kater von fast 6 Kilo geworden. Hannah streichelte über sein weiches Fell.

»Du warst definitiv die beste Investition im letzten Jahr.« Hero sah sie an, legte seine Vorderpfoten auf ihren Oberschenkel und forderte seine Streicheleinheiten. Hannah begann ihn zu kraulen und dachte wieder an den turbulenten Sommer 2012. Zum Glück war alles gut ausgegangen und ihr war bewusst geworden, dass auch ohne ihren Traumtypen das Leben schön und aufregend sein konnte. Natürlich konnte sie Markus nicht vergessen. Ab und zu verspürte sie auch noch einen kleinen Stich oberhalb der Magengegend, wenn sie ihm zufällig begegnete. Dann dachte sie an die Aussagen ihrer Freunde und Familie. »Der hat dich doch gar nicht verdient. Selbst schuld, wenn man jemanden wie dich gehen lässt.« Sie selbst sah das damals zwar anders, denn er hatte es geschafft, dass sie sich klein, dumm und unverstanden fühlte. Mittlerweile aber war das Selbstvertrauen wieder da. Stärker noch, als vor der Beziehung mit ihm. Sie war auf dem besten Weg, ihn als das zu sehen, was er ihrer Meinung nach war. Ein Mann, der mehr Wert darauf legte, „Everybody's Darling“ zu sein, als auf eine funktionierende Beziehung.
»So, Schluss jetzt!« Hannah schlug mit der flachen Hand auf den poliboyglänzenden Wohnzimmertisch. Hero sprang vom Sofa. »Tut mir leid mein Süßer, ich wollte dich nicht erschrecken. Ich muss mich nur selbst bremsen und dieses unleidige Kapitel endlich abschließen. Er ist es nicht wert, dass ich noch einen

weiteren Gedanken an ihn verschwende.« Entschlossen, dieses unschöne Kapitel in ihrem Leben abzuschließen, stand Hannah auf und ging ins Bad, um sich fertig zu machen. Heute war Donnerstag und diesen verbrachte sie, wenn es ihr möglich war, gerne beim Mädelsabend in der Kurv. D'Kurv war als einziges Lokal im ansonsten verschlafenen Steinenberg Treffpunkt für Jung und Alt. Jeden Donnerstag arbeitete ihre Freundin Babsi dort. Sie musste Babsi heute unbedingt sehen, um sich mit ihr für die SchoWo zu verabreden. Auch das war schon obligatorisch. Ein Abend gehörte Babsi. Einen anderen verbrachte sie mit Jacky, Sophie und Bea. Der dritte war dieses Jahr für ihren Saunaclub „Sisters in Sweat“ oder kurz „SIS“ reserviert. Tja, so eine SchoWo bedeutete auch ein wenig Freizeitstress. Aber natürlich positiven, und mit dem konnte Hannah mehr als gut umgehen. Als sie mit ihrem Outfit zufrieden war, schnappte sie sich Hero und trug ihn die Treppen hoch zu ihrer Mutter. Klara wohnte im Dachgeschoss desselben Hauses. Sie war als Katzensitter unersetzlich, denn Hannah hätte es nicht übers Herz gebracht, Hero stundenlang alleine zu lassen. Kaum an der Tür angekommen, strampelte ihr Kater wie ein Wilder und wollte vom Arm herunter. Schnell drückte sie die Klinke nach unten und warf ihn beinahe in den Flur, bevor er seine Krallen ausfahren konnte. Er rannte ins Wohnzimmer und lag, als Hannah dieses betrat, schon bei Klara auf dem

Schoß. Was für ein Schmuser, grinste Hannah und begrüßte ihre Mutter, um sich auch gleich wieder zu verabschieden. »Ich gehe noch kurz zu Babsi, bin aber bald wieder da.« Ihre Mutter sah lachend zu ihr hoch. »Wer's glaubt. Das wäre das erste Mal, dass du früh aus der Kurv zurück bist, wenn du am nächsten Tag nicht aufstehen musst.« Hannah zwinkerte ihr zu. »Ich hab es mir zumindest mal vorgenommen. Sollte es doch spät werden, darf Hero dann bei dir schlafen, damit ich ihn nicht wecken muss?« »Aber klar doch. Wir zwei werden es uns heute so richtig gemütlich machen.« Hannah beugte sich nach unten, drückte ihrer Mutter noch einen Kuss auf die Wange, streichelte Hero über den Kopf und verließ mit einem »Ich bin dann mal weg!« die Wohnung.

Donnerstag, 11. Juli 2013 - 18:40 Uhr

»Mein ehemaliger Chef würde jetzt sagen: hier ist die Hebamme nicht mehr schuld.« Während er aufstand, zog er sich die Latexhandschuhe aus, wischte sich die verschwitzten Hände an seiner Jeans ab und warf noch einen letzten Blick auf die am Boden liegende Frau. Das Blut aus ihrer Wunde am Hinterkopf hatte einen hässlichen braunen Fleck auf dem hellen Teppichboden hinterlassen. »Ich denke, wir können ein Fremdverschulden ausschließen. Alles weist darauf hin, dass sie sich beim Fallen den Kopf am Nachttisch angeschlagen hat. Was meinst du?« Cornelia Wächter nickte zustimmend. Auch sie schaute noch einmal zu der alten Dame. Sie sah friedlich aus. Es schien beinahe, als würde sie lächeln. Das geblümte Baumwollnachthemd, das sie trug, erinnerte Cornelia, die von allen nur Corry genannt wurde, an ihre eigene Oma. »Wahrscheinlich ist sie aufgestanden und ihr wurde schwindelig. Zur Sicherheit sollte sich das aber die Rechtsmedizin noch anschauen.« »Ja, da bin ich ganz deiner Meinung.« Er nickte dem Bestatter zu, der mit seinem Mitarbeiter in einer Ecke des stickigen Raumes stand und wartete, bis er den Leichnam abtransportieren durfte. »Ich denke, wir können jetzt auch ein Fenster öffnen«, wandte er sich an die beiden und schob seine Kollegin durch den angrenzenden Flur Richtung Wohnzimmer. Lu Odermatt war jetzt schon über ein Jahr bei der Mordkommission, aber an den süßlichen Geruch der Verwesung konnte er sich beim besten Willen nicht gewöhnen. Er würgte und wandte sich an Corry, die ihn belustigt anschaute. »Ich kann nicht verstehen, wie du das aushältst.« »Ich hab dir schon ein paar Mal gesagt, dass du durch den Mund atmen sollst«, antwortete sie mit einer Gelassenheit, die beispiellos war. Cornelia Wächter und Lu Odermatt waren seit seiner Versetzung nach Waiblingen ein Team und hatten schon den einen oder anderen schlimmen Einsatz gehabt. »Den thailändischen Ti-

gerbalsam lehnst du ebenfalls ab.«, fuhr sie fort. »Mehr Tipps habe ich leider nicht für dich. Eine Gasmaske würde einfach bescheuert aussehen.«
Sie hatten das Wohnzimmer erreicht und ihr Geplänkel verstummte. Die Luft in dem abgedunkelten Raum war auch nicht besser, als die im Schlafzimmer. Es roch, leicht nach Ammoniak, dem Geruch des Alters. Lu versuchte, flach zu atmen. Corry beobachtete ihren Kollegen, ging zum Fenster, zog den Rolladen hoch und öffnete es weit. Der Mann, der zusammengekauert im Sessel saß, erhob sich. Auch er hatte die achtzig lange überschritten und stand etwas wacklig auf. »Bleiben Sie doch sitzen!«, wandte sich Lu an ihn. Er zog sich einen Stuhl heran und setzte sich dem alten Mann gegenüber. Corry hatte das zweite Fenster und die Balkontür geöffnet. Dankbar nahm Lu den leichten Luftzug wahr, der das Atmen jetzt ein wenig erträglicher machte. »Sie haben also Frau Meier gefunden und den Rettungsdienst angerufen?«, fragte er sanft. Der alte Mann faltete die Hände im Schoss, sah ihn traurig an und nickte. »Ja«, antwortete der Nachbar, immer noch nickend. »Mir ist aufgefallen, dass Erna schon seit zwei Tagen ihre Zeitung nicht mehr aus dem Briefkasten geholt hatte. Wissen Sie, mit ihren 93 Jahren war sie, zumindest im Kopf, noch ganz schön fit. Die Zeitung war, neben diversen Nachrichtensendungen und Talkshows im Fernsehen, ein Höhepunkt ihres Tagesablaufs.« Er hielt inne und

schaute Richtung Schlafzimmer. Tränen liefen über seine Wangen. Lu stellte routinemäßig die notwendigen Fragen, während Corry versuchte, die Tochter der Toten zu erreichen.

Eine halbe Stunde später verließen sie die Wohnanlage. Corry wandte sich an ihren Kollegen, der gerade dabei war, den Wagen aufzuschließen. »Die Tochter macht sich furchtbare Vorwürfe. Normalerweise ruft sie ihre Mutter jeden Abend an, aber da sie geschäftlich im Ausland war, hat sie sich zwei Tage lang nicht gemeldet. Sie hat mir erzählt, dass ihre Mutter in letzter Zeit massive Herzprobleme hatte. Die Versuche, sie in ein Pflegeheim zu bringen, scheiterten aber an der Sturheit der alten Dame. Stell dir vor, sie hat sich in ihrem hohen Alter noch immer komplett selbst versorgt.« Corry stieg zu Lu ins Auto und schaute ihren attraktiven Kollegen von der Seite an. »Du hast dich noch immer nicht daran gewöhnt, oder?« Lu schüttelte den Kopf. »Ich glaube, das wird nie passieren. Hätte nicht gedacht, dass mich das jedes Mal so mitnimmt. Das ist etwas ganz anderes, als das organisierte Verbrechen und Bandenkriminalität.« Er passierte das Ortsschild von Grunbach und fuhr auf die B29 Richtung Waiblingen. »Weißt du«, versuchte Corry ihn aufzubauen, »man darf es einfach nicht zu nah an sich heranlassen.« Sie wusste, dass dies nur wenige schafften, aber es war nun mal ihr Job. Corry dachte an den ersten Mord, den sie mit ihrem damals neuen Kollegen bearbeitet hatte. Eine tote Frau im Berghofsee in Steinenberg. Sie dachte an Hannah Berger, eine Freundin von ihr, die die Tote beim Tauchen gefunden hatte. Während sie in ihrer Tasche nach einem Pfefferminz kramte, wandte sie sich wieder an Lu. »Was ist eigentlich mit Hannah? Hast du mal wieder was von ihr gehört?« Sein Blick verfinsterte sich noch mehr. »Im Moment herrscht Funkstille. Sie blockt alle meine Bemühungen um ein Treffen ab. Wir telefonieren hin und wieder, aber mehr ist da nicht.« Corry nickte verstehend. Lu hatte sich bei den Ermittlungsarbeiten in Hannah verliebt, das war offensichtlich, aber leider war die beziehungsgebeutelte Hannah nicht bereit für etwas Neues. Sie fand das sehr schade, denn ihr Kollege war nicht nur sehr attraktiv, sondern einfach ein toller, liebenswerter Mann, den sie Hannah von Herzen gegönnt hätte. »Schade, dass wir am SchoWo-Wochenende Bereitschaft haben. Da hätten wir uns ganz unverfänglich mit ihr treffen können.« Lu hielt an der Ampel, die gerade von grün auf orange schaltete. An jedem anderen Tag wäre er durchgefahren, aber jetzt wollte er Corry ins Gesicht sehen. Er suchte nach den richtigen Worten und fuhr sich durch die kurzen Haare. »Du weißt, dass ich deine Freundin sehr gern habe und sie auch verstehe, aber irgendwann musste ich einsehen, dass es keinen Sinn macht. Sie kann einfach nicht vergessen, dass sie

so verletzt worden ist, aber lassen wir das Thema einfach, ok?« Jetzt war es an Corry zu nicken und den restlichen Weg bis zur Kriminaldirektion verbrachten sie schweigend.
»Hör mal Lu«, wandte sich Corry beim Aussteigen an ihren Kollegen. Sie verschränkte die Arme auf dem Autodach, legte den Kopf darauf und sah ihn mit ihren großen, braunen Rehaugen bittend an. »Würde es dir etwas ausmachen, den Bericht alleine zu schreiben? Rainer wollte mit mir und den Kindern heute noch in den Biergarten. Wir haben schon so lange nichts mehr zusammen unternommen, weil er gerade unheimlich viel arbeiten muss. Heute Morgen bin ich davon ausgegangen, dass einem pünktlichen Feierabend nichts im Weg steht.« Sie machte eine kleine Pause und hob die Augenbrauen. »Was meinst du?« Lu Odermatt lächelte. »Na klar, verschwinde schon. Ich möchte eurem Familienfrieden nicht im Weg stehen.« Corry sah ihn dankbar an. »Grüß alle ganz lieb von mir und richte deinem Mann aus, dass er ein wenig kürzer treten soll. Sag ihm, dass eine so tolle Frau es verdient, dass man ihr Zeit opfert. Den Bericht bekomme ich locker alleine hin, außerdem habe ich sowieso nichts vor.« Sie war an ihrem Wagen angelangt. Bevor sie jedoch einstieg, drehte sich Corry noch mal zu ihm um. »Du könntest ja Hannah anrufen«, meinte sie grinsend. Ohne seine Antwort abzuwarten, stieg sie schnell ein und fuhr davon. Lu blieb noch kurz auf

dem Parkplatz stehen und sah ihr nachdenklich hinterher.

Eine halbe Stunde später fuhr er den Rechner runter und sah auf seine Uhr. Es war kurz nach acht. Und jetzt? Sollte das wieder einer der Abende werden, an denen er grübelnd auf der Couch saß und über seine gescheiterte Ehe nachdachte? Seine Entscheidung, vom Bodensee nach Schorndorf zu ziehen, in Frage stellte? Er mochte seinen neuen Job und auch die Kollegen, aber manchmal fühlte er sich einsam. So richtig war er hier im Remstal noch nicht angekommen. Dieses Gefühl des Nichtdazugehörens war immer dann gänzlich verschwunden, wenn er mit Hannah zusammen war. Sie hatte ihn von Anfang an nicht als Fremden behandelt. Ihre natürliche, aufgeschlossene Art, mit der manche Menschen nicht umgehen konnten, war ein Punkt, den er besonders an ihr liebte. Aber da gab es durchaus noch mehr. Ja, Corry hatte recht, er war in sie verliebt. Im letzten Sommer war er sich sicher, dass es kein Problem darstellen würde, zu warten, bis Hannah bereit für etwas Neues war. Jetzt, nach fast einem Jahr, war er sich nicht mehr so sicher. Sie hatte von Anfang an nicht mit ihm, sondern mit offenen Karten gespielt. »Ich möchte im Moment keine neue Beziehung, obwohl ich dich sehr gern hab«, hatte sie anfangs zu ihm gesagt. »Lass uns einfach Freunde sein und sehen, was sich daraus entwickelt.« Bis heute leider nichts. Lu schloss seinen Wagen auf und setzte sich hinters Steuer. Noch bevor er den Schlüssel ins Zündschloss steckte, zog er sein Handy aus der Hosentasche. In den Kontakten suchte er nach Hannahs Nummer. Bevor aber die Verbindung hergestellt wurde, legte er wieder auf. Wie blöd, heute war Donnerstag. Hannah saß womöglich schon bei Babsi und den anderen Mädels in der Kurv. Resigniert steckte er das Handy wieder ein und nahm sich vor, Hannah am nächsten Tag anzurufen. Noch konnte er nicht wissen, dass alles ganz anders kommen würde.

Donnerstag, 11. Juli 2013 - 19:30 Uhr

Hannah parkte ihre Knutschkugel, wie sie den kleinen Peugeot liebevoll nannte, und stieg aus. Mit Freude stellte sie fest, dass die Sanierung des Ortskerns abgeschlossen war. Der neue Spielplatz war wunderschön geworden. Bunte Schaukeln, Rutschen und Wippen standen auf dem Rasen. Es gab sogar einen kleinen Flying Fox. »Es wurde auch langsam Zeit, dass sich hier etwas tut«, überlegte Hannah. Am ersten Projekt hatte ihr Vater noch mitgewirkt, als er damals im Gemeinderat war. Das muss so in den Siebzigern gewesen sein. Hannah warf noch einen wohlwollenden Blick auf die jetzt ansprechende Grünfläche und ging dann die kleine Anhöhe, das sogenannte „Rosabergele“ hinauf Richtung Eingang. Er befand sich genau gegenüber der Kirche, in der Hannah getauft und konfirmiert worden war. Wie in vielen Gemeinden lagen Gaststätte und Kirche nah beieinander. Sie blieb kurz stehen und betrachtete fasziniert das alte Gebäude. Der Kirchturm ragte hoch in den wolkenlosen Himmel. Sie dachte an ihren Lieblingspfarrer, der leider schon lange nicht mehr in Steinenberg tätig war. Ein besonderer Mensch, der ab und zu samstags mit seinen Schäfchen am Stammtisch gesessen und ein Viertel Wein getrunken hatte. Damals hieß d'Kurv noch Rose. Immer hatte er sich mit den Worten »So, jetzt war ich bei euch, dann könnt ihr morgen ja zu mir rüberkommen«, verabschiedet. Hannah lächelte. Sie hatte ihn sehr gemocht. Er war cool und weltoffen.

Sie ging weiter und erreichte die Terrasse, die, wie meist bei so herrlichem Wetter wie heute, voll besetzt war. Mit einem lauten »Hallo« in die Runde begrüßte Hannah alle Anwesenden, konnte aber Babsi nicht entdecken. Also ging sie rein und fand ihre Freundin hinter der Theke. Babsi schaute von dem Glas hoch, in das sie gerade ein Bier einlaufen ließ. »Hannchen«, rief sie erfreut und unterbrach ihre Arbeit, um Hannah in die Arme zu nehmen. »Schön, dass du da bist. Ich dachte, du würdest heute mal aussetzen.« Hannah lachte. Babsi war einfach ein Schatz und sie war froh, dass sie sich für heute doch nicht „kurvenfrei" genommen hatte. Eigentlich wollte sie ja mal wieder einen ganz gemütlichen Abend auf der Couch mit

Hero und Klara verbringen. Anlässlich des genialen Wetters aber hatte Hannah sich ganz schnell umentschieden. Das konnte sie durchaus auf einen Regentag verschieben.

»Was magst du trinken?«, fragte Babsi. »Ein Roséschorle?« Hannah überlegte nicht lange. »Du wirst lachen, aber mach mir doch bitte ein Kirschsaftschorle. Alkohol bekomme ich vermutlich in den nächsten Tagen genug.« Babsi nahm ein großes Glas vom Regal. »Das könnte durchaus möglich sein«, lachte sie. »Steht das mit Samstag?« »Natürlich!« Hannah nahm durstig einen großen Schluck von dem eiskalten Getränk. »Ah, das tut gut.« Sie legte beide Hände um das Glas und genoss die angenehme Kälte. »Morgen bin ich mit Sophie, Jacky und Bea unterwegs. Vielleicht treffen wir uns ja beim Moser.« Babsi schüttelte den Kopf. »Ich muss am Samstag arbeiten. Das packe ich nicht, wenn ich den Abend vorher auf der SchoWo bin. Heute wird es sicher auch sehr spät. Ich bin eben keine dreißig mehr.« Babsi zwinkerte ihr zu und füllte das Bierglas, das sie vorhin einfach achtlos stehen gelassen hatte. Auf dem Weg nach draußen drehte sich Hannah um. »Und was soll ich dann sagen? Ich bin immerhin ein paar Jährchen älter als du.« Hannah war achtundvierzig. Sie hatte zwar kein Problem mit ihrem Alter, fragte sich aber immer wieder, wo all die Jahre geblieben waren. Ruckzuck war schon wieder ein Jahr vorbei. Sie schob den Gedanken beiseite, ging

nach draußen und setzte sich auf die Bank am Stammtisch.
Da noch keines der Mädels, mit denen sie hier gerne die Donnerstage verbrachte, anwesend war, lauschte sie den Männergesprächen. Es ging, wie sollte es auch anders sein, allgemein um Fußball und im Besonderen um den VfB. »Es wird Zeit, dass die neue Saison losgeht. Ich bin schon auf Entzug.« »Ich bin mal gespannt, was unser Lampenverein in diesem Jahr leistet. Vor allen Dingen der Neue von Hannover. Wie heißt der nochmal?« »Mohammed Abdellaoue!« »Wir können uns halt keinen Götze leisten, wie die Bayern.« »Also, wenn der Labbadia so weitermacht, wie er aufgehört hat, dann ist er bestimmt bald arbeitslos.« »Davon kannst du aber so was von ausgehen.«
Hannah hörte nur noch mit einem halben Ohr zu. Es war immer das Gleiche. Entweder war das fehlende Geld oder aber der Trainer schuld. Alle, wie sie hier saßen, waren sowieso die besseren Trainer. Komisch nur, dass keiner diese Laufbahn eingeschlagen hatte. Sie trank ihr Glas leer und wollte gerade wieder zu Babsi hineingehen, als Sophie um die Ecke kam. Hannah starrte ihre Freundin mit offenem Mund an. »Was machst du denn hier? Hast du dich verirrt?«, fragte sie überrascht. »Nun tu bloß nicht so, als wäre ich noch nie hier gewesen«, antwortete Sophie empört. »Aber wenn, dann nur mit mir.« Hannah stand auf und nahm Sophie in den Arm. »Egal, ich freu

mich auf jeden Fall unheimlich, dich zu sehen.« Sophie lachte. »Den Eindruck hast du aber vor einer Minute noch nicht gemacht. Du hättest dein Gesicht sehen sollen.« »Ich hätte eben mit allem gerechnet, nur nicht mit dir.« Hannah hakte sich bei Sophie ein und zog sie Richtung Eingang. »Ich war bei meinen Eltern zu Besuch und dachte, ich könnte noch auf einen Sprung bei dir vorbeischauen. Klara sagte mir dann, dass ich dich hier finde.« Hannah war glücklich, dass Sophie hier war. Seit diese nach Bad Cannstatt gezogen war, sahen sie sich leider seltener als früher. Sie wusste, dass das natürlich auch an ihr selbst lag, hatte aber oft viel zu viel um die Ohren, um ihre Freundschaft zu pflegen. Zum Glück war das bei ihnen noch nie ein Thema gewesen, denn sie wussten, dass sie sich aufeinander verlassen konnten. »Babsi wird sich freuen. Ihr habt euch doch auch schon ewig nicht mehr gesehen.« Hannah ließ Sophie vorgehen und wartete, bis die herzliche Begrüßung der beiden vorüber war, dann schlug sie vor: »Lass uns hier an die Theke sitzen, draußen ist sowieso kein Platz mehr.« »Eigentlich schade bei dem Wetter«, erwiderte Sophie, »aber hier drin ist es angenehm kühl, und wir haben etwas mehr von Babsi.« Bald waren sie in ein angeregtes Gespräch vertieft und Klara sollte Recht behalten. Es war schon nach Mitternacht, als Hannah die Tür zu ihrer Wohnung aufschloss. Sophie, die spontan entschieden hatte, erst am nächsten Morgen

nach Hause zu fahren, folgte ihr. »Komm, wir rauchen noch eine, bevor wir schlafen gehen«, schlug Hannah vor und öffnete die Tür zu Terrasse. »Dann trink ich aber noch ein Glas Sekt dazu«, meinte Sophie und ging Richtung Küche. »Magst du auch eins?« Hannah zögerte kurz und antwortete dann: »Klar, ich kann dich ja nicht alleine trinken lassen.«
Als sie es sich kurz darauf in Hannahs Loungemöbeln gemütlich gemacht hatten, fragte Sophie unvermittelt: »Und? Erzähl mal, wie läuft es mit deinem Kriminaloberkommissar?« Hannahs Blick verdunkelte sich, was aber im Schein der Kerze, ihrer einzigen Lichtquelle, nicht zu sehen war. Die Straßenlaternen waren gerade ausgegangen. Zeit für die Steinenberger, ins Bett zu gehen. Sie drehte ihr Glas nachdenklich zwischen den Fingern, nippte kurz daran und gestand ihrer Freundin: »Nicht so gut. Ich glaube, das hab' ich total versemmelt.« Sie sah in Sophies Richtung und fuhr fort: »Es ist schon eine Weile her, dass wir miteinander telefoniert haben. Ich habe ihn wahrscheinlich zu lange auf Abstand gehalten, aber ich war einfach noch nicht so weit.« »Und jetzt bist du es?«, wollte Sophie wissen. Hannah nickte. «Ich denke schon. So hundertprozentig sicher bin ich zwar nicht, aber das ist jetzt sowieso egal. Das hat sich komplett erledigt.« Sophie wollte ihre Freundin ein wenig aufmuntern. »Ach komm schon Süße, nun wirf doch die Flinte nicht gleich ins Korn. Für jeden Topf gibt es einen

Deckel und bis dahin - Frischhaltefolie. Du rufst ihn morgen einfach an und verabredest dich mit ihm auf der SchoWo. Alles andere kommt von ganz alleine.« Sie grinste Hannah an. »Na, mal sehen«, antwortete diese. »Vielleicht weiß mein Verstand morgen ja, was mein Herz will.«

Freitag, 12. Juli 2013 - 02:10 Uhr

Er rannte und rannte. Es war dunkel. Der Junge wusste, dass er dem, was folgen würde, nicht entkommen konnte. Er würde es nicht schaffen, sich irgendwo zu verstecken. Und auch wenn, spätestens Morgen würde er seine Strafe bekommen. Von seiner Angst getrieben, lief er trotzdem weiter. Tränen verschleierten seinen Blick. Dann spürte er eine Hand in seinem Nacken. Sie hatte ihn eingeholt und riss ihn herum. Er strampelte und wehrte sich, aber mit seinen gerade mal zehn Jahren hatte er keine Chance gegen die Frau, die ihm nun gegenüberstand. Sie war riesig und hatte Hände, die an die Pranken eines Bären erinnerten. Ihre Brust hob und senkte sich schnell. Sie atmete wie ein Walross mit schnaubenden Lippen. Als sie sich ein wenig erholt zu haben schien, zog sie einen Ledergürtel aus der Tasche ihrer Schürze und schlug damit auf ihn ein. Immer und immer wieder. Die ersten Schläge brannten wie Feuer unter seinem leichten Nachthemd.

Er weinte und schrie vor Schmerzen, aber die Frau kannte kein Erbarmen. Sie schlug immer wieder zu, bis er nur noch schluchzend auf dem Boden kauerte und die Misshandlungen über sich ergehen ließ.
Etwas klirrte und er erschrak. Er öffnete die Augen und versuchte verschlafen, sich zu orientieren. Er setzte sich auf, erkannte, wo er sich befand und sah auf die Uhr an seinem Handgelenk. Die Uhr war der einzige Wertgegenstand, der ihm noch geblieben war und, egal wie es ihm ging, die würde er niemals verkaufen. Seine Kinder hatten ihm die Uhr zu seinem 50. Geburtstag geschenkt. Konnte es sein, dass das schon über drei Jahre her war? Es war kurz nach zwei. Der Mond stand hoch am Himmel und tauchte seine Umgebung in ein schummriges Licht. Vor der Parkbank, auf der er geschlafen hatte, lagen die Scherben einer Wodkaflasche. Sie musste heruntergefallen sein, während er sich im Traum gegen die unbarmherzige Klosterschwester wehrte. Es war immer wieder derselbe Traum, der ihn Nacht für Nacht heimsuchte. Anton Meininger schaute über den kleinen See, der sich vor der Bank ausbreitete und kramte nebenbei in dem abgenutzten Rucksack, der sein gesamtes Hab und Gut enthielt. Er entnahm ihm ein Dose Bier, öffnete sie und trank einen großen Schluck. Beim zweiten Ansetzen leerte ,er den Rest in einem Zug. Es tat gut, den Schleier zu fühlen, der sich langsam in seinem Kopf ausbreitete. Noch eins und er würde viel-

leicht noch zwei, drei Stunden schlafen können. Auch das zweite Bier war in kürzester Zeit getrunken. Er faltete die braune Cordjacke zu einem Kissen zusammen, legte sie auf das Buch, das auf der Parkbank lag und bettete seinen Kopf darauf. Ein Gedichtband von Schiller war der zweite Schatz, der ihm neben der Uhr noch geblieben war. Alles andere, das er vor zwei Jahren eilig zusammenraffen konnte, als seine Frau ihn rausgeworfen hatte, war mittlerweile in Wodka und Bier angelegt. Er schaute in den Sternenhimmel und dachte wehmütig an sein damaliges Zuhause. Er hatte alles, was man sich wünschen konnte. Eine wunderschöne, liebenswerte Frau. Zwei wohlgeratene, fast erwachsene Kinder. Einen guten Job als Lehrer an der Miesbacher Realschule. Ein kleines Einfamilienhaus in Fischbachau. Alles war perfekt, bis zu dem Tag, an dem sich sein Leben schlagartig änderte. Immer noch hörte er seine Frau mit sich überschlagender Stimme schreien: »Du perverses Arschloch ... Hau ab, pack deine Sachen und verschwinde von hier. Ich will dich nie wieder in meiner oder der Nähe der Kinder sehen.« Er bemerkte nicht, wie ihm Tränen über die Wangen liefen. Kurz darauf war er wieder eingeschlafen.

Kapitel 2

Freitag, 12. Juli 2013 - 07:00 Uhr

Hannah öffnete die Augen und versuchte, das Geräusch einzuordnen, das in ihrem gerade noch erlebten Traum eine andere Rolle gespielt hatte. Sie war in der Karibik zum Tauchen. Die Wellen schlugen gegen das kleine Boot, während sie sich in der Sonne aalte. Lu stand am Steuerpult. Der Anblick seines muskulösen Körpers in dem eng anliegenden Shorty jagte einen Schauer durch ihren Körper. Er hatte das Boot gestartet, das mit einem leisen Brummen langsam Richtung Horizont fuhr. Sie schloss die Augen, um die Bilder zurück zu holen. Da war wieder dieses Brummen, aber das Boot, das Meer und Lu waren verschwunden. Es war das Mahlen ihrer Kaffeemaschine. Sie drehte sich um und stellte fest, dass das Bett neben ihr leer war. »Machst du mir bitte auch einen, Sophie?«, rief sie ihrer Freundin durch die geschlossene Schlafzimmertür zu. Die hört mich bestimmt nicht, dachte Hannah, stand langsam auf und ging durch das halbdunkle Zimmer. Sie war enttäuscht. Zu gerne hätte sie diesen Traum noch ein wenig länger erlebt. Etwas verschlafen streckte sie ihren Kopf durch die Küchentür. An der Spüle stand Sophie und griff gerade in den Schrank, um eine zweite Tasse herauszuholen. »Also hast du mich doch gehört!«, stellte Hannah fest. Sophie drehte sich zu ihr um. »Wahrscheinlich hat dich sogar Klara zwei Stockwerke höher gehört.«, scherzte ihre Freundin. »Übrigens, dir auch einen guten Morgen.« Sophie nahm sich den fertigen Kaffee und stellte die zweite Tasse unter die Maschine. Wieder begann diese, die ganzen Bohnen zu mahlen. Einen kurzen Moment dachte Hannah noch einmal an das kleine Boot und lächelte. Während der Kaffee, verführerisch duftend, jetzt auch Hannahs Becher füllte, entschuldigte sie sich. »Tut mir leid, guten Morgen Sophie! Ich bin eben noch nicht ganz wach. Es ist erst sieben Uhr.« Hannahs Stimme klang vorwurfsvoll und Sophie verteidigte sich: »Es hat keiner gesagt, dass du mit mir aufstehen musst, oder? Ich hab es eben nicht so gut wie du. Mein Wochenende fängt erst heute Nachmittag an.« Hannah verzog die Miene zu einem „Tut mir leid“ Gesicht und grinste dann schelmisch. »Aber dafür dann auch richtig! Ich hoffe, du denkst dran, dass wir uns heute zum Fassanstich bei Meli am Couragestand treffen.« Der Stand des Schorndorfer Restaurants war schon ein paar Jahre ihre Anlaufstelle. Seit Melanie Lustig, auch eine sehr gute Freundin, mit ihrem Mann das „Courage“ übernommen hatte, sahen sie sie eher selten. Sie war Vollblutgastronomin und ging ganz in ihrem Beruf auf. Leider blieb da nicht viel Zeit, etwas gemeinsam zu unternehmen. Durch die Verlagerung ihres Treffpunkts in den Spitalhof konnten sie aber zwei Fliegen mit einer Klappe schlagen. Zum einen war es hier, zumindest meistens, etwas ruhiger, als am oberen Marktplatz, und zum anderen hatte Meli auch ab und zu Zeit für einen kleinen Plausch. Hannah freute sich schon unheimlich auf den heutigen Abend. Sie folgte Sophie auf die Terrasse. »Wie könnte ich das vergessen? In den letzten zwei Wochen hast du mich in jeder E-Mail, die ich von dir bekommen habe, daran erinnert.« Sophie sah Hannah über den Rand ihrer Tasse amüsiert an. »Ach komm Sophie, du übertreibst. Ich freu mich einfach, euch alle heute auf einem Haufen zu haben. Dich, Jacky, Bea, Meli. Womöglich kommt Trudl auch noch, obwohl sie ja immer behauptet, die SchoWo sei nicht ihr Fest.« Noch immer schmunzelnd meinte Sophie: »Im Gegensatz zu dir, nicht wahr?« Hannah lehnte sich zurück. »Ja, im Gegensatz zu mir. Ich mag es eben, Leute zu treffen, die ich schon lange nicht mehr gesehen habe. Hier und da mal ein Schwätzchen halten. Das gefällt mir.« »Und mir gefällt, dass du endlich wieder die alte, überaus kommunikative Hannah von früher bist.« Sophie nahm die Hand ihrer Freundin. »Ich hatte richtig Angst, als du dich nach der Trennung von Markus und der Geschichte am See in dein Schneckenhaus zurückgezogen hast.« »Ach komm, das ist doch Schnee von gestern«, winkte Hannah ab. »Wie wäre es dir gegangen, wenn du beinahe den

Löffel hättest abgeben müssen, nachdem du doch gerade erst wieder festgestellt hast, dass das Leben richtig Spaß machen kann? Ich habe das eben erst mal verarbeiten müssen.« Eine Zeitlang tranken beide schweigend ihren Kaffee, bis Sophie die Stille unterbrach. »Du hast damals wirklich zwei Schutzengel gehabt. Und Lu Odermatt!« Man konnte das Ausrufezeichen hinter Lus Namen fast hören. Sophie hob die Augenbrauen und dachte an den Tag zurück, der Hannah beinahe das Leben gekostet hätte. Sie sah sich wieder neben Jacqueline am Rand des kleinen Bachs kauern und warten. Sie hatte noch nie mehr Angst in ihrem Leben gehabt, als an diesem Nachmittag. Sophie drückte Hannahs Hand noch fester. »Du weißt schon, dass er dir das Leben gerettet hat?« Hannah nickte stumm, dann sagte sie mit leiser Stimme: »Auch das ist ein Grund, warum ich anfangs eine Beziehung mit ihm abgelehnt habe. Ich habe mich gefragt, ob es nur Dankbarkeit ist, die mich zu ihm hinzieht.« Jetzt ließ Sophie Hannahs Hand los, starrte ihre Freundin an und erwiderte entrüstet: »Du spinnst doch! Dankbarkeit! Das ist keine Dankbarkeit. Er ist einfach ein Traumtyp. Und vor allem dein Traumtyp. Ihr zwei passt zusammen wie Hose und Hintern.« Hannah lachte. »Aber nicht meiner! Du weißt genau, dass mein flaches Hinterteil die wenigsten Hosen ausfüllt.« Sophie stimmte in das Lachen ihrer Freundin ein. »Zur Not hast du ja noch dein Push-Up-

Höschen.«, gluckste sie. Dieses Utensil hatten sie Hannah vor ein paar Jahren zum Geburtstag geschenkt, damit sie sich nie mehr über diesen Makel ihres Körpers beschweren konnte. Es sah zu komisch aus, als Hannah die Hose angezogen hatte, um sie vorzuführen. Aber mit Jeans darüber hatte das Teil tatsächlich ihre Proportionen deutlich verbessert. Jetzt brach Sophie in schallendes Gelächter aus und Hannah schaute ihre Freundin entgeistert an. »Ich stelle mir gerade vor, wie Lu diese Mogelpackung entdeckt.« Hannah stieß ihr gespielt entrüstet die Faust in die Seite. »Der wird mich in diesem Oma-Outfit mit Sicherheit nie zu Gesicht bekommen. Du weißt genau, dass ich es nur einmal angehabt habe. Außerdem…«
»Außerdem«, unterbrach Sophie sie, »muss ich jetzt wirklich los. Ich habe noch ein wichtiges Meeting heute.« Sie stand schnell auf und trug ihre Tasse in die Küche, dann kam sie zurück, verabschiedete sich von Hannah und ging über den Vorgarten zu ihrem Wagen. »Bis heute Abend!«, rief Hannah ihr noch hinterher und winkte.

Freitag, 12. Juli - 07:30 Uhr

Anton Meininger schlürfte den Kaffee, den Lizzy ihm gebracht hatte und schaute die Frau, die neben ihm auf der Parkbank saß, dankbar an. Sie wohnte direkt gegenüber dem früheren Stadthallensee, der offiziell Parksee hieß, von den Schorndorfern aber auch gerne „Lago blamabile“ genannt wurde. Er hatte Lizzy im Frühjahr, genau auf dieser Parkbank kennengelernt. Sie war es auch, die ihm erzählt hatte, dass hier eigentlich eine neue Stadthalle hätte gebaut werden sollen. Das Bauloch lief aber voll mit Wasser und die Stadt hatte seitdem vermutlich den teuersten künstlichen See von ganz Baden-Württemberg, wenn nicht sogar von ganz Deutschland. Die Planungskosten gingen seinerzeit in die Millionen. »Schmeckt er dir?«, erkundigte sich Lizzy. Toni schaute sie strahlend an. »Wie immer, meine Liebe. Ich danke dir von ganzem Herzen.« Lizzy winkte ab. »Nicht dafür, das ist doch eine Kleinigkeit.« Für sie war es vielleicht eine Kleinigkeit, aber seit er auf der Straße lebte, war er für solche Aufmerksamkeiten mehr als dankbar. Sie sah nicht den Obdachlosen in ihm, sondern einfach einen Menschen, den es schlimm erwischt hatte. Sie kannte seine ganze Geschichte und war entsetzt über die Ungerechtigkeit, die ihm widerfahren war. Immer wenn es am Haus etwas zu tun gab, half er ihr, hauptsächlich in ihrem kleinen Schrebergarten in der Siedlung kurz vor Urbach. Eine Bezahlung lehnte er kategorisch ab. Dafür brachte sie ihm ab und zu Kleidung, Essen und Trinken. Aber natürlich keinen Alkohol. Wenn es um Hochprozentiges ging, bekamen sie grundsätzlich Streit. Die ansonsten freundliche und

sanftmütige Frau wurde dann zur Furie. »Du sollst die Finger davon lassen, das bringt dich noch um!«, zeterte sie jedes Mal, wenn sie ihm den übermäßigen Wodkagenuss ansah. Er wusste das natürlich, aber für ihn war es die einzige Möglichkeit, wenigstens ab und zu den Mantel des Vergessens über sein Schicksal zu breiten.
»Übrigens kommen morgen meine Tochter und mein Schwiegersohn zum Kaffee«, teilte sie ihm mit. Toni strahlte übers ganze Gesicht. Das hieß für ihn, dass er dann Lizzys Bad benutzen durfte, um sich ausgiebig zu duschen. Das war ein Gefühl wie Weihnachten und Ostern zusammen. Lizzys Schwiegersohn und auch ihre Tochter hatten mehrfach darum gebeten, Toni nur in die Wohnung zu lassen, wenn jemand dabei war. Man konnte ja nie wissen. Einem Obdachlosen bedingungslos vertrauen, dieser Schuss konnte auch nach hinten losgehen. Toni mochte die beiden und verstand ihre Vorsicht nur zu gut. Er lebte auf der Straße, aber einigen seiner „Brüder" traute auch er in keinster Weise. »Das ist ja klasse. Gibst du mir denn Bescheid, wenn sie da sind?«, fragte er. »Das brauche ich nicht. Sie sind Punkt zwei da, also komm einfach ein paar Minuten danach.« Überglücklich ließ sich Toni von ihr eine zweite Tasse Kaffee aus der Thermoskanne einschenken. Noch fast eine Stunde saßen sie zusammen und sprachen über Gott und die Welt, dann verabschiedete sich Lizzy. »Jetzt wird es aber Zeit, dass

ich zum Einkaufen gehe, sonst wird das heute nichts mehr mit Kuchen backen. Ich möchte ja nicht den Fassanstich heute Abend verpassen.« Sie packte die Thermoskanne und die Tasse, die Toni ihr reichte, in ihren Korb, verabschiedete sich von ihm und ging durch den Park Richtung Stadt. Kurz bevor sie das Gelände verließ, drehte sie sich noch einmal zu ihrem Schützling um. Er saß, beide Arme auf die Rückenlehne gelegt, entspannt da und sah nachdenklich auf das schimmernde Wasser. Was für eine Welt ist das, dachte Lizzy, in der ein intelligenter Mann wie er so schnell auf dem Abstellgleis landet? Sie unterdrückte die Tränen, die ihr bei diesem Gedanken in die Augen schossen und ging schnell weiter.

Freitag, 12. Juli 2013 - 07:35 Uhr

Es war kurz nach halb acht, als Hannah sich ihren zweiten Kaffee holte. Zu früh, um nach Klara und Hero zu sehen. Die beiden schliefen sicher noch. Also nahm sie ihre Tasse und setzte sich vor den Fernseher. Sie nahm die Fernbedienung und suchte sich aus der Liste der aufgezeichneten Sendungen eine Folge Rosenheim-Cops aus. Krimis waren eine Leidenschaft von ihr. Am liebsten sah sie sich CSI an, aber heute hatte sie Lust auf den kleinen, dicken Korbinian Hofer. Die Titelmusik von Haindling erklang und Hannah

kuschelte sich tief in die Kissen ihrer Couch. Ja, so kann man es aushalten, dachte sie, griff nach ihrem Handy und verfolgte nur halb die Szenen auf dem Bildschirm. Sie beantwortete zwei SMS von gestern, die fast den gleichen Wortlaut hatten: „Sehen wir uns morgen auf der SchoWo?“ Gerade wollte sie das Handy wieder weglegen, als sie in ihrer Bewegung erstarrte. »... Aconitin. Damit wurde er vergiftet.« Hannah stellte den Ton lauter und verfolgte gebannt die Szene, die über den Bildschirm flimmerte. Die Rechtsmedizinerin Dr. Kern klärte Hofer und Lind gerade über dieses Gift auf, das dem Toten auf dem Obduktionstisch zum Verhängnis geworden war. Hannah saß da wie versteinert. Sie brauchte nicht zuzuhören, denn seit letztem Jahr wusste sie, dass das Gift vom Blauen Eisenhut stammte. Ob ich diese Berghofsee-Geschichte jemals vergessen kann? fragte sie sich und schaltete auf SAT1. Es lief gerade Werbung. Hannah kuschelte sich noch tiefer in ihre Kissen und war kurze Zeit später eingeschlafen.
Ein schrilles Klingeln riss sie aus ihren Träumen. Sie war sofort hellwach und griff nach dem Handy. Ein Blick aufs Display zeigte ihr, dass der Anrufer Klara war. »Guten Morgen Mutsch«, meldete sie sich. »Guten Morgen, ich wollte nur hören, ob du vielleicht verschlafen hast.« »Ich hab doch heute Urlaub«, antwortete Hannah ein wenig gereizt. »Oh natürlich, das hatte ich schon wieder ganz vergessen. Tut mir leid.«

»Kein Problem, ich bin eigentlich schon eine Weile wach.« Sie sah noch einmal auf das Display ihres Handys. Kurz nach halb neun. Da hatte sie doch tatsächlich noch fast eine Stunde geschlafen. »Ich bin gleich bei euch oben.«, beendete sie das Gespräch.

Zehn Minuten später saß sie mit ihrer Mutter auf dem Balkon. Trotz der frühen Uhrzeit war es schon recht warm. Hannah sah in den blauen, wolkenlosen Himmel. »Sieht ganz danach aus, als würde es heute einen SchoWobeginn ohne Regen geben.« Klara folgte ihrem Blick. «Ach, das wäre wirklich schön. Die Vereine machen sich immer so viel Arbeit mit ihren Ständen. Wenn es dann alles verregnet, finde ich das nicht so toll.« Hannah stimmte ihr zu. »Da hast du Recht. Vielleicht haben wir dieses Jahr ja mal Glück.« Die SchoWo wurde fast ausschließlich von Schorndorfer Vereinen und Gastronomen bewirtet. Der Aufbau brachte einige bereits vor Beginn des Stadtfestes an ihre Grenzen. Es wurde für die Vereine immer schwerer, Mitglieder zu finden, die sich bereit erklärten, Urlaub zu nehmen, um beim Aufbau zu helfen. Meist waren es dieselben, die ab Mittwoch sägten, schraubten und hämmerten.

»Könntest du mir heute vielleicht noch etwas einkaufen?«, fragte ihre Mutter, während Hannah in den Schorndorfer Nachrichten blätterte. Sie sah hoch und nickte. »Aber klar, kein Problem. Solange es noch so schön kühl ist, gehe ich eine Runde inlinern, danach kannst du frei über mich verfügen.« Als hätte Hero verstanden, dass sein Frauchen schon wieder auf dem Sprung war, räkelte er sich im Stuhl neben ihr, sprang auf ihren Schoß und sah sie erwartungsvoll an. Hannah lachte, während sie sein braunes weiches Fell streichelte. »Tut mir leid Tiger, du kannst nicht mitkommen. Für Katzen gibt es keine Rollschuhe. Aber wenn du Lust hast, können wir gerne noch ein wenig kampfkuscheln.« Sie griff mit beiden Händen um seinen Bauch und rieb, als wollte sie ihn mit einem Handtuch trockenrubbeln. Hero schnurrte laut, legte sich auf den Rücken und genoss eine Zeitlang die übertriebenen Streicheleinheiten. Irgendwann hatte er genug und verzog sich in die Küche, um nachzusehen, ob Frauchen auch nicht vergessen hatte, den Napf zu füllen. Hannah sah ihrem Kater hinterher. »Und wenn du Lust hast«, wandte sie sich an Klara, »können wir ja noch ein paar Stündchen ins Freibad, sobald ich zurück bin.« Klara, die in den anderen Teil der Zeitung vertieft war, sah hoch und blickte ihre Tochter erfreut an. »Es gibt nichts, was ich an einem Tag wie diesem lieber tun würde.«

Freitag, 12. Juli 2013 - 17:00 Uhr

Hannah drehte die Dusche ab, begann sich abzutrocknen und dachte an den zurückliegenden Tag. Nach ihrem kräfteraubenden Inlinertrip nach Schorndorf hatte sie als Kontrastprogramm ein paar sehr erholsame Stunden mit Klara im Steinenberger Freibad verbracht. Trotz des herrlichen Wetters war nicht viel los gewesen. Ein kleines Schläfchen auf dem Liegestuhl, Kaffeetrinken in netter Runde – Herz, was willst du mehr? Sie versuchte, in sich hineinzuhorchen und ihre momentanen Gefühle zu ergründen, kannte das Ergebnis aber bereits ... sie war zufrieden und glücklich. Einem netten Abend mit ihren Freundinnen stand also nichts im Weg. Außer, dass sie es nicht rechtzeitig schaffen würde, sich fertig zu machen, bis Bea sie abholte. Hannah sah auf die Uhr. »Mist, schon fünf!« Bea war immer überpünktlich. Es blieben ihr also noch ganz genau 20 Minuten. Sie sprintete in ihren Abstellraum, den sie zum Ankleidezimmer umfunktioniert hatte, riss Jeans, T-Shirt und Unterwäsche aus dem Regal und zog sich dann in aller Eile an. Schnell noch in die Sandalen geschlüpft und zurück ins Bad. Haare und Make-Up brauchten etwas länger, aber Hannah schaffte es pünktlichst. Gerade, als es an der Tür klingelte, hatte sie sich ihre Handtasche geschnappt und schloss die Wohnung ab. Sie sprintete die wenigen Treppen nach oben und riss mit einem stolzen Grinsen und einem atemlosen »Fertig!« die Haustüre auf.

Hannah erstarrte. Vor ihr stand Markus. Ihr Herz setzte für einen Schlag aus. »Was willst du denn hier?«, blaffte sie ihn unfreundlich an. »Ich hab überhaupt keine Zeit, sorry!« Er wirkte verlegen. Dass ihm dieses Zusammentreffen peinlich war, konnte sie sehen. »Ich möchte überhaupt nicht zu dir. Ich hab nur die falsche Klingel erwischt. War wohl irgendwie automatisch.«, stammelte er. »Und wo hättest du eigentlich klingeln wollen?«, fragte Hannah mehr als zickig. »Bei deiner Mutter«, antwortete er kleinlaut. »Sie hat gemeint, dass du ab fünf nicht mehr da wärst und ich dann vorbeikommen könnte.« »Wie blöd aber auch, dass sich unser Zeitplan ein wenig verschoben hat. Na dann wünsch ich dir einen schönen Abend mit deiner Ex-Schwiegermutti.« Sie war froh, dass in diesem Moment Bea vorfuhr und rannte wie vom Blitz getroffen die Treppen hinunter.

Hannah war auf hundertachtzig. Mit einem flüchtigen Kuss begrüßte sie ihre Freundin, die ihr einen Blick mit mindestens zehn Fragezeichen zuwarf. »Was bitte will denn Markus hier?«, fragte sie, noch bevor sie den Gang einlegte. »Das würde mich auch brennend interessieren.« Hannah nestelte am Sicherheitsgurt und schaffte es endlich, sich anzuschnallen. »Da hat Klara mir morgen aber so einiges zu erklären. Was um alles in der Welt hat sie sich dabei gedacht, mich so zu hintergehen?« Bis kurz vor Schorndorf sprachen sie dann kein Wort. Bea wusste, dass sie Hannah jetzt nicht ansprechen durfte. Einfach in Ruhe lassen und warten, bis sie von selbst kommt, das hatte sie in ihrer

langjährigen Freundschaft gelernt. Die kritische Zeit war bei ihr meist nach fünf Minuten vorbei. Und tatsächlich begann Hannah unvermittelt zu sprechen. »Also mich würde wirklich interessieren, was Markus bei Klara will. Ich weiß zwar, dass sich die beiden mögen, aber meine Mutter ist bestimmt nicht die richtige Gesprächspartnerin für ihn. Würde gerade noch fehlen, dass er ihr den Kummer mit seiner blöden Uschi aufs Auge drückt.« Bea schwieg immer noch. Als sie merkte, dass Hannah sich langsam beruhigt zu haben schien, suchte sie nach den richtigen Worten. »Was auch immer es ist, du wirst es morgen erfahren. Wir lassen uns den Abend dadurch nicht versauen, ok?« »Auf keinen Fall!«, antwortete Hannah. »Wir geben heute Vollgas!« Bea lächelte. Da war sie wieder, ihre alte Hannah.
Sie parkten den Wagen am Arnold-Areal. Auf dem kurzen Weg zum Spitalhof schmiedeten sie Pläne für den bevorstehenden Abend. »Auf jeden Fall müssen wir kurz bei den Haubersbronnern vorbei, dann ein Abstecher beim TSV Miedelsbach und danach Moser. Vielleicht schaffen wir dieses Jahr auch endlich mal eine Fahrt mit dem SchoWo-Bähnle.« Hannah schien den Vorfall bei sich zu Hause ziemlich weit nach hinten gedrängt zu haben. Bea war erleichtert. Nicht auszudenken, wenn sie sich den ganzen Abend über diese unleidige Geschichte hätten unterhalten müssen. Das Thema Markus war, zumindest für den Augenblick,

abgehakt. Bea hoffte, dass es auch so bleiben würde. Sie erreichten den Stand vom „Courage“ kurze Zeit später. Der Geruch von gegrilltem Fleisch lag über dem ganzen, bereits gut gefüllten, Spitalhof. Bea konnte die Festatmosphäre beinahe greifen. Sie ließ den Blick schweifen und beobachtete das geschäftige Treiben an den Ständen. Dann fand ihr Blick wieder Hannah und sie stellte erleichtert fest, dass sie sich überhaupt keine Gedanken über den Gemütszustand ihrer Freundin zu machen brauchte. Vor zehn Minuten war Hannah noch kurz davor gewesen, mit dem Hintern an der Decke ihres Wagens zu hängen und jetzt war sie die gute Laune in Person. Sie war vollauf damit beschäftigt, sämtliche Bekannte zu begrüßen und kleine Schwätzchen zu halten. Dann entdeckte sie Sophie, die es sich bereits an einer der Schrannen gemütlich gemacht hatte. Überschwänglich begrüßte sie auch diese. »Sophie! Schon lange nicht mehr gesehen. Ich freu mich so auf den Abend mit euch.« Sophie wand sich aus der Umarmung, schob Hannah etwas auf Abstand und sah sie prüfend an. »Ja, ein paar Stunden ist das tatsächlich schon her.« Fragend sah sie zu Bea, die ihr mit einem grinsenden Schulterzucken zu verstehen gab, dass mit ihrer Freundin alles in bester Ordnung war. »Viel zu lange, finde ich. So, und jetzt wäre es mir nach einem Hugo.« Hannah ließ sich auf die Bank plumpsen und sah sich nach der Bedienung um. »Ach was soll's, ich geh‘ was holen.

Was darf ich euch mitbringen?«, fragte sie ihre Freundinnen und stand wieder auf. »Für mich auch einen Hugo!«, antworteten Sophie und Bea im Chor und lachten. Als Hannah sich in die Schlange eingereiht hatte, sah Sophie Bea wieder fragend an: »Was ist denn mit der los? Die ist ja mal richtig gut drauf.« Bea erklärte ihr kurz, was vorgefallen war. »Das ist Hannah, wie sie leibt und lebt. Das Herz kann weinen, aber der Mund lacht.«, stellte Sophie fest. »Obwohl, ich glaube, sie hat jetzt tatsächlich einen Schlussstrich unter Markus gezogen. Gestern Abend hat sie mir zu verstehen gegeben, dass sie nun eigentlich bereit für diesen tollen Kripotypen wäre, der aber scheinbar die Lust an ihr verloren hat.« Hannah trat mit drei Gläsern an den Tisch. »Wer hat an wem die Lust verloren?« Sophie sah zu ihrer Freundin hoch, die die Gläser abgestellt hatte und abwartend die Hände in die Hüften stemmte. »Ich habe Bea gerade von unserem gestrigen Gespräch erzählt.« Hannah grinste. »Ach so, du meinst Lu. Auch ein Kapitel, das ich abhaken muss, aber darin habe ich ja Übung.« Ein Schatten huschte kurz über ihr Gesicht, der aber ganz schnell wieder einem Grinsen Platz machte. »Achtung Mädels, es geht los. Da kommt das Bier.«

Sie zeigte in die Richtung, aus der vier Träger in altertümlichen Kostümen kamen. Auf zwei Stangen zwischen den edlen Herren lag ein großes Fass. Der kleine Festumzug bestand außerdem aus dem Bürgermeis-

ter-Dreigestirn, Delegierten der Vereine und den „Schorndorfer Weibern". Die „Schorndorfer Weiber" waren weit über die Stadtgrenzen hinaus bekannt. Angeführt von Barbara Künkelin war es ihrem couragierten Handeln im Jahr 1688 zu verdanken, dass Schorndorf nicht an die Franzosen übergeben wurde. Neben Barbara Künkelin konnte Schorndorf aber auch noch mit eigenen Söhnen und Töchtern aufwarten. Der wohl berühmteste, Gottlieb Daimler, erblickte 1834 in der Höllgasse das Licht der Welt. Ludwig Palmer, Reinhold Maier, Paul Strähle, Gottlob Kamm, Oskar Frech ... die Liste war endlos lang. Hannah hatte vor zwei Jahren an einer Stadtführung durch Schorndorf teilgenommen und war überrascht, wie wenig sie von der Stadt wusste, die nicht mal zehn Kilometer von Steinenberg entfernt lag. Zumindest weiß ich, dass Sven Ulreich, der VfB-Torhüter, hier geboren wurde, überlegte sie grinsend, während die starken Männer das Fass auf die Bühne hievten. Der Oberbürgermeister, in ein Häs gekleidet, das ihm ausgezeichnet stand, nahm den Fäustel und drei Schläge später schoss das Bier aus dem Hahn. Von tosendem Applaus, begleitet wurden die ersten Gläser gefüllt. Die SchoWo 2013 war eröffnet.
Sophie, Bea und Hannah nahmen ihre Gläser und prosteten sich zu. »Auf die nächsten fünf Tage!« Jacky, eigentlich Jaqueline Mendel, die vierte im Bunde, trat zu ihnen an den Tisch. »Sorry Mädels,

ging leider nicht früher. Ich musste Johnny noch zum Fussballtraining fahren.« »Alles gut«, ließ Hannah sie wissen. »Du hast noch überhaupt nichts verpasst. Hol dir was zu trinken, wir fangen gerade erst an.« Es war nicht ungewöhnlich, dass Jacky zu spät kam. Als alleinerziehende Mutter hatte sie es nicht leicht. Momentan sowieso nicht, denn Johnny, ihr knapp dreizehnjähriger Sohn, stand gerade am Anfang der Pubertät. Kurze Zeit später setzte sich Jacky, ebenfalls mit einem Hugo bewaffnet, zu ihnen. »So! Endlich Feierabend!« »Wieso, musst du Johnny nachher nicht abholen?«, wollte Sophie wissen. Jacky schüttelte den Kopf und lachte übers ganze Gesicht. »Das macht sein Vater. Dieses Wochenende ist er an der Reihe. Das heißt, ich stehe euch den ganzen Abend uneingeschränkt zur Verfügung.«

Freitag, 12. Juli 2013 - 19:30 Uhr

»Mama, schau mal, der Mann da hinten ist ganz schön müde.« Der kleine Junge, vielleicht fünf Jahre alt, kniete auf dem Sitz, sah nach hinten und schleckte weiter an seinem Eis. »Ja, ja«, antwortete die Mutter, ohne sich umzudrehen. Sie war vollauf damit beschäftigt, in ihrer Tasche nach Feuchttüchern zu suchen, bevor ihr Sohn den ganzen Sitz mit Schokoladeneis volltropfte. »Setz dich anständig hin, sonst steigen wir sofort wieder aus«, ermahnte sie ihren Sprössling. »Aber der Mann ...« Sie sah ihn scharf an. »Sofort!« Der Junge gehorchte mit einem letzten Blick auf die hintere Reihe und ließ es sich gefallen, dass ihm seine Mutter Gesicht und Hände sauber machte. »Ich mag das nicht mehr«, mäkelte er und hielt ihr die aufgeweichte Waffel hin. Mit einem Seufzer nahm die Mutter das Eis entgegen, stieg aus dem Wagen und warf es in eine Mülltonne. Als sie zurückkam, kniete ihr Sohn schon wieder auf der Bank und beobachte interessiert die letzte Reihe. Sie folgte seinem Blick. In der Ecke saß ein Mann, der tatsächlich schlief. Sein Kopf war zur Seite geneigt und der Mund stand offen. Die Kleidung, die er trug und der ungepflegte, graue Bart, der sein Gesicht zierte, ließen sie die Vermutung anstellen, dass es sich um einen Obdachlosen handelte. Vermutlich sturzbetrunken. Eine braune Cordjacke und ein kleiner Rucksack lagen auf seinem Schoß. Den müsste man doch rauswerfen, dachte sie verärgert. Im SchoWo-Bähnle saßen zu dieser Uhrzeit noch viele Kinder und ein Betrunkener war nicht gerade ein Fahrgast, den man sich als Nebensitzer wünschte. Die jungen Mädchen, die die restlichen Plätze auf der hintersten Bank eingenommen hatten, schien der Mann aber überhaupt nicht zu stören. Sie gackerten und kicherten. Sie nahmen überhaupt keine Notiz von ihrem schlafenden Nachbarn. Die Frau setzte sich und hatte alle Mühe, ihren aufgeweckten, aktiven Jungen im Zaum zu halten. Er kreischte begeistert, als der Fahrer bereits das dritte Mal den Kreisel am Parksee umfuhr. Den Mann auf dem Rücksitz hatte sie schnell wieder vergessen.

Die Stadtrundfahrt war zu Ende und das SchoWo-Bähnle hielt am unteren Marktplatz, um die Fahrgäste aus- und neue Gäste einsteigen zu lassen. Sie beschloss zu warten, bis die meisten ausgestiegen waren, da sie in dem Gedränge ihren zappelnden, ungeduldigen Sohn schnell hätte verlieren können. »Ich will jetzt Karussell fahren«, maulte er. »Du wirst es schon noch erwarten können, wir sind gleich draußen.« Sie schnappte den Jungen und setze ihn sich auf ihre Hüfte. Vier Halbstarke zwischen 14 und 16 drängten sich an ihr vorbei. Sie wollte die Jungs schon zurechtweisen, ob sie denn nicht warten könnten, bis alle ausgestiegen waren, ließ es aber dann mit einem Blick auf ihren Sohn sein. „Hoffentlich wirst du mal nicht so", dachte sie. »He Alter, guck mal. Der Penner da ist sturzbetrunken«, hörte sie einen der Jugendlichen noch sagen, dann ging sie mit ihrem Kind auf dem Arm zum Kontrolleur, um sich zu beschweren.

»Hören Sie gute Frau, der tut doch niemandem was. Da gibt es andere Fahrgäste, um die sie sich viel mehr Gedanken machen müssten.« Er deutete auf die Halbstarken, die neben dem schlafenden Mann Platz genommen hatten. »Außerdem ist er nicht betrunken. Ich habe ihn ja beim Einsteigen kontrolliert. Er hat nur einen richtig guten Schlaf. Sein Sohn hat die kompletten Fahrten bezahlt und mich gebeten, ihn schlafen zu lassen. Entweder so lange, bis er aufwacht, oder aber bis wir Feierabend machen. Wissen Sie, hat er zu mir gesagt, seit dem Tod meiner Mutter bekommt Paps nicht mehr allzu viel Schlaf. Ich bin froh, dass er sich jetzt ein wenig ausruhen kann. Zeigen Sie Herz, junge Frau und lassen Sie es einfach so, wie es ist.« Die Frau sah ihn pikiert an: »Na, wenn Sie meinen. Ist ja nicht mein Problem.« Dann machte sie auf dem Absatz kehrt und ging Richtung oberer Marktplatz, um ihrem Sohn die versprochenen Karussellfahrten zu ermöglichen.

Kapitel 3

Freitag, 12. Juli 2013 - 20:00 Uhr

Rockin all over the world ... and I like it, I like it ...« Die Stimmung auf dem Spitalhof wurde von der Band „Ogfähr zwoi“ schon so richtig angeheizt. Die vier Mädels sangen lauthals mit und bewegten sich im Rhythmus der Klänge, die den ganzen Spitalhof beschallten. Von wegen, im Spitalhof ist es ruhiger. Diese weitläufige Meinung hatte sich schon eine Weile nicht mehr bestätigt. Es war zwar zum Glück etwas weniger los, als auf dem oberen Marktplatz, aber das war ja gerade das Schöne. Man hatte Luft um sich herum. Sie hatten ihren Schrannenplatz aufgegeben und standen jetzt um einen Stehtisch, unweit der Bühne. »Na, wie sieht's aus Mädels? Trinkt ihr noch einen?«, wollte Meli wissen, als die Band eine kurze Pause einlegte. Ihre Mitarbeiter hatten den Trubel bestens im Griff und so hatte sie sich zu ihren Freundinnen gesellt, um ein bisschen mit ihnen zu feiern. Jacky sah sie an. »Später vielleicht. Es wird Zeit, dass wir losgehen. Hannah und Sophie wollen dieses Jahr unbedingt mal mit dem SchoWo-Bähnle fahren. Bis wir uns durch das Getümmel gedrückt haben, das kann dauern. Die letzte große Rundfahrt geht um neun los.« Hannah sah auf ihre Uhr.

»Ui! ... Du hast recht Jacky, wir müssen!« Sie schnappte sich ihre Zigaretten und warf sie in die Handtasche. Dann ging sie, gefolgt von ihren Freundinnen, durch die kleine Gasse an der Eisdiele vorbei Richtung Marktplatz. Vor dem „Hoagies“ blieb sie stehen. »Wenn wir die letzte Bahn noch erwischen wollen, sollten wir hier lang gehen.« Hannah deutete nach rechts. Der Weg war passierbar, ohne dass man sich durch eine Menschenmenge drängeln musste. Nur am Toilettenwagen gegenüber der Buchhandlung Bacher war etwas mehr los. Die kleine Gruppe setzte ihren Weg fort und war noch rechtzeitig an der Haltestelle, um vier der so begehrten Fahrkarten für die Stadtrundfahrt zu ergattern. »Jetzt bin ich schon so viele Jahre auf der SchoWo und noch nie mit dieser Bahn gefahren«, meinte Bea während sie den Fahrschein in der Hand hin und her drehte. »Du wirst lachen«, warf Sophie ein, »ich auch noch nicht.« Sie stellten fest, dass keine der vier jemals mitgefahren war. »Na dann wird's aber höchste Zeit«, meinte Hannah. »Ich will ganz hinten sitzen.« »Das wollen andere auch, meine Liebe. Ich glaube, da hast du nicht allzu große Chancen«, gab Sophie zu bedenken.
Das Bähnle kam und spuckte unzählige Fahrgäste aus. Die Mädels, die sich inmitten der Wartenden befanden, stellten beim Einsteigen überrascht fest, dass die letzte Bank noch frei war. Frei bis auf einen Platz. »Wahrscheinlich ist er der Grund«, schlussfolgerte

Jacky, deutete auf den Mann, der schlafend in der Ecke saß und setzte sich in die andere Ecke. Hannah, die als letzte eingestiegen war, blieb nur noch der Platz zwischen Sophie und dem Schlafenden. Der umfunktionierte Traktor fuhr ruckelnd an und zog seine beiden Wagen in einer leichten Linkskurve über den unteren Marktplatz. »Hallo!« Noch bevor Sophie sie aufhalten konnte, hatte Hannah nach dem Arm des Mannes gegriffen und schüttelte ihn. »Es geht loooos ... Sie bekommen ja gar nichts mit.« »Hannah, hör schon auf und lass ihn schlafen«, bat Sophie, aber Hannah hörte ihr überhaupt nicht zu. Sie saß wie erstarrt da und schaute auf ihre Hand, die eben noch auf dem Arm des Schlafenden gelegen hatte. »Hannah, was ist denn los?« Jetzt war es Sophie, die ihre Freundin sanft schüttelte. Aber Hannah beachtete sie überhaupt nicht. Wieder legte sie ihre Hand auf den Arm des Mannes und griff mit zwei Fingern an sein Handgelenk, so wie sie es im Sani-Kurs gelernt hatte. Dann legte sie eine Hand an seinen Hals und die andere vor seinen Mund. »Hannah, spinnst du?« Sophie schüttelte ungläubig den Kopf. Was war nur in ihre Freundin gefahren? Jetzt waren auch Bea und Jacky aufmerksam geworden. »Anhalten, sofort anhalten!«, schrie Hannah auf einmal unvermittelt. Alle Köpfe drehten sich zu ihr. »Halten Sie sofort an!«, schrie sie aufgebracht und sprang aus der langsam fahrenden Bahn. Sie spurtete nach vorne und zog den Fahrer am Ärmel.

Der schaute sie überrascht an, lenkte dann aber nach rechts und hielt an der Bushaltestelle gegenüber dem Bahnhof an. Hannah redete wild gestikulierend auf ihn ein. Er stellte den Motor ab, stieg aus und kam mit Hannah zum hinteren Wagen. Bea, Jacky und Sophie saßen wie angewurzelt da und beobachteten ihre Freundin, die neben dem Fahrer herging. Alle Blicke waren auf die beiden gerichtet. Der Fahrer beugte sich über den Mann und zog kurz darauf sein Handy aus der Hosentasche. Auf einmal ging alles ganz schnell. Er sprach ein paar Worte ins Handy und rief dann: »Meine Damen und Herren, bitte alle aussteigen, wir haben hier einen Notfall. Bitte räumen Sie die Wagen.« Ziemlich verdutzt, aber doch recht schnell verließen die Fahrgäste das Bähnle, blieben aber in einiger Entfernung stehen, um sich das Spektakel anzusehen. Zwei Sanitäter kamen, gefolgt von zwei Polizisten, rennend auf das SchoWo-Bähnle zu. Das war der Vorteil bei so einer Veranstaltung, dachte Hannah, die Einsatzkräfte sind direkt vor Ort. Sie stellte sich zu ihren Freundinnen, die die Szene ungläubig beobachteten. »Was ist denn mit ihm los, Hannah?« fragte Sophie und sah ihre Freundin an, der Tränen in den Augen standen. »Er ist tot«, antwortete Hannah knapp. Mit zitternden Händen kramte sie in ihrer Tasche nach einem Tempo. »Tod?« Hannah nickte nur geistesabwesend und schaute den Sanitätern zu, die in diesem Moment wohl dasselbe festgestellt hatten.

Freitag, 12. Juli 2013 - 21:15 Uhr

Die beiden Polizisten, die mit den Sanitätern gekommen waren, versuchten, die neugierige Menge zurückzuhalten. Erleichtert stellten sie fest, dass Verstärkung im Anmarsch war. Auch Hannah sah die Beamten, die aus einem Einsatzfahrzeug ausstiegen und die Straße überquerten. »Kommissar Burger!« Erleichtert rannte sie auf den beleibten, gelassene Gemütlichkeit ausstrahlenden Polizisten zu, der die Gruppe anführte. »Der Mann ist tot,« teilte sie ihm, noch immer aufgeregt zitternd, mit, obwohl er das sicher schon wusste. Väterlich legte er einen Arm um sie. »Hannah.« Seine Überraschung, sie hier zu sehen, hielt sich in Grenzen. Die SchoWo war ein Magnet für alle Unternehmungslustigen aus der Umgebung. Beruhigend sprach er auf Hannah ein. »Es ist alles in Ordnung. Sie müssen sich keine Sorgen machen. Wir kümmern uns darum.« Er sah sich um, entdeckte Hannahs Freundinnen und schob sie sanft in deren Richtung. »Hat sie ihn entdeckt?«, fragte er in die Runde. Die drei nickten gleichzeitig. Sorgenfalten erschienen auf seiner Stirn. „Die Arme“, dachte er, „schon wieder eine Leiche.“ Er war letztes Jahr mit seinem Kollegen Ralf Meier als erstes am Berghofsee eingetroffen und hatte dort Hannah kennengelernt. Später auch Sophie und Jacky. Die vierte im Bunde war sicher Bea, die damals Urlaub in der Karibik machte. »Würden Sie hier bitte

warten? Vermutlich haben wir später noch ein paar Fragen an Sie«, bat er die Frauen. Wieder nickten alle, einschließlich Hannah. Dann wandte er sich ab und wies seine Kollegen an, den Platz um das SchoWo-Bähnle weiträumiger, als bereits geschehen, abzusperren. Die Zahl der Schaulustigen hatte sich seit ihrer Ankunft beinahe verdoppelt. Sie reckten die Hälse und ein paar hielten Handys über ihre Köpfe und fotografierten oder filmten den Einsatz.
Kommissar Burger sah das dunkle Coupé, das jetzt mit blinkendem Blaulicht die Rosenstraße entlang gefahren kam. Endlich, die Kollegen von der Kripo. Er drehte sich zu Hannah um, die den Wagen ebenfalls entdeckte hatte. Ihre Gesichtsfarbe wechselte von mittlerweile wieder rosig zu genau der Blässe, die sie bei seinem Eintreffen gehabt hatte. Hannah hatte Lu Odermatt hinter dem Steuer erkannt. Jeder im Revier wusste, dass es zwischen den beiden heftig geknistert hatte. Karl-Heinz Burger konnte überhaupt nicht verstehen, warum sich die beiden so anstellten. Sie passten doch prima zusammen. Er zwinkerte ihr aufmunternd zu, sah noch ein kurzes verkrampftes Lächeln auf Hannahs Gesicht, dann wandte sie sich ihren Freundinnen zu.
»Wieso muss gerade er heute Dienst haben?«, fragte sie, ohne eine Antwort zu erwarten. Allerdings bekam sie diese postwendend von Sophie. »Das ist Schicksal ... oder hast du ihn heute vielleicht angerufen, so wie

du es eigentlich wolltest?« Hannah schüttelte den Kopf und biss sich auf die Lippen. Sie war zu feige gewesen. Jetzt stieg er aus dem Wagen und Hannah beobachtete aus den Augenwinkeln, wie er sich einen kurzen Überblick über die Situation verschaffte. Corry stieg ebenfalls aus. Die beiden schienen sie nicht gesehen zu haben. „Zum Glück", dachte Hannah, „das verschafft mir noch ein wenig Zeit mich zu sammeln." Sie kramte in ihrer Handtasche und brachte ein Päckchen Zigaretten zum Vorschein. Schnell zündete sie sich eine an und kam dann der stummen Aufforderung von Jacky nach, die auf einer Bank an der Bushaltestelle saß und mit der Hand auf den leeren Platz neben sich klopfte. Bea und Sophie taten es ihr nach. Jetzt saßen sie da wie die Hühner auf einer Stange und hatten für das, was kam, perfekte Logenplätze. Sie saßen innerhalb der Absperrung und waren für die Gaffer fast genauso interessant wie der Tote.
»Dr. Hummel, der zufällig auch im Bähnle saß, hat den Tod bereits festgestellt«, klärte Hauptkommissar Burger die beiden Kripobeamten auf. Dr. Hummel war Allgemeinmediziner und hatte seine Praxis direkt am oberen Marktplatz. Er gehörte zu den Anwohnern, die sich nicht über die SchoWo aufregten, sondern einfach daran teilnahmen. »Und wo ist er jetzt?«, wollte Lu von dem Streifenbeamten wissen. »Er hatte seine beiden Enkel dabei und wollte nicht, dass die zu viel von dem Spektakel mitbekommen. Er meinte,

wenn wir ihn brauchen, sollen wir ihn auf dem Handy anrufen. Hier ist seine Nummer.« Er streckte Lu einen Zettel hin. »Behalt den mal lieber, Karl-Heinz, bei dir ist er besser aufgehoben. Wir sehen uns jetzt mal die Leiche an.« Während er mit Corry auf den Wagen zuging, zog er sich schon die Latexhandschuhe an und wandte sich an seine Kollegin. »Kann es sein, dass da hinten Hannah, Sophie und Jacky sitzen?«, wollte er wissen. »Ach«, stellte diese zynisch eine Gegenfrage. »Könnte es sein, dass mein werter Kollege heute mal wieder auf die Kontaktlinsen verzichtet hat?« »Ich mag die Dinger nicht, außerdem sehe ich auf alle Fälle noch das Wesentliche«, sagte Lu und beugte sich schon über den Leichnam. Corry zog sich ebenfalls Handschuhe über, um Lu, falls notwendig, assistieren zu können. »Nun, so unwesentlich finde ich sie nicht. Aber ja, du hast richtig gesehen. Es ist Hannah. Wenn du es auch vielleicht gerne möchtest, aber du kannst ihr heute nicht aus dem Weg gehen. Sie war es nämlich, die bemerkt hat, dass der Mann tot ist.« Lu war gerade dabei, sich den Toten genauer anzusehen. »Oh nein, das gibt's doch gar nicht«, rief er überrascht. »Doch«, antwortete Corry, »das ist wirklich so. Es war Hannah, die es entdeckt hat.« Lu sah sie entgeistert an. »Das meine ich doch gar nicht. Schau mal.« Er zeigte ihr eine große Nadel, die er zwischen Daumen und Zeigefinger hielt. »Die steckte hinten in seinem Arm, knapp unterhalb der Schulter. Ich vermute, dass wir den Rest finden, wenn wir ihn ein wenig nach vorne schieben.« Er ließ die Nadel in ein Beweistütchen fallen, das Corry ihm hinhielt, fasste den Leichnam vorsichtig an den Schultern und schob dessen Oberkörper nach vorne. Dann griff er in den schmalen Spalt zwischen Sitz und Gesäß des Toten. Kurze Zeit später hatte er den Spritzenkörper in der Hand. Corry hielt ihm schon das zweite Tütchen hin. »Du weißt, was das bedeutet meine Liebe?«, fragte er seine Kollegin, die gerade den Beutel verschloss. Sachlich und trocken, wie es nun mal ihre Art war, antwortete sie: »Es war Mord.«

Bestätigend nickend schaute Lu sich um und entdeckte die in dezentes Schwarz gekleideten Jungs vom Bestattungsunternehmen „Ruhe Sanft". Er winkte sie zu sich her. «Könntet ihr ihn bitte auf einer Trage abtransportieren und erst später in den Sack packen?«, bat er die beiden. Verständnisvoll nickten diese. Viel zu viele Kinder standen noch mit ihren Eltern hinter der Absperrung und so ein Leichensack konnte Alpträume hervorrufen. Wurde die Leiche aber wie ein Kranker auf einer Trage abtransportiert, so lag es an den Eltern, was sie ihren Kindern erzählten. Besser wäre es sowieso gewesen, mit den Kindern einfach wegzugehen. Aber es gab leider einfach zu viele Menschen, die nicht nachdachten.

Freitag, 12. Juli 2013 - 21:45 Uhr

Als man den Mann weggebracht hatte, nahm Lu sich dessen Rucksack und Jacke, um nach Hinweisen auf die Identität des Toten zu suchen. »Meinst du nicht, wir sollten zuerst zu den Mädels gehen?«, fragte Corry. »Die Sachen kannst du dir später auch noch ansehen.« Lu nickte widerwillig. Er hatte vorgehabt, dieses Zusammentreffen so lange wie möglich aufzuschieben, aber Corry hatte Recht. Sie warteten, zusammen mit dem Fahrer und dem Kontrolleur, schon lange dort auf der Bank. Er folgte ihr langsam und kam erst bei der Gruppe an, als Corry schon alle begrüßt hatte. Er streckte den Männern die Hand hin und stellte sich vor. »Guten Abend, ich bin Kriminaloberkommissar Lu Odermatt.« Die beiden taten es ihm gleich und nannten ihre Namen. Er begrüßte der Reihe nach Jacky, Bea und Sophie mit den obligatorischen Küsschen und wandte sich dann an Hannah. Sein Mund war trocken. Sie strahlte ihn an und er versuchte einzuschätzen, ob es ein ehrlich gemeintes Lachen war. Dann nahm sie ihn in den Arm und drückte ihm links und rechts einen Kuss auf die Wange. Sie roch ... ja, sie roch unheimlich gut ... verführerisch. Er unterdrückte seine plötzlich aufkeimenden Gefühle und maßregelte sich in Gedanken: „Lass das, Lu Odermatt, sei professionell, immerhin bist du dienstlich hier.“ »Hallo Lu!« Noch immer ein wenig benommen,

begrüßte er sie ebenfalls. »Hallo Hannah, schön, dich zu sehen, wenn auch der Anlass nicht der beste ist.« Hannah war stolz auf sich. Ihr Herz schlug zwar bis zum Hals, aber sie war sich sicher, dass er das nicht bemerkt hatte. Sie hatte sich richtig gut im Griff gehabt und war, wie sie hoffte, locker rübergekommen. Lu fühlte und dachte gerade genau dasselbe. Hätten die beiden in diesem Moment die Gedanken des anderen lesen können, wären sie sich wahrscheinlich hier, vor allen Leuten, um den Hals gefallen. Die kleine, peinliche Pause, die entstanden war, wurde von Corry unterbrochen. »Mit wem wollen wir anfangen?«, fragte Corry. Lu zuckte erschrocken zusammen, dann antwortete er: »Am besten mit den Damen. Die Herren müssen sowieso warten, bis die Spurensicherung mit der Untersuchung des Bähnles fertig ist.«
Corry ging zum Wagen, um ein paar Telefonate zu führen, während Lu mit der Befragung begann. Diese dauerte nicht lange, denn logischerweise hatte niemand viel zu erzählen. Lu schaltete das Diktiergerät aus. »Das war's fürs Erste«, meinte er und verabschiedete sich. Sophie, Bea und Jacky gingen ein Stück zur Seite und blieben vor einem Plakat, das für das Winterbacher Zeltspektaktel warb, stehen. So, als ob es im Moment nichts Wichtigeres gäbe, als genau dieses Plakat. Hannah wusste aber sofort, dass sie ihr nur die Gelegenheit geben wollten, mit Lu alleine zu sein. »Du weißt ja, dass ihr euch zur Verfügung halten

müsst«, sagte Lu gerade zu ihr. Hannah dachte an die Worte von Sophie, nahm allen Mut zusammen und erwiderte kokett: »Für dich doch immer und sehr gerne!« Lu glaubte seinen Ohren nicht zu trauen. War das dieselbe Hannah, die ihm noch vor vier Wochen unmissverständlich zu verstehen gegeben hatte, dass er sich doch besser nach einer anderen umsehen sollte? Dass sein Warten aussichtslos sei. Dass sie es einfach nicht schaffen würde, von Markus loszukommen. Er wurde aus dieser Frau einfach nicht schlau. Im Allgemeinen war es schwer, die Frauen zu verstehen, aber im Besonderen toppte Hannah das noch um Längen. Ermutigt durch ihre kleine „Anmache", wagte er einen Vorstoß. »Darf ich dich anrufen, wenn ich nachher Feierabend habe? Ich würde dich gerne nochmal sehen. Privat!« Hannah lächelte ihn an. »Es wäre toll, wenn du später zu uns stoßen würdest. Bring Corry mit, ihren Mann habe ich schon gesehen, der würde sich bestimmt auch freuen.« Schon im Gehen warf sie ihm noch eine Kusshand zu, winkte und folgte ihren Freundinnen. Die hatten mittlerweile von dem Plakat genug und steuerten, aufgeregt plappernd, die Bar beim Café Moser an.
»Wir haben dir einen Hugo bestellt. War das okay?«, wollte Bea wissen. Hannah nickte heftig. »Eigentlich könnte ich jetzt etwas Hochprozentiges gebrauchen, nach allem, was gerade passiert ist, aber es ist besser, wenn ich einen klaren Kopf behalte. Außerdem habe

ich keine Lust auf die stickige Luft da drinnen.« Bea sah sie verständnislos an. »Für was brauchst du denn einen klaren Kopf? Darf ich dich daran erinnern, dass wir gerade auf der SchoWo sind?« »Lu kommt später noch!«, war Hannahs knappe Antwort. Ihre Freundinnen sahen sich verschwörerisch an. »Das ist allerdings ein guter Grund«, meinte Sophie. »Nach diesem Drink bekommst du nur noch Wasser.« Sophie betrachtete Hannah kritisch. »Ist mit dir sonst alles in Ordnung?« Hannah nickte. So ganz stimmte das aber nicht. Sie war durch den Wind und versuchte, das Gesicht des Toten aus ihren Gedanken zu verdrängen. Sie durfte das aber auf keinen Fall zeigen, sonst hätten ihre Freundinnen sie ins Auto gepackt und nach Hause gefahren. Sie lächelte eine nach der anderen an und meinte: »Ja, es geht mir gut. Ich muss mich einfach nur ein wenig ablenken.« Sie nahmen ihre Gläser und mischten sich unters Volk. »Wenn wir uns verlieren sollten, ist hier Treffpunkt.« Jacky klopfte mit der Hand auf den Tisch, an dem sie gerade stehen geblieben war, um sich mit ihren Tennisdamen zu unterhalten, und schaute reihum in die Gesichter der Mädels. Bestätigendes Nicken von allen Seiten. Die SchoWo konnte weitergehen. Im ganzen Trubel hatte Hannah die Geschichte im SchoWo-Bähnle fast vergessen. Sie unterhielt sich mit allen möglichen Leuten und gesellte sich dann zu drei ihrer Sauna-Mädels, die sie in der Schlange vor dem Essensstand entdeckt hatte. Der verführerische Duft von Gyros stieg ihr in die Nase, aber Essen ging im Moment gar nicht. Ihr Magen war wie zugeschnürt. »Na, treibt euch der Hunger an?«, fragte sie schmunzelnd. »Hallo Hannah«, kam es fast wie aus einem Mund. »Schön, dass du auch hier bist.« Lizzy - eigentlich Elisabeth und deshalb auch scherzhaft Queen Mum genannt, nahm sie in den Arm. »Denkst du noch dran, dass wir morgen zum Kaffee verabredet sind?« »Aber Lizzy, wie könnte ich das vergessen?« »Weißt du«, Lizzy senkte verschwörerisch die Stimme. »Es ist unheimlich wichtig, dass du kommst. Meine Tochter und mein Schwiegersohn haben kurzfristig abgesagt und ich habe Toni versprochen, dass er das Bad benutzen darf.« Aus Erzählungen wusste Hannah, dass Toni ein Obdachloser war, mit dem sich Lizzy angefreundet hatte. Sie wusste auch um das Versprechen, das Lizzy ihrem Schwiegersohn gegeben hatte, Toni nie alleine mit in die Wohnung zu nehmen. Dann bin ich also der Ersatz-Bodyguard, dachte Hannah grinsend. Sie war schon sehr neugierig auf Toni, dem das Leben scheinbar übel mitgespielt hatte. »Mach dir keine Sorgen Lizzy. Ich bin pünktlich um zwei Uhr da.« Lizzy nahm Hannah in den Arm und drückte sie fest. »Danke schön!« »Keine Ursache.« In diesem Moment klingelte Hannahs Telefon.

Sie schaute zuerst Lizzy entschuldigend an und dann aufs Display. Es war Lu. Während sie ein Stück zur

Seite ging, um dem Lärm zu entkommen, schob sie den Balken, unter dem „Anruf annehmen“ stand, mit dem Daumen nach rechts und meldete sich. »Hallo Lu!« »Hallo, schöne Frau, na, noch Lust auf einen weiteren Hugo?« Hannah sah das leere Glas an, das sie gerade in der Hand hielt. Lu schien hellseherische Fähigkeiten zu haben. Sie erschrak, als sie in diesem Moment einen warmen Lufthauch an ihrem Hals verspürte. Sie hatte schon ein paar Schimpfworte für den unverschämten Typen parat, der sie gerade blöd von hinten anmachen wollte und bei einem wichtigen Gespräch störte. Was erlaubte der sich eigentlich, einfach ... »Hey du A ...«, begann sie, ihre gute Kinderstube vergessend, noch während sie sich umdrehte, loszuwettern. »Hallo Hannah!« Sie sah in die blaugrünen, frech blitzenden Augen von Lu Odermatt, der mit zwei Gläsern, in denen Eiswürfel klirrten und ein paar Minzeblätter schwammen, vor ihr stand. »A...ch du bist's«, bekam sie gerade noch die Kurve. »Hast du denn mit jemand anderem gerechnet?« Hannah schüttelte den Kopf. »Aber auch noch nicht mit dir. Ich dachte eigentlich, du würdest vom Revier aus anrufen und ich hätte wenigstens noch etwas Zeit, um mich seelisch und moralisch auf dich vorzubereiten.« Lu nahm ihr das leere Glas aus der Hand, stellte es auf einem Tisch ab und reichte ihr eines der beiden, die er gekonnt in einer Hand balancierte. »Du musst dich nicht auf mich vorbereiten. Sei einfach du selbst.«

Dann prostete er ihr lachend zu. »Auf einen schönen Abend.« »Wohl eher auf eine schöne Nacht«, sagte Hannah nach einem Blick auf ihre Uhr. Es war kurz vor Mitternacht. »Also ich hätte nichts dagegen«, antwortete er und Hannah wurde rot, als ihr bewusst wurde, was sie da gerade unbedacht vor sich hingebrabbelt hatte. Um abzulenken, erkundigte sie sich nach Corry. »Die hat Reiner gefunden und steht gleich dort drüben.« Er zeigte mit der Hand in die entsprechende Richtung und Hannah suchte die Menge ab. Da stand das Pärchen und daneben ... ihr Ex ... ein Weizenbier in der Hand haltend. Markus redete ohne Unterlass auf seine beiden Freunde ein. »Sollen wir rübergehen?«, fragte Lu. »Ähm ... Später vielleicht«, erwiderte Hannah. »Komm, wir setzen uns kurz.« Sie deutete auf eine Bank ganz in der Nähe, die gerade frei geworden war. Ein Zusammentreffen mit Markus hätte ihr gerade noch gefehlt. Lu konnte nicht wissen, dass der Typ neben Reiner und Corry ihr Ex war, denn zum Glück waren sich die beiden noch nie begegnet. Hannah wartete auf den Stich in der Herzgegend, den der Anblick von ihm normalerweise verursachte, doch der blieb aus. Sie warf noch einen kurzen Blick auf die kleine Gruppe, aber in ihr regte sich überhaupt nichts.
Das änderte sich aber schlagartig, als sie sich zu dem Mann umdrehte, der ihr lächelnd gegenübersaß und mit der Kette an seinem Hals spielte. Ein warmes,

angenehmes Gefühl durchflutete ihren Unterbauch. Sie hatte ihn tatsächlich vermisst. »Das ist also die berühmt berüchtigte SchoWo?«, fragte er gerade. »Na, zumindest ein Randläufer davon«, antwortete Hannah. »Die große Party findet auf dem oberen Marktplatz und im Spitalhof statt, aber da ist jetzt Feierabend und hier wird es gleich richtig voll werden. Wir sollten uns demnächst drinnen einen Platz suchen, sonst kommen wir nicht mehr rein.« Sie zeigte zum Eingang des Café Moser, an dem schon etliche Leute standen. Der Türsteher war unerbittlich. Diejenigen, die schon zu tief ins Glas geschaut hatten, schickte er gleich nach Hause. Die anderen mussten so lange warten, bis jemand das Lokal verließ. Keine Chance auf irgendwelche Diskussionen.

»Hast du nicht letztes Jahr zur SchoWo auch schon hier gewohnt?«, wollte Hannah wissen. »Doch, aber genau zu der Zeit war ich für zwei Wochen auf Fortbildung in Berlin. Scheint so, als hätte ich was verpasst.« Sein Handy klingelte. Er schaute auf das erleuchtete Display. »Entschuldige bitte, das ist die Spurensicherung, da muss ich kurz rangehen.« Er stand auf und ging ein Stück. Hannah sah ihm neugierig hinterher. Was hatten die wohl rausbekommen, das es wert war, Lu jetzt noch darüber zu informieren? »Und? Was gibt's Neues?«, fragte sie. Es sollte beiläufig klingen, aber die Neugier sprach aus jedem ihrer Worte. »Haben sie schon was Interessantes gefunden?« Lu schaute sie belustigt an. »Meine liebe Hannah«, antwortete er dann langsam, jedes Wort genau überlegend. »Ich möchte dich inständig bitten, dich dieses Mal aus der Sache rauszuhalten. Wir beide wissen, dass dich dein Einmischen letztes Jahr in ganz schöne Schwierigkeiten gebracht hat. Diese Angst, die ich damals um dich hatte, möchte ich nicht nochmal erleben.« Er nahm ihre Hand in seine und drückte sie zärtlich. »Kannst du mir das versprechen?« Hannah sah ihn treuherzig an. »Ich verspreche es«, erwiderte sie. Hinter ihrem Rücken verschränkte sie Zeige- und Mittelfinger der anderen Hand. Das Zeichen, das jeden Schwur, so viel wusste sie noch aus Kindertagen, wieder aufhob. »Was ist es, das mich bei deinem Versprechen misstrauisch werden lässt?« Hannahs lautes Lachen übertönte sogar die Musik, die aus der halb geöffneten Tür des Cafés drang. »Keine Ahnung!«, antwortete sie noch immer lachend, hielt seine Hand fester und zog ihn Richtung Eingang.

Kapitel 4

Samstag, 13. Juli 2013 - 10:45 Uhr

Hannah blinzelte verschlafen und drehte sich auf die Seite. Der Platz neben ihr war leer und unbenutzt. Also hatte sie das ganze doch nur geträumt. Schade eigentlich! Der Abend war richtig schön gewesen. Lu und sie waren sich wieder ein Stück näher gekommen. Nicht ganz so nah, wie in ihrem gerade durchlebten Traum, aber zumindest hatte er sie zum Abschied auf den Mund geküsst. Irgendwann waren sie vom Moser ins Penny Lane gewechselt. Zum Glück war es dort nicht ganz so voll, und, was noch viel wichtiger war, sie war außerhalb der Reichweite ihres Ex. Lu hatte seine Rolle als Hahn im Korb mit Bravour gemeistert. Er hatte mit jedem „seiner“ Mädels eine Runde getanzt und war als Beschützer mehr als brauchbar. Bald wussten alle im Lokal, dass keine Chance bestand, auch nur bei einer der Vieren zu landen. Jedes Mal, wenn sich ein Anwärter näherte, musste er an Lu vorbei, der den meist übermäßig betrunkenen Herren erklärte, dass diese Damen ausnahmslos ALLE zu ihm gehörten. Sie hatten unheimlich viel Spaß und verließen beinahe als Letzte das Lokal. Lu hatte sich bereit erklärt, den Chauffeur zu spielen, denn nach seinem ersten Hugo war er auf Wasser umgestiegen und hielt sich eisern daran. »Einer muss doch auf euren Hühnerhaufen aufpassen.«, rechtfertigte er sich grinsend, als Sophie ihn mit „Spielverderber“ betitelte. Zum Glück war er standhaft geblieben, denn um diese Zeit war es aussichtslos, schnell ein Taxi zu bekommen. Die Lokale leerten sich mit Beginn der Sperrzeit recht schnell und von den Übriggebliebenen waren die wenigsten noch in der Lage zu fahren. Eigentlich hätte er Hannah direkt nach Jacky, die in Miedelsbach ausstieg, zu Hause abliefern können, aber er fuhr an der Abfahrt nach Steinenberg vorbei. Sie meinte, das Grinsen von Bea und Sophie in ihrem Rücken zu spüren, die trotz ihres kleinen Schwipses, oder gerade deswegen, gleich kapiert hatten, dass Lu mit Hannah alleine sein wollte. Sophie hatte sich kurzerhand dazu entschlossen, die Nacht bei Bea in Rudersberg zu verbringen. Eine S-Bahn nach Bad Cannstatt fuhr um diese Uhrzeit natürlich nicht mehr und ihren Mann wollte sie auf gar keinen Fall wecken. Kaum waren die beiden ausgestiegen, wurde es verdammt still in dem Wagen. Hannah und Lu sprachen kein Wort. Es schien so, als ob jeder darauf wartete, dass der andere begann. Erst als Lu in Michelau auf die Abbiegespur nach Steinenberg fuhr, begann er zu reden: »Das war ein richtig toller Abend, Hannah, das sollten wir unbedingt wiederholen.« Sie drehte sich zu ihm und meinte lachend: »Ich kann gerne mal mit Sophie, Jacky und Bea sprechen und fragen, wann sie Zeit haben.« »Du weißt ganz genau, wie ich das gemeint habe«, erwiderte er ebenfalls lachend. Dann fuhr er, etwas ernster, fort: »Ich fand es unheimlich schade, dass wir in der letzten Zeit nichts mehr miteinander unternommen haben.« Hannah überlegte, was sie ihm darauf antworten sollte. Er bremste und sie stellte fest, dass sie bereits in ihrer Einfahrt standen. Sie legte ihre Hand auf seine, die den Schaltknüppel festhielt und meinte nur knapp. »Ja, ich auch!« Er beugte sich zu ihr und gab ihr einen langen, zärtlichen Kuss. »Schlaf gut!«

Hannah hatte sich das zweite Kopfkissen genommen und ihren Kopf darin vergraben. Sie wollte diesen Moment nicht loslassen und zum Aufstehen hatte sie schon gar keine Lust. Nur noch eine Minute ... und noch eine ... und noch eine. Als sie sich dann endlich aufraffen konnte und auf ihre Uhr sah, stellte sie erschrocken fest, dass es schon beinahe elf war. Autsch, schon so spät. Sie versuchte sich daran zu erinnern, wann sie das letzte Mal fast bis Mittag geschlafen hatte. Das muss schon verdammt lange her sein, dachte sie.

Samstag, 13. Juli 2013 - 12:30 Uhr

»Der Tote heißt Anton Meininger. Geboren am 17.09.1950. Zuletzt gemeldet in der Braunecksstrasse

37 in Fischbachau, Oberbayern. Zum Zeitpunkt seines Todes obdachlos. Harz IV hat er in Schorndorf bezogen.« Corry fasste die wichtigsten Details aus der dünnen Akte zusammen. »Die Miesbacher Kollegen waren heute Morgen schon in Fischbachau. Seine Frau wohnt dort mit ihren zwei Kindern. Das Mädchen ist achtzehn und der Junge ist gerade einundzwanzig geworden. Der Tod ihres Mannes scheint Frau Meininger nicht sehr getroffen zu haben. O-Ton der Beamten: »Jetzt hat das Schwein endlich bekommen, was es verdient hat.« Unser Toter ist aktenkundig. Verdacht auf Misshandlung von Schutzbefohlenen. Die Miesbacher schicken uns seine komplette Akte per Mail. So wie ich noch herausbekommen konnte, war er Lehrer für Deutsch und Geschichte an der Realschule in Miesbach. Vor drei Jahren hat ihn ein Schüler aus der neunten Klasse wegen Vergewaltigung angezeigt. Er verlor seinen Job, seine Familie und seine Freunde. Es gab weder Beweise noch Zeugen für die Tat, also wurde er 2011 frei gesprochen.« Lu kaute nachdenklich an seiner Unterlippe. »Ob Freispruch oder nicht, so ein Verdacht haftet wie Pech am Image. Ich kann verstehen, dass er weg wollte, aber wie ist er dann ausgerechnet nach Schorndorf gekommen?« »Das weiß keiner so ganz genau. Nach dem Prozess war er von einem Tag auf den anderen von der Bildfläche verschwunden. Am besten stellen wir unsere Fragen zusammen und bitten die bayri-

schen Kollegen, sich in seinem Umfeld umzuhören. Wir können das ja auf der Fahrt nach Schorndorf erledigen. Es ist besser, gleich dort anzufangen und seine Kumpel von der Straße zu befragen, bevor sie die Zwei-Promille-Grenze überschritten haben.« Lu blickte mürrisch zu ihr hoch. »Also unser Bereitschaftswochenende hätte ich mir ein wenig ruhiger vorgestellt.« Corry sah ihn abschätzend an. »Viel Arbeit hat dir doch noch nie etwas ausgemacht. Könnte es sein, dass du lieber privat auf der SchoWo wärst? Eventuell sogar in Begleitung?« Corry setzte sich rittlings auf einen Stuhl ihm gegenüber, verschränkte die Arme auf der Lehne und sah ihn auffordernd an. »Was ist denn noch passiert, nachdem wir uns im Moser aus den Augen verloren haben?« »Neugier, dein Name ist Corry«, antwortete er grinsend, ohne ihre Frage zu beantworten. »Na hör mal, immerhin handelt es sich bei Hannah um eine Freundin, da darf ich doch noch fragen, wie der Stand der Dinge ist. Ich hatte ja die Hoffnung schon längst aufgegeben, dass aus euch beiden nochmal was wird.« Lu stand auf und ging zur Tür. »Also so weit sind wir noch lange nicht. Ich habe gestern mal ganz langsam angefangen, einen Stein aus der dicken Mauer zu ziehen, die sie um sich herum aufgestellt hat. Ob ich es irgendwann schaffe, die Festung einzureißen, kann ich dir nicht versprechen.« Corry hielt beide Daumen hoch. »Ich zähle auf dich, Lu Odermatt.« Noch immer an der Tür stehend, sah er sie ungeduldig an. »Kommst du, oder soll ich die Arbeit ganz alleine machen?«

Samstag, 13. Juli 2013 - 13:00 Uhr

Hero hatte es sich auf ihrem Schoss bequem gemacht. Hannah war gerührt. Ihr Kater freute sich bedingungslos, sein Frauchen bei sich zu haben und war in keinster Weise beleidigt, weil sie ihn schon wieder bei Klara hatte schlafen lassen. Sie hörte, wie im Bad die Dusche abgedreht wurde und ihre Mutter rief: »Bin gleich fertig!« Kurz darauf betrat sie auch schon, in einen Bademantel gehüllt, mit einem »Guten Morgen, mein Schatz!« den Balkon. »Es ist zwar schon nach Mittag, aber da wollen wir heute mal nicht so kleinlich sein.« Ohne den Gruß zu erwidern, fragte Hannah: »Was hat Markus gestern bei dir gewollt?« Ihre Mutter schien den Ärger zu spüren, der in dieser Frage mitschwang, überging die scharfen Worte aber mit einer Leichtigkeit, die Hannah manchmal zur Weißglut brachte. »Ach, nichts Besonderes«, antwortete sie. »Nun komm schon Mutsch, du weißt ganz genau, dass unser Verhältnis nicht gerade das beste ist. Und dann steht er auf einmal vor meiner Tür.« »Nicht vor deiner, sondern vor meiner!«, gab Klara zu bedenken. »Du machst mich wahnsinnig!« Hannah war genervt und jetzt endlich lenkte Klara ein, bevor das Ganze eskalieren konnte. »Hör mal zu Kind, er wollte wirklich zu mir. Ich hab ihn letzte Woche angerufen und ihn gebeten, mal nach meiner Spülmaschine zu sehen.« »Hättest du denn nicht irgendjemand anderen anrufen können?«, wollte Hannah wissen. »Warum muss es denn gerade er sein?« »Aber wieso denn, ich hab doch keinen Stress mit ihm. Und ich finde, du solltest auch so langsam mal mit der ganzen Sache abschließen. Ich kenne dich lange genug. Das Einzige was dich noch nervt, ist doch, dass er zu Uschi zurückgegangen ist. Kannst du es nicht so sehen, dass er damit gestraft genug ist?« Zuerst überlegte Hannah, dann begann sie laut loszulachen. »Ich glaube, du hast es tatsächlich auf den Punkt gebracht!« Hannah zuckte zusammen. Es fühlte sich an, als ob eine Kette, die viel zu lange um ihr Herz geschlungen war, in tausend Teile zersprungen wäre. Sie atmete tief ein und dachte an ... Lu. »Na siehst du, geht doch.« Klara war mehr als erleichtert und hoffte inständig, dass Hannah jetzt ein für alle Mal einen Strich unter dieses Kapitel gezogen hatte. »Und jetzt erzähl mal, wie der erste SchoWo-Tag gewesen ist«, bat ihre Mutter und setzte sich zu Hannah an den Tisch. Nachdem Hannah den Abend bis ins kleinste Detail geschildert hatte, ohne allerdings den Kuss zu erwähnen, schaute ihre Mutter sie besorgt an. »Du willst mir also sagen, dass du schon wieder eine Leiche gefunden hast und in irgendwelche Ermittlungen verstrickt bist?« Hannah nickte. »Ja, aber du brauchst dir keine Sorgen zu machen. Es geht mir überraschend gut und mittlerweile weiß ich ja, wie so was abläuft.« »Und wie soll ich das bitte verstehen?« Klaras Sorgenfalten gruben sich noch tiefer in ihre Stirn. »Ganz einfach«, erklärte Hannah. »Ich weiß, dass ich mich rauszuhalten habe«, es aber vermutlich nicht tun werde, fügte sie in Gedanken hinzu. Klara schien sich, wenn auch nur schwer, damit zufrieden zu geben.

Samstag, 13. Juli 2013 - 13:15 Uhr

»Also, ich bin ja mal gespannt, wie lange das hier noch dauert«, schimpfte Lu als er in den Kreisverkehr am Feuersee einfuhr. »Zum Glück ist heute Samstag, da geht's einigermaßen.« »Ich weiß gar nicht, was du willst«, entgegnete Corry. »Ich finde es toll. So ruhig war es in der Uhlandstrasse schon lange nicht mehr.« »Dafür fahren jetzt alle bei mir am Haus vorbei«, brummelte Lu weiter. »Ich brauche manchmal geschlagene zehn Minuten, um aus meiner Einfahrt rauszukommen.« Er bog rechts in die Friedensstrasse ein und stellte den Wagen auf dem Parkplatz beim Schlossgarten ab. »Dann schau'n wir mal, ob wir ein paar von Anton Meiningers Freunden auftreiben können«, meinte Corry, während sie ausstieg. »Wenn er denn welche hatte.« Lu kramte in der Mittelkonsole.

»Wo zum Henker ist denn schon wieder meine Sonnenbrille?« Corry, die sein Treiben amüsiert beobachtete, lachte schallend. »Ich würde die auf deinem Kopf nehmen.« Er griff mit der Hand danach und lachte ebenfalls. »Meinst du«, fragte sie, als sich die beiden wieder beruhigt hatten, »die Schorndorfer Obdachlosen haben so etwas wie einen Ehrenkodex und geben sich nicht mit Kinderschändern ab?« »Ich vermute, dass sie davon gar nichts wussten, der gute Anton ist mit seiner Vorgeschichte bestimmt nicht hausieren gegangen.«

Am Eingang zum Schlosspark blieben sie stehen und schauten sich um. Außer ein paar Jugendlichen, die auf einer der Parkbänke herumlungerten, war der Park leer. Sehr einladend sah es hier auch nicht aus. Überall lagen leere Flaschen, Becher und Dosen. Die Party der zwischen 800 und 1000 Jugendlichen vom Vorabend hatte deutliche Spuren hinterlassen. Die Kollegen vom Streifendienst hatten ihnen erzählt, dass der Platz um den Schlosswall zu vorgerückter Stunde geräumt werden musste. Glücklicherweise war das weitgehend friedlich und einvernehmlich abgelaufen, aber Zeit zum Aufräumen war den jungen Leuten scheinbar nicht geblieben. Das würden demnächst die Herren der Stadtreinigung übernehmen. »Unseren Freunden ohne Wohnsitz ist das wahrscheinlich nicht gemütlich genug. Und jetzt?«, wollte Lu von Corry wissen. »Hast du eine Idee, wo wir sie finden können?« Corry zuckte mit den Schultern. »Wir könnten es am Stadthallensee versuchen. Ich an deren Stelle hätte auch keine Lust auf den Trubel. Der Schlosspark ist für die nächsten Tage fest in der Hand der U20-Kids.« »Dann los, das kurze Stück können wir ja zu Fuß gehen.«

Corry entdeckte Hannah als Erste, als sie mit Lu gerade den Zebrastreifen beim Technikmuseum im Arnold-Areal überquerte. »Hallo Hannah!«, rief sie und winkte ihrer Freundin zu, die gerade im Begriff war, den Weg durch die Unterführung zu nehmen. Hannah drehte sich um und erschrak. „Oh nein“, dachte sie. „Mit allem hätte ich gerechnet, nur nicht mit den beiden.“ Hannah blieb stehen und wartete, bis das Kripopärchen bei ihr angekommen war. »Hey, was machst du denn hier?«, wollte Corry wissen und drückte Hannah einen Kuss auf die Wange. »Ich hoffe ja nicht, du recherchierst in unserem Fall.« Hannah hörte den Ärger, der in Lus Stimme mitschwang. Er hatte sie nicht begrüßt, sondern war gleich auf sie losgegangen. Der Zauber von gestern Abend, der sie schon den ganzen Morgen beflügelt hatte, war mit einem Schlag verflogen. Deshalb war es auch nicht verwunderlich, dass sie ziemlich zickig antwortete: »Und wenn, dann könntest du nichts dagegen tun. Aber ich kann dich beruhigen, Herr Odermatt. Ich bin auf dem Weg zu meiner Freundin Lizzy. Elisabeth Wernher, falls du das überprüfen möchtest. Sie hat mich zu Kaffee und Kuchen eingeladen. Da man bei ihr so schlecht parken kann, dachte ich, ein kleiner Spaziergang am „Lago Blamabile“ kann nicht schaden.« Sie überlegte kurz, ließ Lu links liegen und fragte Corry: »Das heißt also, ihr ermittelt hier am See? Dann wurde dieser Mann ermordet? War er aus der Nachbarschaft? Wisst ihr schon, wie er heißt? Wie weit seid ihr denn?« Ein kurzer Seitenblick zu Lu bestätigte ihre Vermutung. Seine Gesichtsfarbe hatte von einem angenehmen sommerlichen Braunton zu einem ziemlich auffälligen Rot gewechselt. Corry lachte. »Hannah, du bist unverbesserlich! Du weißt doch ganz genau, dass wir nicht darüber sprechen dürfen.« »Klar, weiß ich das, aber ich finde, einen Versuch war's wert.« Lu schien kurz vor dem Platzen zu sein. Umso verwunderlicher war, dass er sehr ruhig klang, als er sagte: »Hannah, ich bitte dich inständig noch ein letztes Mal! Halt dich raus!« Diese Worte ließen keinen Widerspruch zu, aber Hannah war das im Moment völlig egal. »Und wenn nicht, was willst du dann machen? Mich verhaften?«, fragte Hannah noch zickiger als zuvor. Jetzt war sie auf Konfrontationskurs. »Hannah«, ermahnte sie sich selbst, »reiß dich jetzt zusammen. Er macht nur seinen Job. Wenn du so weiter machst, wird das nie etwas mit ihm. « Sie wartete nicht auf eine Antwort, winkte Corry noch kurz zu, machte auf dem Absatz kehrt und verschwand in der Unterführung. Lu lagen schon ein paar harte Worte auf den Lippen, aber er blieb still, um nicht noch mehr Öl ins Feuer gießen. Zumindest blieb er so lange still, bis Hannah außer Hörweite war. Dann wetterte er los. »Die Frau treibt mich noch in den Wahnsinn! Am einen Tag lammfromm, zeigt sie mir am nächsten schon wieder die spitzen Krallen.« Corry wartete, bis er sich ein wenig beruhigt hatte. »Könnte es sein, dass das auch ein bisschen an dir liegt? Du hättest ja versuchen können, sie ganz freundlich zu begrüßen und ihre Fragen mit einem Lächeln abzublocken. Glaub mir, die Reaktion wäre anders ausgefallen. Ihr zwei seid euch ja so ähnlich ... Sturköpfe, sag ich da nur.« Sie zog ihn am Ärmel, ebenfalls durch die Unterführung, Richtung Volkshochschule und See. »Und jetzt komm, wir sind zum Arbeiten hier.«

Samstag, 13. Juli 2013 - 14:15 Uhr

»Ich verstehe das nicht«, sagte Lizzy, während sie sich und Hannah eine zweite Tasse Kaffee einschenkte. »Toni müsste schon lange hier sein. Ich würde ihn ja holen, aber auf seiner Bank sitzt er nicht.« Sie trat an das Balkongeländer und schaute zum wiederholten Mal in den gegenüberliegenden Park. »Das hat es, seit ich ihn kenne, noch nie gegeben. Wir fangen mit dem Kuchen jetzt einfach ohne ihn an.« Lizzy erschien traurig und auch besorgt. Sie schnitt ein Stück Bienenstich ab und schob es auf Hannahs Teller. Hannah nahm die Gabel, um sich etwas von dem herrlich duftenden Kuchen in den Mund zu schieben. Doch bevor die Gabel ihren Mund erreichte, traf ein Gedanke sie wie ein Schlag in die Magengegend. Sie hielt in ihrer Bewegung inne und ließ die Gabel wieder langsam zurück auf den Teller sinken. Hannah hatte eins und eins zusammengezählt. Sie glaubte zu wissen, warum Toni nicht kam, und warum sie vorhin auf dem Weg zum Park Corry und Lu getroffen hatte. »Jetzt setz dich doch erst mal hin!«, forderte sie Lizzy auf, die wieder am Balkongeländer stand und in die Ferne sah. »Ich möchte dich gerne etwas fragen.« Noch einen letzten Blick auf den Park werfend, kam sie Hannahs Bitte nach. »Kannst du mir den Toni vielleicht beschreiben? Wie hat er denn ausgesehen? Gibt es irgendetwas Auffälliges an ihm?« Lizzy sah sie überrascht und fragend an. »Warum möchtest du das denn wissen?« Hannah dachte blitzschnell nach. Sie wollte ihren Verdacht nicht äußern, bevor sie sich nicht hundertprozentig sicher war. »Unten am See ist sehr viel los. Vielleicht hat er sich zu den anderen gesellt und du kannst ihn von hier oben nicht sehen. Könnte doch sein, dass er mir vorhin aufgefallen ist.« Das schien einleuchtend für ihr Gegenüber. »Ja weißt du, er sieht eigentlich ganz nett aus. Ziemlich normal. Außer, dass er natürlich mal wieder eine Dusche und eine Rasur gebrauchen könnte.« »Lizzy, komm schon, das bringt uns nicht weiter. Fast jeder der Obdachlosen da unten sieht so aus. Was hat er denn an?« Lizzy überlegte. »Er hat ja nicht viele Kleider. Alles, was er hat, trägt er am Körper und in einem schwarzen Rucksack mit sich herum. Gestern hatte er eine Jeans und ein blau-weiß-kariertes kurzärmeliges Hemd an. Ach ja, und er trägt ständig eine braune Cordjacke. Es ist ihm völlig egal, ob es draußen heiß ist oder nicht.« Hannah wurde bleich und spielte nervös mit dem Zipfel der Plastiktischdecke, die auf dem Tisch lag. Die Kühle, die trotz der Hitze des Tages durch ihren Körper zog, war sehr unangenehm. Lizzy bemerkte Hannahs Unbehagen überhaupt nicht und sprach weiter. »Du musst wissen, dass ich ihm diese Jacke geschenkt habe. Es war kurz, nachdem ich ihn kennen gelernt hatte. Draußen war es noch ziemlich kalt, und er hat mir leid getan. Die Jacke ist noch von meinem Ex-Mann. Er hat sich unheimlich darüber gefreut, aber alle anderen Sachen, die ich ihm angeboten habe, hat er abgelehnt.« Lizzy sah in Hannahs Augen, aber obwohl diese auf sie gerichtet waren, schien ihre Freundin durch sie hindurchzusehen. »Hallo ... Hannah ... bist du noch da?«, fragte sie und fuchtelte mit ihrer Hand vor Hannahs Gesicht herum. »Oh, tut mir leid Lizzy, ich war total in Gedanken«, entschuldigte sich Hannah. »Das hab‘ ich gemerkt. Du hast ja Riesenlöcher in die Luft gestarrt«, meinte Lizzy und grinste. »Hör mal, ich glaube, es gibt da etwas, das du wissen solltest.« Dann begann Hannah, Lizzy zu erzählen, was am Vorabend passiert war. Und dass der Tote vermutlich Toni war. Das Grinsen verschwand von Lizzys Gesicht. Sie wurde immer blasser und begann zu weinen. Hannah streichelte beruhigend ihre Hand. »Natürlich haben wir gestern auf der SchoWo davon gehört«, schniefte Lizzy, »aber ich wäre nie darauf gekommen, dass es sich dabei um Toni handeln könnte. Das tut mir so leid. Er war so ein netter Kerl und musste ziemlich viel durchmachen.« Lizzy erzählte Hannah die ganze traurige Geschichte. Von den Missbrauchsvorwürfen und dass diese der Grund waren, warum er auf der Straße gelandet war. Seine Odyssee, und wie er dann irgendwann in Schorndorf landete. »Er war ein großer Fan vom Leben Gottlieb Daimlers und wollte unbedingt noch dessen Geburtsort besuchen. Irgendwie ist er dann hier hängen geblieben.« »Könnte es sein, dass er dich nett fand, und du der Grund warst, warum er nicht weg wollte?« Ein trauriges Lächeln umspielte Lizzys Lippen. »Das könnte schon sein. Leider werden wir es nie mehr erfahren. Der arme Toni, dabei war er kurz davor, seinen Ruf wieder herzustellen.« »Seinen Ruf wieder herstellen? Wie meinst du das?«, fragte Hannah und schenkte sich noch eine weitere Tasse Kaffee ein. »Erst gestern hat er mir erzählt, dass der Schüler, der ihn vor drei Jahren angezeigt hatte, auf einmal vor seiner Parkbank stand. Er hat sich bei ihm entschuldigt und versprochen, dass er alles wieder ins Reine bringen wird. Es würde ihm leid tun, wie das alles gekommen sei, und dass alles nur eine Mutprobe war, die aus dem Ruder gelaufen ist.« »Er stand einfach vor seiner Bank? Wie denn um Himmels Willen hat er ihn gefunden?« Lizzy zuckte mit den Schultern. »Keine Ahnung, aber Toni war sehr erleichtert. Vielleicht war das seine Chance, sein Leben wieder auf die Reihe zu bekommen. Ich glaube, ich habe den Jungen gestern sogar gesehen. Nachdem wir morgens Kaffee getrunken hatten, war ich einkaufen. Auf dem Nachhauseweg bin ich nochmal zu ihm, das war kurz nachdem ich mit dir telefoniert hatte. Ach Hannah, er sah so glücklich und zufrieden aus.« Lizzy hielt inne. Wieder liefen ihr Tränen übers Gesicht. Sie schniefte und Hannah reichte ihr die Serviette, die unbenutzt neben ihrem Teller lag. Lizzy putzte sich die Nase und fuhr fort. »Ich bin dann gegangen, weil ich ja noch backen wollte. Der junge Mann kam mir entgegen und als ich mich, bevor ich über die Straße ging, noch einmal umgedreht habe, sah ich, dass er sich zu Toni gesetzt hatte.« Hannah versuchte, die vielen Informationen zu ordnen und einen Sinn darin zu erkennen. Plötzlich hatte sie es unheimlich eilig. »Lizzy, wäre es für dich okay, wenn ich jetzt gehe? Ich muss unbedingt noch was erledigen. Magst du vielleicht jemanden anrufen, damit du nicht ganz so alleine bist?« »Das ist lieb von dir meine

Kleine, aber mach dir keine Sorgen, es geht schon. Bevor mir die Decke auf den Kopf fällt, finde ich sicher jemanden, der mich ablenkt.« Mit geröteten Augen sah sie Hannah tapfer an. »Komm, ich bring dich noch zur Tür.«

Samstag, 13. Juli 2013 - 15:00 Uhr

Drei Stufen auf einmal nehmend, rannte Hannah die Treppen nach unten. Vielleicht waren Lu und Corry ja noch da, und sie konnte ihnen gleich ihre Erkenntnisse mitteilen. An der Gmünder Straße musste sie halten. Auto um Auto fuhr an ihr vorbei. Ein Stück die Straße runter gab es einen Fußgängerüberweg, aber genau hier, wo man mal einen hätte gebrauchen können, war natürlich keiner. Es gab keinen Platz zwischen den vorbeifahrenden Wagen, den sie hätte nutzen können. Kein Fahrer, der ihr ein freundliches Zeichen gab und sie über die Straße winkte. Endlich kam der Linienbus, der den Kreisverkehr langsamer passierte. Hannah nutzte die entstandene Lücke und spurtete über die Straße bis zum Mittelstreifen, dort blieb sie stehen und schaute nach rechts. Direkt in die Augen eines attraktiven Herren in den Sechzigern, der seinen SLK bereits angehalten hatte. Er lächelte ihr zu und gab ihr mit einer Geste, die sie an den Butler von Dinner for one erinnerte, zu verstehen, dass die Straße für den

Moment ganz ihr gehörte. Sie lächelte zurück und hob zum Dank die Hand. Es gibt also doch noch Kavaliere, freute sich Hannah.
Am Rand des Parks blieb sie stehen und schaute sich um. Der See lag still vor ihr. Überall standen oder saßen die Menschen in Grüppchen beisammen und genossen den wunderschönen sonnigen Sommertag. Sie hielt eine Hand über die Augen, um von der Sonne nicht geblendet zu werden, und musterte jede der Gruppen einzeln. Lu und Corry waren nirgendwo zu entdecken. War das nun Bedauern oder Freude? Hannah versuchte, das Gefühl einzuschätzen, das sie in diesem Moment überkam. Es war wohl eher Freude. So war sie in der Lage, die Neuigkeiten zuerst einmal selbst einzuschätzen. Keiner konnte ihr später vorwerfen, dass sie nicht versucht hätte, die Kripo sofort über die erlangten Informationen in Kenntnis zu setzen. Ihr Handy lag zu Hause. Ein Anruf musste also auch noch warten. Jetzt kann ich mir auch etwas Zeit lassen, dachte Hannah. Während sie durch den Park Richtung Arnold-Areal ging, beschloss sie, einen kleinen Spaziergang zu machen, um in ihrem Kopf ein wenig aufzuräumen. In ihre Freude mischte sich Aufregung. Zum zweiten Mal befand sie sich mitten in einer Mordermittlung. Auch wenn Corry und Lu es nicht bestätigt hatten, war sie sich sicher, dass Toni nicht eines natürlichen Todes gestorben war.
Es war halb vier, als sie ihre Knutschkugel auf dem

Parkplatz des Steinenberger Freibads parkte. Ob es nun der Gedanke an den Fall vor einem Jahr oder aber der Wunsch nach Ruhe war, wusste sie nicht. Auf jeden Fall hatte sie sich für einen kleinen Marsch zum Berghofsee entschieden. Kaum hatte sie die Wagentür geöffnet, nahm die Hitze, die ihr entgegenschlug, kurz den Atem. Es ist wohl besser, den Weg durch den Wald zu nehmen, dachte Hannah und warf entschlossen die Tür ihres wunderbar klimatisierten Autos zu. Mit einem letzten wehmütigen Blick auf das kühle Innere überquerte sie die kleine Brücke und stand am Fuße des steil ansteigenden Wegs, der wie ein unüberwindbarer Felsen vor ihr lag. »Mensch Hannah!«, schimpfte sie sich selbst. »Jetzt stell dich nicht so an. Hör endlich mit dem Rauchen auf, dann ist so ein kleiner Anstieg auch kein Thema mehr.« Sie stapfte los. Als sie endlich den Waldrand erreicht hatte, klebte das T-Shirt, das sie trug, wie eine zweite Haut an ihrem Körper. Die kühle Luft, die sie jetzt im Schatten des Waldes umfing, war angenehm, ließ sie aber bald darauf frösteln. »Und morgen hast du einen erstklassigen Schnupfen«, sagte sie laut zu sich selbst. Die Worte hallten durch den Wald. Hannah erschrak. Es war wie ein Déjà-vu. Auch damals hatte sie mit sich selbst gesprochen, um die Angst zu ignorieren. Angst ... da war dieses Gefühl wieder. Sie schaute sich nach allen Seiten um. Es knackte hier und raschelte dort. Sie konnte die Beklemmung spüren wie eine Hand,

die sich um ihr Herz legte. Schnell ging sie weiter. Lächerlich, was sollte schon passieren? Als Kind war sie oft alleine hier im Wald gewesen. Himbeeren oder Brombeeren pflücken, selbst am frühen Morgen Pilze suchen. Damals plagten sie keine Ängste, aber heute ... der Wald hatte etwas Bedrohliches.
Erst, als sie sich einige Zeit später auf eine der Bänke unter den hohen Tannen am Berghofsee setzte, waren Angst und Beklemmung wie weggeblasen. Jetzt war der See ihr Ruhepol geworden. Sie genoss die Postkarten-Idylle und betrachtete lange die wunderschönen Seerosen auf der gegenüberliegenden Seite. Es roch nach Moos und Erde. Hannah liebte diesen angenehmen Geruch. An den Stellen, an denen die Sonnenstrahlen auf das grünliche Wasser trafen, glitzerte und flimmerte es. Hunderte Wassermücken tummelten sich knapp über der Wasseroberfläche. Der Kopf eines Fisches fuhr aus dem Wasser und schnappte sich eine der Mücken. Ein kurzer Blick streifte auch den Platz, an dem sie die Leiche gefunden hatte und wanderte zu der Bank, auf der sie damals gesessen hatte. Es war vorbei. Sie war im Hier und Jetzt. Der See wirkte auf sie absolut nicht bedrohlich. Jedes Mal, wenn sie herkam, ging sie zu dem Kreuz, das an der Fundstelle aufgestellt worden war und legte ein paar Blumen nieder. Und Hannah kam oft hierher. Dann allerdings auf einem anderen Weg, auf dem sie nur ein ganz kurzes Stück durch den Wald gehen musste. Hannah

ließ ihren Gedanken freien Lauf. Sie war davon überzeugt, dass der angeblich missbrauchte junge Mann der Täter war. Vielleicht hatte dieser Toni gelogen und das Zusammentreffen hatte einen ganz anderen Grund. Rache. Rache für das, was Toni ihm drei Jahre zuvor angetan hatte. Wenn er sich hätte entschuldigen wollen, wieso drei Jahre warten? Eine Zigarettenlänge später wusste Hannah, was zu tun war. Sie musste Lu anrufen und zwar schnell. Es widerstrebte ihr, denn nur zu gerne hätte sie selbst etwas unternommen. »Nein Hannah, lass die Finger davon, sonst geht es diesmal böse aus.« Ihre Stimme durchbrach die Stille. Die ihr bereits bestens bekannten Selbstgespräche verwirrten sie nicht mehr. Etwas laut auszusprechen war für sie mittlerweile so, als würde sie das Versprechen jemand anderem geben. Logisch, dass Hannah dies nur tat, wenn sie alleine war. Keiner sollte sie für eine durchgeknallte Tussi halten. Tja, so hatte eben jeder seine eigene kleine Macke. Sie schnappte sich ihre Tasche und machte sich auf den Weg nach Hause. Wenn sich die Polizei nicht gleich auf die Suche machte, wäre der Mörder bald spurlos verschwunden.

Kapitel 5

Samstag, 13. Juli 2013 - 16:00 Uhr

Corry schlug die Akte auf, die vor ihr auf dem Tisch lag. »Dann wollen wir doch mal schauen, was uns die Miesbacher Kollegen da zugeschickt haben.« Lu saß ihr gegenüber und startete gerade den eiligst aufgestellten PC. Die Schorndorfer Kollegen hatten ihnen einen Besprechungsraum als Einsatzzentrale eingerichtet, damit sie in direkter Nähe zum Tatort ermitteln konnten. »Mmh ..., das ist ja interessant.« Corry schaute von den Akten hoch in das fragende Gesicht ihres Kollegen. »Anton Meininger hatte keine schöne Kindheit. Er ist in einem dieser katholischen Waisenhäuser aufgewachsen. Du hast sicher davon gehört, dass ein paar dieser Einrichtungen sich im Moment vor Gericht verantworten müssen. Schläge und Misshandlungen waren dort an der Tagesordnung. Außer an Feiertagen wurden die Kinder dort täglich verprügelt. Auch eine Art der Erziehung. In einem psychologischen Gutachten von Anton Meininger steht, dass diese Misshandlungen, die er erleiden musste, auch ein Grund gewesen sein könnten, ähnliche Dinge an seinen Schülern vorzunehmen. Allerdings weist nichts darauf. Man hat über hundert seiner ehemaligen Schüler befragt. Nicht ein einziger hat ihn belastet. Im Gegenteil, er wird als überaus fairer und loyaler Lehrer beschrieben, der unheimlich viel Verständnis für seine Schüler aufbrachte.« Corry blätterte weiter. »Das Einzige, das ihn belastet, ist die Aussage des 15-jährigen Michael Oswald, genannt Michi.« Sie las stumm weiter, während Lu sie aufmerksam beobachtete. Er versuchte, ihre Regungen zu deuten. Fassungslosigkeit mischte sich mit Wut und Ekel. Gespannt wartete er auf ihre Ausführungen. Corry legte die Akte zur Seite und sah ihn nur stumm an. »Jetzt erzähl schon!«, drängte er. »Was steht drin?« Corry, die so weiß wie die Wand hinter ihr geworden war, schüttelte angewidert den Kopf. »Ich ... ich«, stammelte sie, »ich kann das nicht. Tut mir leid, lies selbst.« Sie schob ihm die Blätter über den Tisch und Lu begann zu lesen.

»Es war am Donnerstagnachmittag. In der letzten Stunde hatten wir Geschichte.« Zwischenfrage des Beamten: »Warum bist du erst heute, also vier Tage später, zu uns gekommen?« »Ich habe mich geschämt.« Lu sah die Szene wie in einem Film vor sich ablaufen. Ein abgedunkeltes Vernehmungszimmer, das die entsprechende Privatsphäre bot. Ein Beamter, der am Tisch saß, sein Kollege, der an die Wand gelehnt in einer Ecke stand. Gegenüber ein junger Mann, der rot geworden war und nervös seine Finger knetete. »Ihr hattet also Geschichte bei Anton Meininger, und weiter?« »Herr Meininger hat mich nach dem Unterricht gebeten, noch kurz zu bleiben. Er hätte etwas mit mir zu besprechen. Wissen Sie, ich bin ziemlich faul, was das Lernen angeht. Geschichte mit diesen ganzen Jahreszahlen liegt mir einfach nicht. Ich hatte mir schon gedacht, dass es um meine Abschlussnote und die Versetzung geht. An der fünf in Deutsch gab es nichts zu rütteln, aber in Geschichte stand ich zwischen vier und fünf. Ansonsten waren meine Noten ganz passabel. Ich glaube, der Meininger hat mich schon immer auf dem Kieker gehabt. Oder er hat mir absichtlich schlechte Noten gegeben, um mich unter Druck zu setzen. Als wir dann alleine waren, kam er gleich zur Sache. Er setzte sich aufs Pult und bat mich, neben ihm Platz zu nehmen. Dann legte er seine Hand auf meinen Schenkel. Du weißt, sagte er zu mir, während seine Hand immer höher wanderte, dass es nur an mir liegt, ob du versetzt wirst oder nicht. Mir war unwohl und ich wollte weglaufen. Dann dachte ich an meinen Vater, der mich windelweich prügeln würde, sollte ich eine Ehrenrunde drehen. Also blieb ich sitzen. Die Hand von Herrn Meininger war mittlerweile am Reißverschluss meiner Jeans angelangt. Ich bekam Panik und sprang auf. Er hielt mich fest und sah mich eindringlich an. Wenn du jetzt genau das tust, was ich sage, dann werde ich deiner Versetzung zustimmen. Ich war starr vor Angst und stand wie angewurzelt da, als er langsam zur Tür ging und abschloss. Dann kam er lächelnd auf mich zu, öffnete

seine Hose und setzte sich aufs Pult.«
Der Film riss ab und Lu lehnte sich angewidert zurück. Die Schweißperlen, die auf seiner Stirn standen, wischte er sich mit dem Handrücken ab. Die Augen waren gebannt auf die Unterlagen vor ihm gerichtet. Der arme Junge, dacht Lu, was hatte dieses perverse Schwein ihm angetan? Corry unterbrach die unangenehme Stille. »Soll ich uns einen Kaffee holen?«, fragte sie. »Den könnte ich jetzt gut gebrauchen. Wenn du irgendwo an einer Flasche Cognac vorbeikommst, dann gieß einen ordentlichen Schluck davon in die Tasse.« Corry nickte verständnisvoll, obwohl sie seinem Wunsch natürlich nicht nachkommen würde. Die Tür fiel mit einem leisen Klicken ins Schloss und Lu war allein. Allein mit dieser Akte, die alle Details der Vergewaltigung enthielt.

Sein Handy klingelte. Es dauerte einige Zeit, bis er in der Lage war, es aus seiner Tasche zu ziehen. Ein Blick auf das Display. Hannah! Diese Frau hatte eine herrliche Begabung, in den unmöglichsten Momenten zu stören. Einen kurzen Augenblick dachte er darüber nach, den Anruf zu ignorieren, entschied sich dann aber dagegen. »Hallo Hannah!«, meldete er sich. »Hallo Lu«, sie klang kleinlaut, aber auch aufgeregt. »Ich muss dir unbedingt etwas erzählen, und …«, Hannah zögerte, »tut mir leid wegen vorhin. Ich war ziemlich zickig, aber ...« Lu unterbrach sie, obwohl er sie gerne hätte leiden lassen und sich auch gerne die ganze stammelnde Entschuldigung angehört hätte. »Hannah, das ist jetzt gerade ein ganz schlechter Zeitpunkt. Wir stecken mitten in den Ermittlungen und ...« Jetzt unterbrach Hannah ihn. »Aber genau darum geht es ja. Ich weiß, wer der Mörder ist.« Lu hielt kurz inne und versuchte, den aufkeimenden Ärger zu unterdrücken. »Hannah, hatte ich dich nicht darum gebeten, dich aus der Sache rauszuhalten? Das war wirklich mein Ernst.« »Aber ich kann doch gar nichts dafür.« Jetzt klang sie beleidigt und Lu musste schmunzeln, als er sich vorstellte, wie sie gerade ihren Schmollmund zog. »Ich bin da einfach so reingerutscht«, fuhr sie fort und erzählte Lu von ihrem Kaffeeklatsch mit Lizzy. Von Toni, dem ehemaligen Schüler und der angeblichen Entschuldigung. »Aber wenn der Junge doch alles ins Reine bringen wollte, wieso soll er dann Toni umgebracht haben?« Eigentlich hatte er diese Frage mehr an sich selbst gestellt, doch Hannah antwortete eifrig: »Das liegt doch auf der Hand. Toni wollte es bei der Entschuldigung nicht belassen. Er wollte sein altes Leben zurück haben und hat dem Jungen gedroht, ihn wegen Verleumdung anzuzeigen. Darauf ist der Typ ausgetickt und hat ihn erledigt.« Lu musste wieder schmunzeln. Diese Frau war nicht zu bremsen, aber genau das gefiel ihm an ihr. »Liebe Hannah, es wäre schön, wenn das so einfach wäre, aber da gibt es noch so viel, das nicht zusammenpasst.

Trotzdem ist das natürlich für uns ein ganz großer Schritt nach vorne und ich danke dir dafür. Könntest du mir vielleicht noch sagen, wie ich deine Freundin erreichen kann?« Er notierte sich Namen, Adresse und die beiden Telefonnummern, die Hannah ihm diktierte. »Danke nochmal, vor allem dafür, dass du nicht wieder selbst irgendwelche Ermittlungen angestellt hast. Mach's gut, wir hören uns.« »Ach Lu«, Hannah fuhr dazwischen, bevor er sich verabschieden konnte. »Meinst du, wir könnten«, PAUSE ... er ließ sie zappeln... »Was könnten wir?«, fragte er dann endlich. »Meinst du, wir könnten uns heute noch treffen? Nach deinem Feierabend, kurz auf der SchoWo?« Sie sprach schnell und Lu vermutete, dass diese Bitte sie einiges an Überwindung gekostet hatte, deshalb antwortete er sanft: »Ich wüsste nicht, mit wem ich den Samstag lieber ausklingen lassen würde, als mit dir. Ich ruf dich später an.« Mehr als erleichtert, dass er ihr nicht mehr böse war, antwortete sie. »Ja mach das, ich freue mich.« Zu diesem Zeitpunkt wusste noch keiner der beiden, dass es ganz anders kommen würde.

Corry betrat mit zwei dampfenden Tassen ihr Übergangsbüro. »Cognac war leider aus«, meinte sie und stellte ihm seinen Kaffee neben die immer noch offen liegende Akte. »Ich glaube, den brauche ich auch nicht mehr. Ich hatte gerade ein sehr interessantes Gespräch mit Hannah.« Corry zog die Augenbrauen hoch und Lu lachte. »Nicht so, wie du denkst.« Dann brachte er seine Kollegin auf den neuesten Stand. »Puh, jetzt wird es aber kompliziert«, stöhnte Corry, nachdem Lu geendet hatte. »Ich versuche gleich mal, diese Lizzy zu erreichen, während du dir den Rest«, sie deutete auf die aufgeschlagene Seite, »zu Gemüte führst.«

Mit einem anderen Gefühl als zuvor las er den Schluss des Polizeiberichts. Die Vergewaltigung war bis ins kleinste Detail beschrieben. Wie konnte sich ein 15-jähriger nur so etwas ausdenken? Als er den anschließenden ärztlichen Befund des Krankenhauses gelesen hatte, war er sich mehr als sicher, dass der Junge das nicht erfunden hatte. Es war von eindeutigen Verletzungsspuren die Rede. Verletzungen, die nur von einer Vergewaltigung stammen konnten. Lu schob die Blätter beiseite und sah Corry an, die ihr Telefonat beendet hatte. »Und?«, fragte er. »Sie ist in einer halben Stunde da. Vielleicht bekommen wir bis dahin auch ein Foto von diesem Michi Oswald.«

Samstag, 13. Juli 2013 - 16:30 Uhr

Elisabeth Wernher betrat nervös die kleine Einsatzzentrale, begrüßte die beiden Beamten und setzte sich in den Stuhl, auf den Lu gedeutet hatte. Sie hatte noch nie in ihrem ganzen Leben etwas mit der Polizei zu tun gehabt. Unsicher hielt sie sich an ihrer Handtasche fest, die auf ihrem Schoss lag. »Sie müssen keine Angst haben, Frau Wernher, wir tun Ihnen nichts.« Das gewinnende Lächeln, mit dem Lu sie anschaute, nahm ein wenig von ihrer Nervosität. Sie versuchte zurück zu lächeln, was aber gänzlich misslang. »Möchten Sie vielleicht einen Kaffee?«, fragte Corry und ging schon zur Tür. »Ja, das wäre wirklich unheimlich nett«, antwortete Lizzy dankbar. Als Corry zurückkam, plauderten die beiden bereits wie alte Freunde. Lizzy erklärte ihm gerade die Vorzüge eines Salzaufgusses. Lu hatte es geschafft, ihr die Befangenheit zu nehmen. Er hatte einfach ein Händchen dafür. Sie grinste, reichte Lizzy den Kaffee und setzte sich. »Ist es okay für Sie, wenn wir jetzt über Anton Meininger sprechen?«, fragte Corry. Lizzy sah zu ihr, nickte und antwortete. »Ja, ich denke, das bekomme ich hin.« Sie erzählte den beiden, wie sie Toni Meininger kennen gelernt hatte. Von den vielen Gesprächen, die sie mit ihm geführt hatte, von seiner Hilfe in ihrem kleinen Schrebergarten, von den endlosen Spaziergängen. Immer wieder hielt sie inne, um ihre Tränen zu trocknen. Elisabeth Wernher zeichnete ein ganz anderes Bild als jenes, das Corry und Lu nach dem Lesen der Akte von Anton Meininger, dem Vergewaltiger, hatten. »Kommen wir jetzt zu gestern«, meinte Lu, als Lizzy geendet und sich die Nase geputzt hatte. Sie nickte wieder, diesmal stumm. »Als

Sie den Park zum zweiten Mal verlassen haben, ist Ihnen, wie Hannah mir erzählte, ein Mann aufgefallen.« Wieder nickte Lizzy, diesmal antwortete sie. »Ja, er war sehr jung, vielleicht um die zwanzig. Er kam mir entgegen und als ich mich nochmal umgeschaut habe, saß er bei Toni.« »Können Sie ihn uns vielleicht beschreiben?« Lizzy schloss die Augen und überlegte. »Er trug Jeans und ein schwarzes T-Shirt. Wenn ich mich richtig erinnere, stand Metallica drauf. Er war groß, ungefähr 1,90 Meter. Die Haare waren hellbraun oder dunkelblond und kurz geschnitten. Mehr ist mir leider nicht aufgefallen. Wissen Sie, ich bin keine so gute Beobachterin.« Wieder liefen ihr ein paar Tränen über die Wangen. Lu widerstand der Versuchung, ihre Hand zu nehmen, um sie zu trösten. »Aber das ist doch immerhin schon etwas. Damit können wir durchaus etwas anfangen. Wir warten noch immer auf ein Bild von unseren bayrischen Kollegen. Vielleicht können Sie ihn ja darauf identifizieren.« Jetzt nickte sie eifrig. »Das kann ich bestimmt. Ich helfe Ihnen gerne so gut ich kann.« »Das wissen wir zu schätzen. Für den Moment war's das jetzt.« Er schaute fragend zu Corry, die bestätigend nickte. »Wenn Sie möchten, können Sie jetzt gehen. Sobald uns das Foto vorliegt, melden wir uns bei Ihnen. Bitte entschuldigen Sie die Unannehmlichkeiten.« Lizzy winkte ab. »Ach, das ist kein Problem.« Sie stand auf, um zu gehen, zögerte dann aber. »Ich weiß ja nicht, ob es wichtig ist, aber als ich in meiner Wohnung war und auf den Balkon, ging um die Blumen zu gießen, schaute ich automatisch in den Park.« Corry und Lu horchten auf. »Ich wollte nur sehen, ob dieser junge Mann noch da war«, meinte sie entschuldigend. Niemand sollte denken, dass sie Toni kontrollieren wollte. »Und, war er noch da?« fragte Lu. »Ja, die beiden haben getrunken. Wissen Sie, ich halte nicht viel davon, wenn jemand seine Sorgen wegtrinken möchte.« Sie rümpfte die Nase. »Das Komische war, dass nicht weit von der Bank, hinter einem der großen Büsche ein anderer Mann stand und die beiden zu beobachten schien.« Corry hob die Augenbrauen. »Ein anderer Mann?« »Ja, er stand einfach da und schaute zu Tonis Bank. Den konnte ich leider nicht erkennen. Er stand ja mit dem Rücken zu mir. Aber er hatte Jeans und ein weißes Hemd an, soviel kann ich Ihnen sagen. Mehr leider nicht.« Sie zuckte bedauernd mit den Schultern. Lu fragte: »Haben Sie denn sonst noch etwas beobachten können?« Lizzy schüttelte den Kopf. »Nein, tut mir leid, ich musste mich doch um meinen Kuchen kümmern. Als ich eine Stunde später nochmal auf dem Balkon war, war Tonis Bank leer.«

Samstag, 13. Juli 2013 - 19:00 Uhr

»Ach Hero, ich muss mich doch fertig machen!«

Hannah hielt die Schachfigur, die der Kater vor sie hingelegt hatte, in der Hand. Mit gespitzten Ohren saß Hero vor ihr und ließ die Figur nicht aus den Augen. »Okay, noch fünf Minuten, aber dann muss ich wirklich ins Bad.« Sie warf die Schachfigur in den Flur und der Kater spurtete los. Kurz darauf kam er zurück, den Bauern, den er sich heute ausgesucht hatte, im Maul tragend. Er sprang auf die Couch und legte die Figur neben sie. Mit seinen wunderschönen bernsteinfarbenen Augen sah er abwechselnd zu ihr und zu der Figur. Hannah warf, diesmal etwas weiter. »Du hättest doch ein Hund werden sollen«, sagte sie zu ihm, als er zurückkam. »Wenn du jetzt noch mit Bellen anfängst, dann bringe ich dich zur Züchterin zurück.« Hannah warf erneut. Die hölzerne Figur prallte von der Wand ab und flog in ihren Abstellraum. Hero kam nicht zurück. Wahrscheinlich lag der arme Bauer jetzt irgendwo in einem Schuh und ihr Kater musste erst einmal suchen. Sie nutzte diese Spielpause und ging ins Bad. Als sie eine halbe Stunde später fertig gestylt zurückkam, lag Hero im Wohnzimmer, den Bauern zwischen seinen Vorderpfoten und miaute fordernd. »Weißt du was, mein Kleiner?«, Hannah nahm ihn auf den Arm und griff gleichzeitig nach der Figur. »Ich bringe dich jetzt zu Klara, mit der kannst du den ganzen Abend weiterspielen.«
Der grüne Golf von Babsi hielt genau in dem Moment vor der Einfahrt, als Hannah die Treppen nach unten

lief. Sie riss die Tür auf und grinste ihre Freundin an. »Wie immer oberpünktlich! Alles gut bei dir?« Babsi nickte. »Könnte nicht besser sein. Wir holen in der Kurv noch schnell jemanden ab, dann kann's losgehen.« »Auch das ist wie immer«, dachte Hannah lächelnd. »Babsi spielt Chauffeur und schart ihre Schäfchen um sich. Sie ist eben eine Herzensgute.«
In dem ihr eigenen rasanten Fahrstil legte Babsi die Strecke nach Schorndorf in einer rekordverdächtigen Zeit zurück. »So, und jetzt auf ins Getümmel!« Babsi zog die Handbremse mit einem Ruck fest an, nachdem sie das Auto galant in einer Parklücke abgestellt hatte. »Ich wundere mich immer wieder, dass dein armes Auto deine Grobheiten schon vierzehn Jahre überlebt hat«, kommentierte Hannah die zurückliegende Fahrt und das Einparken. »Der ist viel gewohnt«, antwortete Babsi, während sie die Türen abschloss. »Ich verhätschele ihn auch nicht so wie du deine Knutschkugel.« Babsis Fahrgäste beobachteten grinsend das Geplänkel der beiden, das anhielt, bis sie am Busbahnhof angekommen waren. »Junge, Junge, da ist ja die Hölle los«, stellte Babsi erfreut fest und beschleunigte ihre sowieso schon schnelle Gangart. Hannah hatte Mühe, mit ihr Schritt zu halten. Obwohl es erst kurz nach acht Uhr war, war der Platz vor dem Café Moser brechend voll. Auf dem Gehsteig standen mindestens zehn Harleys. Also war Babsis Motorradclique auch schon da, registrierte Hannah erfreut. Sie mochte die

Biker. Früher waren sie öfter zusammen um die Häuser gezogen. Vielleicht erweckten sie mit ihrem teilweise etwas unkonventionellen Aussehen bei einigen Menschen einen furchteinflößenden Eindruck, aber bei den meisten von ihnen traf der Spruch „harte Schale - weicher Kern“ den Nagel auf den Kopf. Vor der Bar standen die Leute zweireihig, um an die begehrten Getränke zu kommen. Sie überquerten die Straße und kaum, dass sie die Biker begrüßt hatten, wurden ihnen zwei Gläser Hugo in die Hand gedrückt. Hannah musste nach oben schauen. Das passierte selten, aber der edle Spender war locker einen Kopf größer als sie. »Du bist ein Schatz«, bedankte sich Hannah. »Scheinbar hast du tolle Connections zu den Barkeepern.« »Es hat eben auch seine Vorteile, wenn man groß und breit ist«, antwortete er. »Lasst es euch schmecken.« Hannah zog prüfend an dem Strohhalm. »Mmh, der ist wieder richtig lecker«, meinte sie zu Babsi, die, ebenfalls schlürfend, Hannahs Aussage mit einem schmatzenden »Stimmt!« bestätigte.
»So, jetzt rauchen wir erst mal eine.« Babsi klemmte ihr Glas zwischen die Knie, zog die Zigaretten aus ihrer Umhängetasche und bot Hannah eine an. »Guter Plan. Hör mal, Babsi. Ich muss aber gleich mal kurz zu Meli an den Courage-Stand. Ich habe ihr versprochen, dass ich mich blicken lasse, damit sie sich überzeugen kann, dass es mir gut geht. Kann ich dich mit den Rabauken hier alleine lassen, oder möchtest du

mitkommen?« Babsi nickte, sah sie jedoch fragend an. »Klar kannst du mich alleine lassen, wenn es nicht zu lange dauert. Aber wieso sollte es dir denn nicht gut gehen?« Hannah schlug sich mit der flachen Hand auf die Stirn. Natürlich, Babsi wusste ja noch gar nichts von ihrer gestrigen Bähnlesfahrt. Wieder war sie eine der Letzten, die es erfuhr. Schnell erzählte sie ihrer Freundin die Ereignisse des Vorabends. Babsi stand mit offenem Mund da und hörte ihr, immer wieder den Kopf schüttelnd, zu. »Das ist jetzt aber nicht dein Ernst«, schrie sie fast, als Hannah geendet hatte. »Du willst mir jetzt tatsächlich sagen, dass du schon wieder eine Leiche gefunden hast? Ziehst du die magisch an oder wie? Also, ich lass dich auf keinen Fall alleine da hoch gehen. Ich komme mit. Wer weiss, was dir sonst noch so alles begegnet.« Sie tranken ihre Gläser leer, verabschiedeten sich von den Bikern und bahnten sich einen Weg durch die Menge in Richtung Marktplatz. Auch der obere Marktplatz war brechend voll. Hannah hatte vorgeschlagen, einen kleinen Umweg durch die Gassen zu machen, um dem Drücken und Schieben zu entgehen, aber Babsi hatte sich nicht umstimmen lassen. »Ich muss doch sehen, wen ich so treffe.« Als sie fast eine halbe Stunde später endlich die Palm'sche Apotheke erreicht hatten, gab sie zu: »Du hattest Recht, wir hätten doch den anderen Weg nehmen sollen. Ist ja der Hammer, was hier wieder los ist.« Sie sahen noch eine Weile dem Treiben und den

schon auf den Bänken tanzenden, ausgelassen feiernden Menschen zu, dann gingen sie weiter.
Meli stand an der Kasse und Hannah stellte sich in die Schlange dahinter. Meli bemerkte sie erst, als sie an der Reihe war. »Hallo Süße«, begrüßte sie Hannah erfreut. »Und, wie geht's dir heute?« Sie beobachtete Hannah genau, denn sie wusste, dass ihre Freundin Dinge wunderbar herunterspielen konnte, aber ihr Gesicht fast immer verriet, wie es ihr wirklich ging. »Blendend! Es könnte fast nicht besser sein.« Zufrieden stellte Melanie Lustig fest, dass es Hannah tatsächlich gut zu gehen schien. Die Augen strahlten und die Stirnfalten glichen nicht dem Grand Canyon. Ihre Miene war völlig entspannt. »Du meinst also, dass du das gestrige Ereignis schon verdaut hast?«, hakte sie trotzdem nach. Hannah zuckte mit den Schultern. »Zumindest beinahe, denke ich. Komisch, aber irgendwie sehe ich es mit mehr Abstand als beim letzten Mal. Das ist alles so weit weg. Vielleicht liegt es an dem Drumherum. Am See damals war ich alleine.« »Das kann natürlich sein. Was magst du denn trinken?« »Könntest du mir bitte zwei Apfelschorle geben?« »Na klar, ich mache auch demnächst eine Pause, dann komm ich zu euch.« Sie winkte Babsi zu, die schon an einem der Stehtische stand und wandte sich dann an den nächsten Gast.
»Also, die sind richtig gut«, meinte Babsi und deutete zur Band, die gerade einen Elvis-Hit zum Besten gab.

Hannah drehte sich um, um auch einen Blick auf die Bühne zu werfen. Ihr Herz machte einen kleinen Satz. Neben der Bühne stand Lu, der etwas zu suchen schien. Er ist wirklich eine Waffe, dachte Hannah und konnte ihren Blick nicht von ihm nehmen. Das enganliegende Shirt brachte seinen muskulösen Oberkörper perfekt zur Geltung. Die Dreivierteljeans die er dazu trug, ließen einen Blick auf seine gebräunten Beine zu. Er entdeckte sie und winkte. Hannah winkte zurück und er kam auf sie zu.

»Hallo, mein Engel, ich dachte mir, dass ich dich hier treffen würde.« Seine Lippen, die er ihr auf die Wange drückte, konnte sie auch noch spüren, nachdem er zuerst Babsi und dann Meli, die mittlerweile bei ihnen stand, begrüßt hatte. Warum musste er nur solche Gefühle in ihr wecken? »Hast du denn schon Feierabend?«, wollte Hannah wissen. »Leider nicht, aber wir mussten mit dem Fahrer des SchoWo-Bähnle sprechen. Dort hat Corry zufällig Reiner getroffen und meinte, es würde nichts schaden, wenn wir noch eine Kleinigkeit essen.« Er sah auf seine Uhr. »Wir wollen in einer halben Stunde zurück zum Revier. Dort haben wir vielleicht auch noch eine halbe Stunde zu tun, dann stehe ich dir voll und ganz zur Verfügung.«

»Voll und ganz? Lehn dich nicht zu weit aus dem Fenster, Lu Odermatt. Wer weiß, vielleicht nehme ich dich beim Wort.« Lu schaute Babsi und Meli an. »Ist sie betrunken? Normalerweise bekomme ich solche

Angebote nicht von ihr.« »Nur einen Hugo ... ich schwöre!« Hannah hob drei Finger in die Luft.
Lus Handy klingelte. Er nahm das Gespräch an und lauschte. »Was? Wo? ... Ich bin sofort da. Fünf Minuten.« Er steckte das Handy wieder in die Hosentasche. »Tut mir leid meine Damen, ich muss dringend weg.« Hannah hielt ihn am Ärmel fest. »Wo willst du denn hin? Die halbe Stunde ist noch nicht um.« Bedauernd sah er sie an. »Es ist dienstlich und megawichtig. Tut mir wirklich leid.« So schnell, wie es im Gedränge möglich war, überquerte er den Spitalhof und verschwand Richtung Kaufhaus Bantel. Hannah sah ihm stirnrunzelnd hinterher. »Also jetzt möchte ich doch wissen, warum er es so eilig hat. Kommst du Babsi?« Hannah rannte los. Babsi hatte nicht einmal den Hauch einer Chance, Hannah zurück zu halten. Zu Meli gewandt meinte sie: »Ich glaube, ich gehe lieber hinterher, bevor sie wieder irgendwelche Dummheiten macht.« Meli lachte. »Und ich glaube, das ist bestimmt keine schlechte Idee.« Als Babsi in der Johann-Philip-Palm-Straße angekommen war, sah sie gerade noch, wie Hannah durch den Torbogen Richtung Schlossplatz ging. Nachdem sie den Durchgang passiert hatte, sah sie sich um und entdeckte ihre Freundin sofort. Sie stand keine hundert Meter weiter an einer ... Babsi blinzelte, um in der Dämmerung besser sehen zu können. Ja tatsächlich, Hannah stand an einer Polizeiabsperrung. »Was ist denn hier los?«,

fragte Babsi, als sie bei Hannah angekommen war. Hannah drehte sich langsam um. Sie war kreidebleich und zeigte nur wortlos auf die von mehreren Sanitätern gehaltenen Decken, die als Sichtschutz dienten. »Nun sag schon«, drängelte Babsi. »Was ist passiert?« Hannah zuckte mit den Schultern. »Ich weiß es nicht. Ich habe nur von weitem einen Mann auf der Parkbank liegen sehen. Bis ich hier war, hatten sie schon die Decken aufgespannt. Ich glaube, er ist tot.« »Waaaas? Noch ein Toter?« Babsi sah sie entsetzt an. Hannah nickte. »Ich denke schon.«

Samstag, 13. Juli 2013 - 21:00 Uhr

»Todesursache ist vermutlich dieselbe wie bei Anton Meininger.« Lu Odermatt hatte den Spritzenkörper in der Hand, der kurz zuvor noch im Oberarm des Mannes vor ihm gesteckt hatte. Der Tote lag ausgestreckt auf der Parkbank. Lu schätzte ihn so um die vierzig bis fünfzig. Unter dem struppigen Bart und den langen ungepflegten Haaren war das allerdings schwer zu erkennen. Er roch streng nach Alkohol und die Ausdünstungen seiner Kleider raubten Lu selbst hier im Freien den Atem. »Zweifelsohne ebenfalls ein Obdachloser«, stellte er fest und Corry nickte bestätigend. »Aber es ist keiner von denen, die wir heute Mittag befragt haben.« »Wissen wir schon, was in der

Spritze war, mit der Anton Meininger getötet wurde?« Corry verneinte. »Ich habe versucht, jemanden zu erreichen, aber die sind doch alle auf diesem Fortbildungskongress. Bisher hat sich noch keiner zurück gemeldet. Ich bleib dran.« »Gut. Danke! Wer hat ihn gefunden?«, wollte Lu jetzt von dem Streifenbeamten wissen, der gerade dabei war, das Abdecktuch, das er hielt, einem weiteren herangeeilten Sanitäter in die Hand zu drücken. Dieser deutete nach hinten zu zwei Mädchen, die neben einem weiteren Beamten etwas abseits standen.
»Hey Alter, das war wirklich krass«, hörte er eine der beiden sagen, als er näher kam. »Wir dachten, der Penner wäre eingeschlafen. Weißt du Mann«, sie stemmte die Hände in ihre Hüften und sah den Beamten neben sich entrüstet an, »der Arsch kann sich doch nicht einfach auf unsere Bank legen. Ne, das geht gar nicht. Also hab‘ ich ihm etwas davon«, sie hielt eine Plastikflasche mit einer gelblichen Flüssigkeit hoch, »ins Gesicht geschüttet.« »Apfelschorle war das bestimmt nicht.« bemerkte Corry, die die Szene jetzt ebenfalls beobachtete, und sah ihren Kollegen wissend an. »Nicht zu fassen, die beiden sind doch höchstens sechzehn oder siebzehn.« Abschätzend betrachtete Lu die Mädchen von oben bis unten. Beide trugen knappe Trägertops, die mehr zeigten als verdeckten. Die Größere hatte sich für einen Minirock entschieden, die andere trug zerrissene Jeans-Shorts. Mörderi-

sche High-Heels rundeten das Outfit der Teenager ab. »Also, wenn ich eine Tochter hätte, die würde ich so niemals aus dem Haus lassen«, sagte er entrüstet zu Corry. »Und meine würde mindestens vier Wochen Hausarrest bekommen, das sag ich dir. Sehr viel älter als meine Tochter sind die zwei auf keinen Fall.« »Weißt du…« jetzt war die Shortträgerin an der Reihe. Die duzten doch tatsächlich den Beamten. War das zu fassen? Lu fragte sich, ob die beiden das Wort Respekt aus ihrem Wortschatz gestrichen hatten, oder ob sie es überhaupt kannten. »Der Typ«, sie zeigte mit dem Daumen über ihre Schulter Richtung Parkbank, »der hat sich nicht einmal gerührt, deshalb haben wir ihm noch eine Ladung verpasst.« Lu sah den Beifall heischenden Blick, den das Mädchen ihrer Freundin zuwarf. Jetzt glaubte er auch zu wissen, warum der arme Mann so nach Alkohol roch.

Er ging drei Schritte nach vorne und griff nach der Plastikflasche, die Miss Minirock in der Hand hielt. »Darf ich?« Ohne eine Antwort abzuwarten, schraubte er den Verschluss auf, hielt die Flasche schräg und roch an der Flüssigkeit. »Hey sag mal, spinnst du?«, fuhr ihn das Mädchen entrüstet an und griff nach der Flasche, die Lu gerade an Corry weiterreichte. »Also erstens spinne ich nicht und zweitens dürfen Sie gerne Kommissar Odermatt zu mir sagen.« Absichtlich betonte er das „Sie“, indem er es langzog und lauter aussprach. Corry schnupperte ebenfalls. »Sie wissen aber schon, dass ab 22:00 Uhr im Schlosspark offiziell kein Alkohol erlaubt ist?« Das Mädchen sah Corry aufmüpfig an. »Ja und? Bis dahin sind es noch zehn Minuten. Und offiziell kannst du mich mal.« Sie verschränkte die Arme vor der Brust und sah Corry herausfordernd an. Die Shortträgerin beobachtete nervös ihre Freundin. »Hey Monja, bleib cool, das sind Bullen.« Monjas Augen blitzten und sie sah ihre Freundin mit einem furchteinflößenden Blick an. »Ist mir doch scheißegal.« Für einen kurzen Moment war Lu froh, keine Kinder zu haben. Was für ein Herzchen, dachte er nur, dann sagte er laut: »So meine Damen, jetzt ist aber Schluss. Ich würde mal gerne Ihre Ausweise sehen.« »Meiner liegt zu Hause«, antwortete Herzchen Monja wie aus der Pistole geschossen. »Und was willst du jetzt machen? Mich verhaften?« Obwohl Lu mittlerweile innerlich kochte und keinerlei Verständnis für so viel Unverfrorenheit aufbringen konnte, antwortete er ganz ruhig: »Ich denke, du gehst jetzt erst mal mit dem Kollegen zum Wagen, damit er deine Personalien aufnehmen kann. Wir können uns gerne später nochmal unterhalten, wenn du dich ein wenig abreagiert hast.« Dass er jetzt auf das Sie verzichtet hatte, nahm Corry als eindeutigen Beweis dafür, dass ihr Kollege kurz davor war, die Beherrschung zu verlieren. Und wenn sie ehrlich war, ging es ihr genauso. Mit einer Handbewegung gab Lu dem Streifenbeamten ein Zeichen. Dieser schob die schimpfende Monja, die ihn mit allen möglichen vulgären Namen betitelte, Richtung Wagen.

»Hannchen, das ist doch langweilig. Da passiert doch nichts. Komm, lass uns gehen.« Babsi wollte Hannah am Arm wegziehen, doch diese starrte gebannt auf die Szene, die sich, leider außer Hörweite, zwischen den Kripobeamten und zwei Mädchen abspielte. Ohne ihren Blick von der Szenerie abzuwenden, meinte sie: »Was ist los mit dir? Du möchtest doch sonst immer alles wissen? Wenn es dich langweilt, dann kannst du ja gehen. Wir können uns gerne später wieder treffen.« Schmollend kaute Babsi auf ihrer Backe, schnaufte dann resigniert und blieb neben Hannah stehen. »Klar, bin ich neugierig, was da los ist. Aber außer ein paar Menschen und Sanis mit Tüchern gibt's ja nicht viel zu sehen.« »Schau mal!« Aufgeregt boxte Hannah sie in die Seite. »Aua!« »Stell dich nicht so an. Schau lieber, die bringen das eine Mädchen zum Streifenwagen. Das ist doch Krimi pur.« »Mensch Hannah, du bist unmöglich«, beschwerte sich Babsi. »Was ist denn daran Krimi, dass ein Mädchen zu einem Auto geführt wird, also ehrlich. Ich finde, du übertreibst ein wenig.« Jetzt war es an Hannah zu schmollen. »Okay, mag ja sein, aber vergiss nicht, dass ich die erste Leiche gefunden habe. Vielleicht haben wir ja einen Serienmörder in Schorndorf. Einigen wir uns auf einen Kompromiss. Egal, was passiert, wir bleiben noch zehn Minuten, okay?« »Einverstanden!« Hannah sah, wie das Mädchen, bevor es einstieg, den Zeigefinger drohend in die Luft streckte und rief: »Ich warne dich Lisa, du sagst kein Wort, sonst mach ich dich platt.« Wieder bekam Babsi einen Boxer in die Seite. »Hast du das gehört?« »Ja, die hat ja laut genug geschrien. Jetzt wird es wohl doch noch spannend.«

Die Shortträgerin zuckte zusammen und verschränkte jetzt ebenfalls die Arme vor der Brust. Mit zusammengepressten Lippen stand sie da. »Und jetzt zu dir«, wandte sich Corry an das Mädchen. Sie hatte das unauffällige Zeichen von Lu, dass nun sie an der Reihe war, bemerkt. Kluge Entscheidung Kollege, dachte Corry und drehte sich kurz zu ihm um. Er war zurück zur Parkbank gegangen und koordinierte den Abtransport der Leiche. Zwei weitere Uniformierte standen in Hörweite zu Corry, gaben sich aber unbeteiligt. »Wir wollen dir nichts Böses«, begann Corry, »aber glaub mir, es ist nicht gut für dich, wenn du ins gleiche Horn bläst wie deine Freundin. Sie ist doch deine Freundin, oder?« Das Mädchen sah sie nur stumm an. »Lisa, nun komm schon.« Sie sprach Lisa mit ihrem Namen an, den sie dank Monjas Drohung erfahren hatte, um eine Beziehung zu dem Mädchen aufzubauen. »Wissen deine Eltern, dass du dich hier mit Monja rumtreibst?« Lisas Blick wurde ängstlich, aber sie blieb noch immer stumm. »Du weißt, dass wir sie informieren müssen.« Jetzt sprach blankes Entsetzen aus dem Gesicht des Mädchens und auf einmal sprudelten die Worte aus ihr heraus. »Bitte nicht. Nicht meine Eltern. Sie haben mir den Umgang mit Monja verboten. Aber Monja ist total cool. Wenn ich mit ihr zusammen bin, dann interessieren sich auch die Jungs für mich. Und wenn ihr oder mir einer blöd kommt, dann haut sie ihm eine rein. Echt, Monja ist klasse, sie beschützt mich. Bitte sagen Sie nichts meinen Eltern.« Beruhigend sprach Corry weiter. »Keine Angst, Lisa. Ich werde mit deinen Eltern sprechen und du wirst keine Schwierigkeiten bekommen, okay?« Lisa nickte stumm. »Wie alt bist du?« »Vierzehn« Die Antwort kam zögernd. Oh mein Gott, dachte Corry. Vierzehn,. gerade mal ein Jahr älter als ihre eigene Tochter. »Deine Eltern wissen also nicht, dass du hier bist?« Lisa schüttelte heftig den Kopf. »Nein, sie denken, dass ich bei einer Schulfreundin auf einer Pyjamaparty bin«, gab sie kleinlaut zu. »War ich auch zuerst, aber da war's total langweilig und als mir dann Monja gesimst hat, bin ich abgehauen. Von ihr habe ich auch die Klamotten.« Sie nestelte an den Shorts, als wollte sie die Hosenbeine verlängern. »Hat Monja auch den Alkohol mitgebracht?« Lisa nickte. »Ich mag das Zeug nicht. Von der Flasche habe ich auch nur genippt. Den Rest hat sie getrunken und über den Mann gekippt.« »Und als sich der Mann nicht bewegt hat?«

Lisa sah zu Boden. »Monja wollte ihn runterwerfen. Glauben Sie mir, es war schwer, sie davon abzuhalten, aber dann habe ich zwei Sanitäter entdeckt. Ich bin zu ihnen gerannt und hab sie zu dem Mann gebracht. Ist er tot?«, fragte sie und Corry bemerkte, dass sich das Mädchen vor der Antwort fürchtete. »Ja Lisa, tut mir leid, das ist er.« Corry versuchte beruhigend zu klingen, aber ohne Erfolg. Das Mädchen brach in Tränen aus. »Waren wir das?«, fragte sie schluchzend. »Nein, meine Kleine« Corry nahm sie tröstend in den Arm. »Als ihr bei ihm wart, war er schon nicht mehr am Leben. Du musst dir keine Sorgen machen.« Hoffnungsvoll betrachtete Lisa die Beamtin. Jetzt sah sie tatsächlich wie ein vierzehnjähriges Mädchen aus, stellte Corry fest. »Habt ihr eigentlich, als ihr an die Bank gekommen seid, irgendjemanden in der Nähe gesehen?« Ein Kopfschütteln von Lisa, die am ganzen Körper zitterte. »Da war niemand.« Corry hielt sie noch eine Weile in den Armen. Als sie merkte, dass das Mädchen sich langsam beruhigte, fragte sie: »Hör mal, ich muss jetzt zu meinem Kollegen. Würdest du mit den beiden Beamten aufs Revier fahren? Ich komm dann so schnell wie möglich nach, okay?« Lisa nickte. »Und Monja?«, fragte sie ängstlich. »Die wird dich nicht zu Gesicht bekommen, versprochen. Deine Eltern werde ich selbst anrufen, wenn ich da bin.« Sanft schob sie das Mädchen in Richtung der Streifenbeamten und sah ihr nachdenklich hinterher. Die arme Kleine, aber bei ihr gab es noch Hoffnung, wenn - ja wenn sie den Kontakt zu dieser Monja abbrechen würde.

Samstag, 13. Juli 2013 - 21:45 Uhr

»Komm, lass uns gehen«, drängelte dieses Mal Hannah. »Auf keinen Fall!« Babsi sah, was ihre Freundin schon vor ihr wahrgenommen hatte. »Da kommt nämlich gerade dein Kumpel.« »Deswegen sollten wir ja auch gehen.« Hannah versuchte, Babsi wegzuziehen, aber es war zu spät, die beiden hatten sie entdeckt. Lu hob für Corry das rot-weiße Absperrband hoch und schlüpfte dann selbst hindurch. »Das hätte ich mir ja denken können, dass du hier an vorderster Front stehst.« Täuschte sie sich, oder war tatsächlich kein Vorwurf in seiner Stimme zu hören? Er klang irgendwie amüsiert und sehr entspannt. Hannah war überrascht, eigentlich hatte sie eine andere Reaktion erwartet. Misch dich doch nicht schon wieder ein, halt dich zurück, lass uns unsere Arbeit machen, oder so etwas ähnliches. »Ähm ... ja ... weißt du«, stammelte sie. »Ich war neugierig, was dich so schnell von uns weggezogen hat.« »Schon klar.« Ein angedeutetes Lächeln huschte über sein Gesicht. »Aber glaub mir, deine Neugier bringt dich noch in Teufels Küche.« Er legte einen Arm um Hannahs Hüfte. »Komm, wir begleiten euch ein kurzes Stück. Ihr wollt sicher zu Meli zurück, oder?« Hannah nickte. Sie war sprachlos ob der Reaktion, die in einem so krassen Gegensatz zu der von heute Mittag stand. Eine Frage brannte ihr auf den Lippen, aber Hannah traute sich nicht, sie zu stellen. Sie hatte Angst vor seiner Reaktion. Schweigend gingen sie nebeneinander her. Als sie an dem schmalen Weg, der zum Spitalhof führte, angekommen waren, nahm sie allen Mut zusammen. »War der Tote wieder ein Obdachloser?« Lu nickte. Er sah besorgt aus. »Und jetzt«, meinte er und strich mit seinem Zeigefinger liebevoll über ihren Nasenrücken, »steckst du diesen Teil deines Gesichts allerhöchstens noch in ein Glas. Haben wir uns verstanden?« Hannah nickte. »Das wird dann wohl nichts mehr mit unserer Verabredung heute, oder?« Lu schüttelte bedauernd den Kopf. »Ich vermute mal, Corry und ich müssen heute eine Nachtschicht einlegen.« Corry, die mit Babsi im Schlepptau jetzt neben ihnen stand, verzog das Gesicht. »Da hat er leider recht. Wir müssen jetzt auch gehen. Ich befürchte, auf dem Revier ist die Hölle los.« Lu beugte sich nach vorne und flüsterte Hannah ins Ohr: »Ich ruf dich später oder morgen früh an.« Er hauchte ihr einen Kuss auf den Hals, drehte sich um und verschwand mit Corry in der wogenden Menschenmenge, die auf dem oberen Marktplatz ausgelassen feierte. Hannah sah den beiden hinterher und griff dabei an die Stelle, die er geküsst hatte. Unglaublich, was dieser Mann in ihr auslöste. »Erde an Hannah ... Hallo, jemand zu Hause?« Babsi stand neben ihr und hatte die Hände trichterförmig um den Mund gelegt. »Erde an Hannah ... Ich verdurste gleich.« »Na, dann komm mal mit, Captain Kirk«, lachte Hannah und zog Babsi in die Gasse. »Ich weiß, wo wir da ganz schnell Abhilfe schaffen können.«

Lu stand an der Magnettafel, die fast die ganze Breite des Raumes einnahm und schrieb den Namen Paul Winkler unter das Foto, das er gerade neben dem von Anton Meininger befestigt hatte. Corry saß am Besprechungstisch und beobachtete ihn. Sie war aufgewühlt. Nachdem sie Lisa und Monja in die Obhut ihrer Eltern entlassen hatte, machte sie sich Vorwürfe. Mit den Eltern von Lisa hatte sie zuerst gesprochen. Sie waren unheimlich verärgert, aber trotzdem auch verständnisvoll und hatten Corry versprochen, mit Lisa sanft umzugehen. Vorwürfe, so hatte sie den beiden erklärt, würden in diesem Fall nichts bringen. Mit einem ernsten Gespräch über die Beweggründe ihrer Tochter, sich gerade Monja als Freundin auszusuchen, könnten sie wahrscheinlich mehr erreichen. Als Lisa flankiert von Mutter und Vater das Revier verließ, drehte sie sich nochmal zu Corry um und formte mit den Lippen ein lautloses Danke. Corry war überzeugt, dass sie es schaffen würde. Hier war alles gut gelaufen. Das Problem war Monja, besser gesagt ihr Vater. Er kam allein, um seine Tochter abzuholen und es schien, als wäre er betrunken. Kaum hatte er den Raum betreten, schlug er seiner Tochter mit der flachen Hand hart ins Gesicht. Corry schaffte es nicht, dazwischen zu gehen. »Was hast du kleines Flittchen jetzt schon wieder angestellt? Warte nur, bis wir zu Hause sind, da werde ich dir deine Flausen schon austreiben.« Corry stellte sich schützend vor Monja. »Jetzt mal ganz ruhig, so können Sie sich hier nicht aufführen.« Der Beamte an der Tür ging zwei Schritte auf den Vater zu und blieb neben ihm stehen. Corry redete lange auf ihn ein und erklärte, dass Schläge keine Lösung seien. Er schien sich langsam zu beruhigen und verließ eine halbe Stunde später mit seiner Tochter ebenfalls das Revier. Kein Wunder, dass dieses Mädchen so aggressiv und respektlos war, bei so einem Vorbild. Arme Kleine, am liebsten hätte ich sie hier behalten, überlegte Corry. Auf jeden Fall werde ich am Montag als allererstes beim Jungendamt anrufen, nahm sie sich vor. Vielleicht gibt es doch auch noch Hoffnung für Monja. Sie sah wieder zu ihrem Kollegen. Mittlerweile hatte er bereits ein Viertel der riesigen Tafel mit Notizen gefüllt. Mit einem kurzen Blick auf seine Uhr drehte er sich zu Corry um. »Viertel vor eins. Wäre es okay für dich, wenn wir zwei heute noch alles zusammenfassen? Meiner Bitte, ein Sonderkommando zu bilden, hat unser Chef sofort zugestimmt, nachdem er von dem zweiten Toten gehört hat. Wir treffen alle hier. Morgen um halb neun. Jetzt schau mich nicht so entgeistert an, Corry. Ich war auch nicht untätig, während du dich um die Mädchen gekümmert hast.« Corry schmunzelte. Lu war alles andere als untätig. Im Gegenteil. Seit er zu ihnen gekommen war, rackerte er mehr als alle anderen. Corry war froh, ihn als Partner zu haben. Obwohl er meistens die Zügel in die Hand nahm, waren sie ein ausgezeichnetes Team, das harmonisch zusammen arbeitete. »Dir opfere ich doch gerne noch eine halbe Stunde. Lass mal hören, wo wir stehen.«

»Ihr wisst ganz genau, dass ich nichts mehr ausschenken darf. Zapfenstreich ist Zapfenstreich«, erklärte Meli nun schon zum zweiten Mal. «Natürlich wissen wir das«, bestätigte Trudl, die sich kurz nach deren Rückkehr zu Hannah und Babsi gesellt hatte. »Aber man kann's doch mal versuchen«, setzte sie mit einem unschuldigen Augenaufschlag hinzu. »Ja, versuchen kann man alles.« Meli wischte lachend den Stehtisch ab, an dem die Mädels standen. »Wir sehen uns morgen.« Sie ging weiter, um die anderen Tische, die sich zunehmend leerten, sauber zu machen. »Also, was ist mit euch? Kommt ihr mit zum Moser? Jacky, Bea und Sophie sind bestimmt auch noch da.« Trudl sah von Hannah zu Babsi. »Ich bin dabei«, stimmte Babsi zu. »Heute schließ ich die letzte Kneipe selbst ab. Kommst du Hannah? Du hast doch schon wieder ge-

träumt!« »Stimmt gar nicht«, widersprach diese, bemüht, ihre Aufgewühltheit zu verbergen.
»Was ist denn da schon wieder los?« Trudl, die ein Stück vorausgegangen war, blieb abrupt stehen und sah Richtung Kaufhaus Bantel. »Nicht noch eine Leiche!« Hannah und Babsi folgten ihrem Blick. Keine zwanzig Meter weit weg standen mindestens zehn Polizisten, die mit ihren Körpern etwas abschirmten. »Also mein Bedarf an Toten ist absolut gedeckt.« Hannah beschloss, das Ganze aus der Ferne zu beobachten, während Trudl und Babsi schon auf den Tumult zuliefen. Eine kleine Menge Schaulustiger stand hinter der Absperrung aus Körpern. Hannah sah zwei, drei Handys, die über die Köpfe der Polizisten gehalten wurden. Zwei Sanis liefen mit Decken bepackt an ihr vorbei. Ihre Knie wurden weich. Oh nein, bitte nicht noch einer. Hannah lehnte sich nach hinten und spürte die Hauswand in ihrem Rücken. Was war hier eigentlich los? Was für ein kranker Typ bringt hier reihenweise Menschen um? Mit zitternden Fingern zündete sie sich eine Zigarette an und inhalierte tief. Jetzt kamen die beiden Sanitäter wieder. Begleitet von zwei in Wolldecken gehüllten Mädchen, deren Haare klatschnass waren. Hannah sah die Tropfen, die auf das Pflaster der Straße fielen, verwirrt an.
»Das glaubst du jetzt nicht Hannah!« Trudl und Babsi kamen lachend auf sie zu. »Das war wie im Film. Und zwar genau wie in La dolce vita mit Anita Ekberg.

Nur in zweifacher Ausfertigung.« Hannah sah Trudl verwirrt an. Diese beschrieb gerade die Szene am Trevi-Brunnen in Rom bis ins kleinste Detail. Für Hannah stand fest, sollte sie jemals vor Günther Jauch sitzen, dann wäre Trudl ihr Joker für Film- und Kinofragen. »Aber was hat La dolce vita mit dem Tumult da drüben zu tun?«, wollte sie wissen. »Stell dir vor,« erklärte jetzt Babsi. »Zwei Mädchen, denen es wahrscheinlich zu warm war, und vermutlich waren sie auch ein klein wenig alkoholisiert, haben sich ausgezogen und sind zum Baden in den Hirschbrunnen gestiegen.« Babsi kicherte. »Irgendjemand hat sie wahrscheinlich beobachtet und ihnen die Klamotten geklaut. Da sie beide splitterfasernackt waren, haben sie sich nicht mehr herausgetraut, denn mittlerweile gab es schon einige Schaulustige. Die Polizisten waren echt lässig und haben den Brunnen so lange abgeschirmt, bis das Rote Kreuz mit den Decken da war.« Hannah fiel ein Stein vom Herzen. Keine Leiche. Was für ein Glück. »Eine coole Aktion, Hut ab!« Die Erleichterung war Hannah anzuhören. »Die Nixen sind mir richtig sympathisch, auch wenn ich sie nicht kenne.« Trudl hakte Hannah und Babsi unter. »Hab ich euch übrigens erzählt, was ich vorhin am Dixie-Klo beobachtet habe?«, wollte sie wissen, während sie über den oberen Marktplatz gingen. Hannah und Babsi schüttelten gleichzeitig den Kopf. »Das war echt der Hammer. Ich stehe gemütlich am Zaun, der den

„Sack“ absperrt und warte auf ein freies Klo. Ein junger Typ hat sich an mir vorbei und durch die Absperrung gedrückt. Und was soll ich euch sagen? Der hat doch tatsächlich an die Hauswand von der Frau Mahler gepinkelt. Wie hingezaubert stand die dann auf einmal neben ihm und hat ihn zurechtgewiesen. Den hättet ihr echt sehen sollen. Ich hätte mir beinahe in die Hose gemacht vor Lachen. Immer wieder hat er gesagt ... ich kann jetzt nicht aufhören! Es geht nicht ... ich bin gleich soweit. Die Frau Mahler hat wie ein Racheengel erbarmungslos neben ihm gestanden und abgewartet, bis er fertig war. Das war zum Schießen. Ein Bild für die Götter. Er hat sie dann tatsächlich noch auf ein SchoWo-Bier eingeladen.« »Und?«, fragte Babsi. »Ist sie mitgegangen?« »Natürlich nicht. Sie hat dankend abgelehnt. Das hätte man echt filmen sollen.« Hannah dachte an die beiden Mädchen im Hirschbrunnen und die mit Handys bewaffneten, hochgereckten Hände, die diese Szene tatsächlich gefilmt oder fotografiert hatten. Hoffentlich kam keiner auf die Idee, das ins Internet zu stellen. Das wäre für die beiden wahrscheinlich mehr als peinlich.

»Sollen wir nicht gleich ins Penny Lane?«, fragte Trudl und zeigte auf die Schlange vor dem Café Moser. »Mir ist das egal«, meinte Hannah und Babsi schloss sich mit einem »mir auch« an. Dann entdeckten sie Sophie am Ende der Schlange, die ihnen zuwinkte. »Hey, schön, dass ihr es auch geschafft habt.

Jacky und Bea sind drinnen. Geht übrigens ganz schnell. Für jeden, der rauskommt, kann einer rein - und es sind viele Raucher drin, die ab und zu vor die Tür müssen, so wie ich.« Sophie grinste Hannah an. »Übrigens, Lu und Corry sind gerade eben gekommen.« Hannahs Herz machte einen kleinen Satz, und obwohl Trudl noch immer drängte, gleich ins Penny zu gehen, hätten Hannah keine zehn Pferde mehr von hier weggebracht.

Die Hitze, die sie in dem überfüllten Lokal empfing, trieb Hannah augenblicklich Schweißperlen auf die Stirn. Sie entdeckte Lu sofort. Er stand gerade an der Theke. Hannah schlängelte sich durch die Menge, bis sie hinter ihm stand. »Nennt man das arbeiten?«, fragte sie. Lu drehte den Kopf und lächelte. »Es ist kurz vor halb zwei. Ich finde, da ist es völlig in Ordnung, Feierabend zu machen. Möchtest du etwas trinken?« Hannah nickte. »Eine Cola bitte!« »Aber sehr gerne. Wir stehen da hinten, da ist das Gedränge nicht ganz so groß.« Hannah folgte seinem Blick und entdeckte Jacky. Sie sah zur Tür, durch die gerade Babsi und Trudl kamen, winkte und deutete in Richtung der zweiten Tür. Die beiden hatten verstanden und schoben sich durch die Menge zu der kleinen Gruppe, die sie mit großem Hallo begrüßten. »Hör mal.« Hannah sah Lu mit einem unschuldigen Augenaufschlag an, als er ihr die Cola in die Hand drückte. »Meinst du, du könntest mich nach Hause bringen?« »Jetzt gleich?«

»Nein«, grinste sie, »wir können gerne noch austrinken.«
Es war kurz nach halb drei, als Hannah in ihrer Handtasche nach dem Schlüssel kramte. Lu stand dicht hinter ihr und sie konnte seinen Atem in ihrem Nacken spüren. »Wenn du nicht Abstand hältst, dann finde ich meinen Schlüssel nie und wir stehen morgen früh noch da«, beschwerte sich Hannah. Er lachte: »Du riechst einfach zu gut.« Endlich hatte sie den Schlüssel gefunden. »Möchtest du noch mit reinkommen?«, fragte sie hoffnungsvoll. Lu sah sie lange an, nahm sie in die Arme und verschloss ihren Mund, den sie gerade geöffnet hatte, um die Frage zu wiederholen, mit einem leidenschaftlichen Kuss. Seine Hände streichelten über ihren Rücken und ein angenehmer, wohliger Schauer machte sich in ihrem Körper breit. Sie hatte die Arme um seinen Hals gelegt. Ihre Lippen lösten sich. »Du kannst mir glauben, dass ich nichts lieber tun würde, aber ich weiß genau, dass ich meine Hände nicht von dir lassen könnte.« Sie sah ihn herausfordernd an. Zeit, einen Vorstoß zu wagen. »Vielleicht möchte ich das ja«, säuselte sie an seinem Ohr. »Hannah, es geht nicht«, meinte er bedauernd. »Wir haben zwei Morde aufzuklären und ich muss in drei Stunden aufstehen. Es tut mir wirklich furchtbar leid. Bitte sei nicht böse.« Sie schob ihn von sich weg und er war sicher, dass sie megausauer war und es lange dauern würde, bis sich ihm wieder so eine Gelegen-

heit bot. »Der andere Obdachlose wurde also auch ermordet?«, fragte sie entsetzt, aber in keinster Weise verärgert. Lu nickte. »Vom selben Täter?« Wieder nickte Lu. »Vermutlich schon.« »Das heißt also, dass ihr es mit einem Serienkiller zu tun habt?« »Das ist eher ein Ausdruck, der in Amerika benutzt wird«, antwortete er. Ein Lächeln umspielte seine Lippen. Er wusste von ihren Vorlieben für amerikanische Krimiserien. »Es sieht ganz danach aus, dass wir es mit einem Mehrfachmörder, das ist der Ausdruck, den wir benutzen, zu tun haben.« Hannah zog ihn zu sich heran, küsste ihn kurz und schaute ihn dann ernst an. »Ich bin dir nicht böse. Deine Arbeit geht vor und für diesen Fall solltest du wirklich ausgeruht sein, also verschwinde, und zwar ganz schnell.« Sie dirigierte ihn zur Treppe und verschwand im Haus. Nein, dachte Lu, aus dieser Frau werde ich wahrscheinlich nie schlau. Zufrieden lächelnd ging er zu seinem Wagen.

Kapitel 6

Sonntag, 14. Juli 2013 - 08:30 Uhr

Gut, dann fasse ich jetzt zusammen.« Lu Odermatt stand an der Magnettafel und zeigte auf das Foto von Toni. »Anton Meininger, 53 Jahre alt, letzter bekannter Wohnort Fischbachau in Oberbayern, Harz-IV-Empfänger, obdachlos. Man hat ihn am Freitag im SchoWo-Bähnle tot aufgefunden.« Kurz dachte er an Hannah, dann fuhr er fort. »Er wurde ermordet. In seinem Oberarm steckte noch die Nadel einer Spritze. Wir haben auch den Spritzenkörper gefunden, in dem sich noch etwas Flüssigkeit befand. Leider sind die Kollegen vom Labor übers Wochenende auf einer Fortbildung, aber sie haben einen Kollegen abgestellt, der heute früh zurückkommt, um uns zu unterstützen. Er wird uns dann hoffentlich schnell sagen können, um was für eine Flüssigkeit es sich handelt. Der Todeszeitpunkt liegt ungefähr zwischen 19:00 Uhr und 20:00 Uhr.« »Hat die Spusi sonst noch irgendwas gefunden?«, fragte Hauptkommisar Burger, der neben Ralf Meier und vier weiteren Streifenbeamten zum 8-köpfigen Team der Sondereinheit „SchoWo“ gehörte. Lu schüttelte den Kopf. »Jede Menge Fingerabdrücke in der Bahn, aber keine auf dem Spritzenkörper. Der Täter muss Handschuhe

getragen haben. Und das im Sommer, das muss doch aufgefallen sein. Wir müssen versuchen, Fahrgäste zu finden, die zur Tatzeit mit dieser Bahn gefahren sind.« Er hielt eine Ausgabe der Sonntag Aktuell hoch. »In den Akten vor euch findet ihr eine Kopie des Aufrufes, den die Presse heute gedruckt hat. Wir können nur hoffen, dass sich darauf jemand meldet, der etwas beobachtet hat.« Er warf einen hoffnungsvollen Blick auf die Telefonnotizen, die vor ihm lagen, dann zeigte er auf das andere Foto. »Paul Winkler, 48 Jahre alt, ebenfalls Hartz IV und obdachlos. Er wurde vermutlich mit demselben Gift getötet wie Anton Meininger. Die Spritzenkörper sind identisch und das toxikologische Gutachten wurde uns ebenfalls für heute am späten Vormittag zugesagt. Wir müssen also davon ausgehen, dass es sich um denselben Mörder handelt.«
»Das heißt also«, durchbrach die sonore Stimme von Hauptkommisar Burger die Stille, die nach den Ausführungen von Lu Odermatt den ganzen Raum erfüllt hatte, »wir haben es mit einem Mehrfachtäter zu tun?« Er sprach das aus, was alle Anwesenden befürchteten.
»Davon müssen wir leider ausgehen«, bestätigte Lu. »Der Mord an Anton Meininger wies auf den Racheakt eines Vergewaltigungsopfers hin. Selbstverständlich ist das noch nicht vom Tisch. Wir müssen aber in verschiedene Richtungen ermitteln. Da beide Opfer obdachlos waren, könnte es auch durchaus sein, dass ein Bürger es sich zur Aufgabe gemacht hat, die - bitte

entschuldigt die Ausdrucksweise - Penner aus dem sauberen Stadtbild zu entfernen.« Lu wartete. »Hat noch jemand Fragen?« Er sah in die Runde und in sieben Gesichter, die ihn erwartungsvoll anschauten. »Gut«, meinte er schließlich, »dann werde ich jetzt die Teams einteilen. Karl-Heinz, ihr zwei«, er deutete auf den Beamten neben Hauptkommisar Burger, »ihr kümmert euch noch einmal um die Befragung der Obdachlosen. Wir müssen alles wissen, was ihr über Anton Meininger und Paul Winkler herausbekommen könnt. Außerdem, wer in den letzten Tagen mit den beiden Opfern zusammen war. Gab es irgendwelche fremde Personen im Umfeld der Obdachlosen, die sich verdächtig verhalten haben? Und so weiter.« Karl-Heinz nickte. »Geht klar.« »Wir müssen auch herausfinden, ob es in letzter Zeit verstärkt Maßnahmen gegen die Obdachlosen gab. Beschwerden bei der Stadt, Leserbriefe oder ähnliches. Könnt ihr beide euch darum kümmern?« Die zwei jungen Beamten, an die er sich gewandt hatte, nickten eifrig. Sie waren gerade von der Bereitschaftspolizei in den Streifendienst gewechselt und mehr als stolz, schon zu einer Sondereinheit zu gehören. Lu hatte speziell um diese „Frischlinge“ gebeten. Natürlich wusste er, dass es ihnen an Erfahrung fehlte, aber eine genauere Recherche würde kein altgedienter Polizist besser hinbekommen. Der Wunsch, sich ein paar Sporen zu verdienen, und zu zeigen, dass man es drauf hat, war bei den meisten Neuen groß. So auch bei diesen beiden. Lu grinste, als er sah, dass sie es kaum erwarten konnten, an die Arbeit zu gehen. »Und ihr beide«, fuhr er fort und deutete auf Ralf Meier und den verbliebenen Beamten, »bildet das dritte Team. Ich möchte, dass ihr den Kollegen in Miesbach Druck macht. Wir brauchen unbedingt ein Foto von diesem Michael Oswald. In der Akte, die sie uns übermittelt haben, hat das leider gefehlt. Wenn euch das Bild vorliegt, geht ihr zu dem Fahrer des SchoWo-Bähnles und schaut, ob es sich um den Mann handelt, der mit Toni am Freitag eingestiegen ist. Verteilt das Foto bitte auch an die Kollegen, die auf der SchoWo Dienst haben. Wir müssen dringend mit diesem Michael Oswald reden. Ich würde mal sagen«, er sah auf seine Uhr, »wir treffen uns um zwei wieder hier. Danke euch und viel Erfolg!«

Der Raum leerte sich schnell. Corry sah ihn fragend an. »Und was machen wir?« »Zuerst einmal brauche ich eine Tasse Kaffee, dann reden wir mit ein paar Fahrgästen. Es haben sich schon einige Leute auf unseren Aufruf gemeldet.« Er hob die Notizen hoch, die ihm die Telefonistin von der Tagschicht kurz vor ihrer Besprechung in die Hand gedrückt hatte. »Prima, Innendienst - bei dem Wetter.« Corry schaute bedauernd aus dem Fenster. Lu lachte. »Du wirst schon noch früh genug raus kommen. Soll ich dir einen Kaffee mitbringen?«, wollte er wissen. »Aber sehr gerne. Ich schau mir schon mal an, was wir da haben«, antwortete sie und nahm ihm die Notizen aus der Hand.

Sonntag, 14. Juli 2013 - 09:30 Uhr

»Ach Hero, lass das!«, beschwerte sich Hannah schlaftrunken und winkelte ihr Bein an. »Nur noch ein klein wenig dösen.« Hero sah auffordernd zu ihr. Sein Frauchen machte keine Anstalten aufzustehen. Ich habe Hunger, schienen seine Augen zu sagen, aber Hannah ignorierte diesen Blick und kuschelte sich in ihre Wolldecke. Erbarmungslos nahm er sich nun ihren anderen Zeh vor und biss sanft auch in diesen. Seine Vorderpfoten lagen besitzergreifend auf ihrem Fuß. Seufzend schlug Hannah die Decke zurück. Zufrieden, dass seine Bemühungen Erfolg gezeigt hatten, sprang der Kater von der Couch und stolzierte mit hochgerecktem Schwanz in die Küche. Hannah folgte ihm. »Du bist so was von verfressen, das gibt's gar nicht. Neben dir wird ja sogar Garfield zum Hungerhaken. Der Verfasser der Weisheit, Hunde haben Herrchen und Katzen Bedienstete, muss dich gekannt haben.« Sie sah zu ihm hinunter in seine bernsteinfarbenen Augen, mit denen der Kater sie abwartend beobachtete. »Hier, du kleiner Herzensbrecher.« Hannah stellte den Napf auf den Boden und ging zur Kaffeemaschine.

Kurze Zeit später saß sie, wieder in die Decke gekuschelt, die große Kaffeetasse in der Hand, auf dem Sofa. Es war spät geworden gestern, aber sie wollte unbedingt noch ein wenig fernsehen. Wie schon oft in letzter Zeit, war sie dabei eingeschlafen und hatte es nicht ins Bett geschafft. Egal, das Sofa war superbequem und sie hatte prima geschlafen. Hannah schaltete den Fernseher ein. Die kleinen Leuchtziffern in der rechten Ecke des Bildschirms verrieten, dass es kurz nach halb zehn war. Ach, da kann ich mir ja direkt noch eine Folge der Rosenheim-Cops reinziehen, überlegte sie und zappte zu den archivierten Filmen. Wie herrlich, ein Sonntagmorgen auf der Couch. Bis zum geplanten Mittagessen mit Klara auf der SchoWo hatte sie noch genügend Zeit.
Hero, frisch gestärkt, kam ins Wohnzimmer, sprang auf die Couch und kuschelte sich an ihren Oberschenkel. Sie dachte an den gestrigen Abend, an Lu und den zweiten Toten auf der Parkbank. Konnte es wirklich sein, dass in Schorndorf ein, wie hatte es Lu genannt, Mehrfachmörder sein Unwesen trieb? Während sie ihren Gedanken nachhing, sah sie eher teilnahmslos auf den Bildschirm. Korbinian Hofer telefonierte gerade. »Ah so«, hörte Hannah. »Der Bruder wohnt also in Schliersee. Und was...« Auf einmal war Hannah hellwach. Sie schlug sich mit der flachen Hand auf die Stirn. »Schliersee! Mensch Mädchen, du wirst langsam alt, da hättest du doch auch gleich drauf kommen

können.« Schnell griff sie zum Telefon und suchte in den Kontakten. Tina Oswald. Dann hielt sie inne. Hatte Lu sie nicht darum gebeten, sich nicht einzumischen? Aber was war schon dabei, alte Kontakte zu nutzen, um die Polizei ein wenig zu unterstützen? Tina kannte sie schon über fünfundzwanzig Jahre. Sie hatte sie damals in ihrem Ausbildungsbetrieb kennengelernt und in den drei Jahren, die Hannah in Oberbayern wohnte, waren sie durch dick und dünn gegangen und hatten einiges zusammen erlebt. Irgendwann hatten sie sich aus den Augen verloren, aber, das muss kurz vor meinem vierzigsten Geburtstag gewesen sein, überlegte Hannah, hatten sie sich wieder getroffen und seitdem sahen sie sich mindestens einmal im Jahr, wenn Hannah zum Skifahren an den Spitzingsee fuhr. Sie sah nochmal auf das Display. Der Name stand da, wie eine stumme Aufforderung. »Nun mach schon!«, ermutigte sie sich selbst.
»Oswald!« Hannah erschrak. Hatte sie tatsächlich gewählt? »Hallo Mausi, hier ist Hannah!«, meldete sie sich. Stille. »Ja mei, na des gibt's doch gar net, Hannah, lebst du noch? Es ist doch erst Sommer, normalerweise höre ich vor November doch nie was von dir.« In ihrer Stimme war ein stiller Vorwurf zu hören. Hannah ignorierte diesen, denn Tina meldete sich ja auch nur sehr selten bis überhaupt nicht. »Ach weißt du, es gibt da was, bei dem du mir helfen könntest.«
»Ich dir helfen, ja wobei denn?« Hannah erzählte ihr

eine Kurzfassung der letzten Tage. »... und jetzt wollte ich einfach mal wissen, ob du diesen Anton Meininger kennst.« »Der Meininger Anton ist tot?« Stille ... Tina schien auf eine Bestätigung zu warten. »Das sagte ich doch schon. Er wurde ermordet. Also was ist, kennst du ihn?« »Natürlich, der Toni war im Gymnasium zwar zwei Klassen über mir, aber wir sind im selben Skiclub. Besser gesagt, wir waren. Eine schlimme Geschichte, die damals passiert ist.« Wieder Stille am anderen Ende der Leitung. »Weißt du Hannah, bei uns konnte sich damals keiner vorstellen, dass der Toni zu so etwas fähig sein soll. Aber der Oswald Michi ist auch ein ganz netter, und warum sollte der lügen?« Hannah kaute auf ihrer Lippe und überlegte. Vielleicht war die Geschichte, die Toni ihrer Freundin Lizzy erzählt hatte, ja wahr. Vielleicht wollte dieser Michi Oswald tatsächlich reinen Tisch machen, eben weil er so ein netter war. Aber warum hatte er dann damals diese ganze Geschichte überhaupt erfunden? Für Hannah ergab das alles überhaupt keinen Sinn. »Der ist aber nicht zufällig mit dir verwandt?«, fragte sie dann. »Schmarrn, woher denn? Das solltest du doch wissen. Oswald ist bei uns ein Name wie bei euch Müller. Und außerdem, du kennst ihn doch.« »Wie? Ich kenne ihn? Quatsch!« »Natürlich. Wir hatten beim letzten Mal, als du hier warst, richtig Spaß.« Hannah kramte in ihren Erinnerungen. Der Abend am Stammtisch in der Wurznhütte, da war tatsächlich ein

Michi dabei gewesen. »Du meinst diesen gutaussehenden Jungen von der Bergwacht?« »Genau, das ist der Oswald Michi.« Jetzt hatte Hannah sein Bild vor sich. Ein sympathischer, attraktiver junger Mann. Ein ziemlich ruhiger, anders als die anderen Machos der Bergwacht, die meinten, wenn sie in ihren schicken orangen Skianzügen zum Aprés-Ski kamen, müssten ihnen alle Frauen zu Füßen liegen. »Jetzt kann ich mich erinnern. Das ist wirklich ein ganz netter.« »Sag ich doch.« Hannah bohrte weiter. »Hör mal Tina, kannst du mir vielleicht ein wenig mehr von ihm erzählen? Was macht er, wo wohnt er?« Keine Antwort. »Bist du noch dran?«, fragte Hannah und hörte ein Rascheln am anderen Ende. »Ja, aber ich bin etwas schockiert. Glaubt eure Polizei wirklich, dass der Michi etwas mit dem Tod vom Toni zu tun hat?« »Was weiß denn ich«, antwortete Hannah ungeduldig. »Mir erzählt man ja nichts.« Ein helles Lachen schallte ihr aus dem Handy entgegen. »Das wundert mich nicht. Ich denke mal für eure Polizei bist du seit der Geschichte vom letztem Jahr ein rotes Tuch. Du kannst einem aber auch wirklich auf die Nerven gehen.« »Tina!«, rief Hannah gereizt. »Is jo scho guad, lass mich nur kurz überlegen.« Die kurze Pause nutzte Hannah, um sich eine Zigarette anzuzünden. »Also gut«, hörte sie dann ihre Freundin sagen. »Zum Michi. Ich weiß nicht sehr viel über ihn. Du weißt ja selbst, dass er nicht viel redet. Ich kann dir nur erzählen, was man eben so mitbekommt.« »Na, dann erzähl mir eben das«, unterbrach Hannah sie ungeduldig. »Mei Hannah, jetzt lass mich doch wenigstens überlegen.« Wieder eine kurze Pause. »Also, er arbeitet bei der Arbeitsvermittlung in Miesbach. Dort wohnt er auch, zusammen mit seinem Vater. Übrigens ein ganz fieser, gemeiner Kerl. Den kann ich absolut nicht ausstehen. Als Michi fünf war, haben sich die Eltern getrennt und seine Mutter ist mit ihm nach München gezogen. Leider ist sie ein paar Jahre später gestorben. Da war der Michi 10 oder 11. Ein Hirntumor. Schrecklich! Seitdem wohnt er beim Vater. Übrigens ganz in der Nähe der Berufsschule in Miesbach, die müsstest du ja noch kennen.« »Ja, ja, natürlich. Und weiter?«, drängte Hannah. »Tut mir leid, das war's. Mehr weiß ich nicht.« »Mmmmh...«, jetzt war Hannah diejenige, die überlegte. »Und wieso magst du Michis Vater nicht?«, fragte sie dann. »Mei, des is ein hundsgemeiner, versoffener Haderlump.« Hannah schmunzelte. Wenn Tina wütend war, verfiel sie in den sympathischen oberbayrischen Dialekt, den Hannah so gern mochte. »Ein ausgschamter Schmarotzer und ein Widerling bis zum geht nicht mehr. Also wenn du mich fragst, der Michi hat von dem so manche Tracht Prügel bezogen. Eine schöne Kindheit hatte er auf keinen Fall.« »Der kann einem wirklich leid tun«, erwiderte Hannah. »Aber Tina, jetzt mal ganz ehrlich. Was meinst du, wer lügt. Der Michi oder sein Lehrer?

Ist an diesen Missbrauchsvorwürfen was dran?« Tina überlegte wieder, dann räusperte sie sich und antwortete. »Also ganz ehrlich Hannah, wenn der Michi gelogen hat, dann wurde er dazu gezwungen und ich kann mir auch schon denken, von wem. Sein Vater und der Meininger Toni konnten sich nämlich nicht riechen. Dem Michi sein Vater hat sich am Stammtisch immer lauthals beschwert, dass der Meiniger die Kinder in der Schule verhätschelt. Apropos verhätscheln. Wie geht es eigentlich deinem Stubentiger?« Hannah grinste und beobachtete ihren Kater, der, noch immer an ihr Bein gekuschelt, mittlerweile eingeschlafen war. »Blendend. Er kostet mich manchmal zwar den letzten Nerv, aber ich möchte ihn auf gar keinen Fall missen.« Sie streichelte über seinen Rücken und er schaute sie mit schlaftrunkenen Augen an. Das Gespräch mit Tina dauerte noch eine geschlagene halbe Stunde. Thema waren, wie schon oft, die alten Zeiten. Hannah verabschiedete sich mit dem Versprechen, sich wieder zu melden, sobald sie etwas Neues erfahren hatte.

Sie lehnte sich zurück und trank den letzten Schluck ihres jetzt bereits eiskalten Kaffees. Dieser Samstag auf der Wurznhütte war wirklich richtig lustig gewesen. Der Stammtisch war genagelt voll und Hannah war glücklich gewesen, dass man sie dazu gebeten hatte. „Preissn“ wie die Oberbayern alle nannten, die nördlich von München wohnten, hatten am Stammtisch nämlich gar nichts verloren. Mit unwissenden Nordlichtern, die dieses stille Verbot missachteten, ging man nicht gerade touristenfreundlich um. Hannah erinnerte sich an einen Vorfall vor ein paar Jahren. Ein paar angetrunkene Westfalen wollten nicht auf die Bedienung hören und nahmen den Stammtisch in Beschlag. Das ging so lange gut, bis die ersten Einheimischen das Lokal betraten. Aus dem anfänglichen Gezanke wurde bald ein Handgemenge, das dann in einer wilden Schlägerei endete. Hannah schmunzelte. Ja, mit einigen dieser gestandenen Mannen war nicht zu spaßen. Der Abend, an den Tina sie erinnert hatte, war zwar auch ausgeartet, aber das hatte eher etwas mit den unzähligen Schnäpsen zu tun gehabt, die sie im Laufe des Abends vernichtet hatten. Sie hatte damals ein paar lustige Fotos geschossen. »Fotos, natürlich! Mann, bin ich doof. Das muss das Alter sein.« Hannah griff schnell nach ihrem Handy und scrollte durch die vielen Aufnahmen. Da ... Tina grinste sie von ihrem Display an und hielt einen Obstler in die Kamera. Das nächste Bild zeigte die gesamte Stammtischrunde. Leider sah man Michi Oswald nur von hinten. Aber ich bin mir sicher, ich habe ihn auch von vorne fotografiert. Sie scrollte weiter. Da, ein spitzbübisches Grinsen, das so gar nicht zu den traurigen Augen in diesem hübschen Gesicht passte. Das war er. Hannah triumphierte und sah das Bild lange an. Unmöglich, dass dieser Junge ein Mörder sein sollte.

Dann wechselte sie zu ihren Kontakten. Im nächsten Moment hörte sie auch schon eine vertraute Stimme. »Guten Morgen Hannah, schon so früh wach?« »Guten Morgen Lu, natürlich bin ich wach, es ist immerhin schon halb elf.« Hannah hörte ein zweites »Guten Morgen« und Motorengeräusch. Corry war bei ihm und sie waren im Auto unterwegs. »Wo seid ihr gerade?«, fragte sie schnell. »Du wirst lachen, wir sind ganz in deiner Nähe. Wir kommen eben von einer Zeugenbefragung in Rudersberg und fahren im Moment durch Schlechtbach.« »Könnt ihr kurz bei mir vorbeikommen?«, fragte Hannah aufgeregt. »Tut mir leid, aber wir haben ...« »Es ist wirklich unheimlich wichtig«, unterbrach Hannah ihn. Ein kurzes Gemurmel, dann antwortete er. »Okay, wir sind gleich da, aber nur, wenn dabei ein Kaffee für uns rausspringt.« »Geht klar!«, sagte sie schnell und legte auf. Wie von der Tarantel gestochen, schoss sie hoch und sah an sich herunter. Im Schlafanzug konnte sie die beiden aber nicht empfangen. Sie rannte in die Küche und stellte zwei Tassen unter die Maschine. Dann lief sie ins Bad, schlüpfte in Jeans und T-Shirt, fuhr sich durch die Haare, die wild vom Kopf abstanden und ging dann wieder zurück in die Küche. Sie hatte gerade erneut auf den Knopf der Kaffeemaschine gedrückt, als es klingelte.

Sonntag, 14. Juli 2013 - 10:00 Uhr

Ralf Meier drehte das Bild in seiner Hand hin und her. Was sollte er damit anfangen? Die Kollegen aus Miesbach hatten ihm versichert, dass es sich um Michael Oswald handelte, aber für ihre Zwecke war es völlig nutzlos. Es zeigte den Körper eines jungen Mannes in Unterhosen. Der Fokus lag auf den Misshandlungen, die auf diesem Foto eindeutig zu erkennen waren. Unzählige blaue Flecken zierten den ansonsten makellosen Körper. »Das ist leider alles, was wir haben«, hatte ihm der etwas grantige Dienststellenleiter mitgeteilt. »Ich habe zwei Kollegen zu seinem Vater geschickt, aber sie haben ihn nicht angetroffen. Wahrscheinlich sitzt er irgendwo beim Frühschoppen. Sobald uns ein Foto vorliegt, maile ich es Ihnen zu. Wir sind dran.« Sie sind dran, dachte Ralf Meier, ganz prima. Und wir haben hier einen Mord aufzuklären. Diese bajuwarische Gelassenheit nervte ihn. »Und was machen wir jetzt?«, fragte er seinen jüngeren Kollegen, der auf einem Kaugummi kaute und nur ratlos mit den Schultern zuckte, auf denen zwei Sternchen weniger als bei Ralf prangten. »Na, du bist mir eine schöne Hilfe. Wie wär's denn mit ein wenig Eigeninitiative? Was sollen wir unserem Kriminaloberkommissar denn später berichten? Sollen wir ihm etwa erzählen, dass wir den ganzen Vormittag Däumchen drehend auf eine Mail aus Miesbach gewartet haben, oder was?« Ralf Meier wurde langsam wütend. Sein Kollege legte die gleiche Gelassenheit an den Tag wie die Bayern. »Wie wär's, wenn wir einfach mal auf gut Glück im Internet recherchieren?« Der junge Polizist hatte die Veränderung in der Stimme seines Vorgesetzten bemerkt und war schon dabei, den Namen Michael Oswald in die Suchmaschine einzugeben. Ralf ging zu ihm und sah über seine Schultern. »Das ist eine hervorragende Idee. Auf jeden Fall ist es besser, als nichts zu tun«, meinte er und verfolgte bewundernd die schnell wechselnden Seiten auf dem Bildschirm. Irgendwie war dieses Internet nicht sein Ding. Noch nie gewesen. Das war ihm alles viel zu kompliziert. »Da schau, es muss einer von denen sein.« Das Foto einer Abschlussklasse der Realschule Miesbach prangte jetzt auf dem Bildschirm und Ralf Meier sah sich jedes der Gesichter genau an. »Toll, und wenn du mir jetzt noch sagst, welcher der«, er zählte die Jungen auf dem Foto »fünfzehn! es ist, bekommst du einen Bonuspunkt in deine Personalakte.« Ein beleidigter Blick traf Ralf Meier. »Verarschen kann ich mich selber. Aber wir könnten dieses Bild doch zu den, entschuldige bitte den Ausdruck, „Pfeifen" nach Miesbach schicken. Die kennen ihn und können uns ganz bestimmt sagen, welches Gesicht unserem Verdächtigen gehört.« Jetzt klopfte Ralf dem Jüngeren anerkennend auf die Schulter. »Na, dann leg los!«

»Sie sind sich also sicher, dass es sich um zwei verschiedene Männer gehandelt hat?«, fragte Karl-Heinz Burger noch einmal den vor ihm auf der Bank sitzenden Mann. Dieser kratzte sich die Wange, die unter einem graumelierten ungepflegten Vollbart versteckt war. Ich möchte nicht wissen, was es ist, das sein Gesicht jucken lässt, dachte der Polizeibeamte angewidert und schaute, um sich abzulenken, zu seinem Kollegen, der neben ihm stand. Thorsten Krämer, der nur ein paar Dienstjahre weniger als er selbst hatte, schien das überhaupt nicht zu stören. Er sah ungerührt zu dem Obdachlosen, der vor ihnen saß und wartete geduldig auf dessen Antwort. »Ich hatte zwar schon das eine oder andere Bier, aber ja, ich bin mir sicher.« Der Mann nahm die neben ihm stehende Bierflasche, trank einen kräftigen Schluck und rülpste ungeniert. »Das erste Mal, als Toni Besuch bekam, war kurz, nachdem seine Freundin, Sie wissen schon, die Frau, die dort drüben wohnt.« Er zeigte auf das Hochhaus, das am anderen Ende des Sees in den sonnigen Morgenhimmel ragte. »Also kurz, nachdem die gegangen war. Der Schorsch und ich saßen dort drüben.« Diesmal zeigte er auf eine Parkbank, die keine 50 Meter entfernt stand. »Wir haben gelacht, der Schorsch und ich. Da gibt ja einer dem anderen die Klinke in die Hand, hat der Schorsch gemeint. Nur, dass dem Toni seine Bank keine Klinke hat.« Zuerst gluckste er nur, dann schien es, als wolle er sich ausschütten vor Lachen.

Das Lachen ging in einen Hustenanfall über. Na, wenigstens hat er einen Teil seiner Erziehung nicht vergessen und hält sich die Hand vor den Mund. Karl-Heinz Burger wünschte sich zurück ins Büro. Viel lieber hätte er Ralfs Aufgabe übernommen und auf der SchoWo ermittelt, als hier unter all den verkrachten Existenzen. Wieder sah er zu Thorsten. Der stand einfach nur ungerührt da und wartete geduldig, bis sich ihr Zeuge wieder beruhigt hatte. »Sie verstehen schon?«, fragte der Bärtige dann, noch immer kichernd. »Keine Klinke!« Er schien auf eine Antwort zu warten. »Egal, auf jeden Fall ist dem Toni seine Bank jetzt meine.« Besitzergreifend klopfte er auf die freie Sitzfläche neben sich. »Und dieser Mann blieb dann wie lange?«, fragte jetzt Thorsten Krämer. »Ungefähr eine halbe Stunde. Die beiden haben sich zuerst gestritten und dann ganz friedlich etwas zusammen getrunken. Auf jeden Fall müssen sie sich gekannt haben. Kaum war der dann weg, kam auch schon der Nächste. Ich sag's Ihnen, hier ging es zu wie auf dem Stuttgarter Hauptbahnhof.« »Und wie lange blieb der zweite Mann?« Thorsten klopfte, auf eine Antwort wartend, mit dem Kuli auf seinen Notizblock. Sein Gegenüber kratzte sich wieder. Diesmal fuhren seine Finger unter die Mütze, die er trug. »Ungefähr so lange wie der andere. Das Treffen lief sogar ähnlich ab. Zuerst haben sie sich gestritten und sich dann aber ganz normal unterhalten.« Jetzt mischte sich Burger ein. »Konnten sie denn hören, um was es in den Gesprächen ging?« Sein Gegenüber schüttelte den Kopf. »Nein. Meine Ohren sind nicht mehr die Besten, außerdem bin ich auch nicht neugierig. Fragen Sie doch den Schorsch, der hört besser als ich. Allerdings müssen Sie da morgen wiederkommen. Er ist unterwegs nach Stuttgart, um einen alten Kumpel zu besuchen. War's das jetzt? Ich muss noch zur Tanke, mein Stoff ist alle.« Er wedelte mit der leeren Bierflasche, um seine Worte zu unterstreichen. Die andere Hand streckte er Thorsten Krämer hin. »Sie haben doch sicher einen Euro für einen armen alten Penner?« Beide Polizisten ignorierten die ausgestreckte Hand. »Können Sie uns die Männer beschreiben? Wie haben sie ausgesehen? Was haben sie angehabt?« Der Obdachlose sah auf seine ausgestreckte Hand, dann zu den zwei Polizisten und wieder auf seine Hand. »Ich glaube, das weiß ich nicht mehr.« Er machte schon Anstalten aufzustehen. Resigniert zog Karl-Heinz Burger seinen Geldbeutel aus der Jackentasche, kramte darin und hielt dem Bärtigen einen Fünfeuroschein vor die Nase. »Geht doch!« Mit einem schnellen Griff schnappte sich der Obdachlose den Geldschein und schob ihn in die Hosentasche seiner speckigen Jeans. »Also, wenn ich mich recht erinnern kann, dann haben die beiden ähnlich ausgesehen.« Er gab eine vage Beschreibung der Männer ab, die sich eigentlich nur darin unterschied, dass der eine ein schwarzes T-Shirt und der andere ein weißes Hemd getragen hatte. »Kann ich jetzt endlich gehen?« Er hatte genug von der Fragerei, griff nach dem Plastikbeutel, der neben ihm lag und machte wieder Anstalten aufzustehen. »Was passierte, als der zweite Mann gegangen war? War es dann vorbei mit den Besuchen? Kam einer der Männer denn wieder zurück?« Die Frage schien den Mann zu verblüffen, denn er sah den Beamten verwundert an. »Woher soll ich denn das wissen? Glauben Sie vielleicht, wir hätten den ganzen Tag Zeit, uns dieses Theater anzusehen? Der Schorsch und ich sind dann gegangen. Es war Zeit, das Mittagessen zu organisieren.« Wieder griff er neben sich. »So, jetzt muss ich aber wirklich los.« Die Bierflaschen in dem Plastikbeutel klirrten, als er an den Beamten vorbei Richtung Tankstelle ging. »Na, die fünf Euro hätte ich mir auch sparen können«, brummte Karl-Heinz Burger und sah dem Obdachlosen hinterher.

Sonntag, 14. Juli 2013 - 10:45 Uhr

Ihr Herz schlug bis zum Hals, als es klingelte. »Mein Gott Hannah!«, schalt sie sich selbst. »Jetzt benimm dich nicht wie ein Teenager.« Sie ging langsam zur Tür. Sehr langsam. Sie brauchte Zeit, um sich noch ein wenig zu sammeln. Die Schmetterlinge in ihrem

Bauch schlugen Purzelbäume. Und genau in diesem Glücksmoment durchzog eine Erinnerung wie ein dunkler Schatten ihre Gedanken. Der Tag ihrer Trennung vor einem Jahr. Sie hatte damals erklärt, dass es für sie keinen Sinn macht, mit einem Menschen zusammen zu sein, der den Partner nicht liebt. Damals hatte er sie beinahe angeschrien: »Wir sind keine zwanzig mehr. Was erwartest du eigentlich? Im Alter verändern sich die Gefühle.« Klar, damit hatte er Recht gehabt. Ihre Gefühle hatten sich tatsächlich verändert. Aus dem anfänglichen Kribbeln war eine tiefe Zuneigung geworden. Uneingeschränktes Vertrauen zu ihm und der Gedanke jetzt bist du angekommen. Seine Gefühle hingegen hatten sich nicht verändert - nein, sie waren einfach ... weg. Ein halbes Jahr kam kaum ein liebes Wort mehr oder eine zärtliche Geste. Hannah war in dieser Beziehung erfroren. Was, wenn das mit Lu genauso enden würde? Du blöde Nuss, es hat ja noch nicht einmal angefangen, dachte Hannah. Wenn du dem Ganzen aber keine Chance gibst, wirst du auch nicht erfahren, ob es funktioniert.

Es klingelte wieder. Nervös fuhr sie sich mit den Fingern noch einmal durch die Haare, zupfte an ihrem T-Shirt und drückte dann, mit klopfendem Herzen auf den Türöffner. Lu betrat als erster den Hausflur und das Pochen in ihrem Hals wurde schneller. Er grinste sie spitzbübisch an und kam, gefolgt von Corry, die

Treppen herunter. »Guten Morgen Hannah, gut geschlafen?« Sanft küsste er sie auf die Wange und der Duft seines Rasierwassers stieg ihr sofort in die Nase. Es roch phantastisch. So ... ja, einfach so ... männlich. Wäre Corry nicht dabei gewesen, hätte Hannah für nichts garantieren können. Corry nahm sie in die Arme und drückte sie heftig. »Guten Morgen Süße, schön, dich so unverhofft zu sehen.« »Ich freue mich auch, dass ihr hier seid.«, antwortete Hannah. »Der Kaffee ist fertig. Geht doch schon mal vor auf die Terrasse. Ich bin gleich da.«
Kurze Zeit später stellte sie ein Tablett mit drei dampfenden Tassen auf den Tisch und ließ sich in einen Sessel plumpsen. »Also, was gibt es denn so Wichtiges?«, fragte Lu und griff nach einer der Tassen. Hannah bot Corry eine Zigarette an, die diese aber dankend ablehnte. »Ist noch viel zu früh für mich.« Sie ließ sich Zeit mit dem Anzünden ihrer eigenen Zigarette und kostete den Moment aus. Corry und Lu sahen sie gespannt an und warteten. Nachdem Hannah genussvoll den Rauch des ersten Zugs in die Luft geblasen hatte, begann sie von ihrem Telefonat mit Tina zu erzählen. Sie sah dabei abwechselnd von Lu zu Corry. Als sie kurze Zeit später mit den Worten »und das war's« ihre Erzählung beendet hatte, nahm sie einen Schluck Kaffee und sah die beiden triumphierend an. »Heißt das etwa, dass du diesen Michael Oswald kennst?«, fragte Lu Odermatt fassungslos.

»Kennen wäre übertrieben«, antwortete Hannah. »Wir haben einen Abend zusammengesessen.« Jetzt mischte sich Corry ein. »Das ist nicht zu fassen. Ich weiß ja, dass du unheimlich viele Leute kennst, aber das ist wirklich der Hammer.« »Aber das Beste ist«, wieder zögerte Hannah den Moment hinaus. »Ich hab' sogar ein Foto von ihm.« Sie stand auf und ging ins Wohnzimmer, um ihr Handy zu holen. Lu und Corry schauten sich ungläubig an. »Das ist nicht zu fassen. Wir reißen uns den Hintern auf, um an ein Foto zu kommen, und Hannah hat es auf ihrem Handy.« »Es ist manchmal gar nicht schlecht, viele Bekannte zu haben«, meinte Hannah, die zurück war und noch nach dem Bild suchte. Sie hielt es zuerst Lu, dann Corry vor die Nase. »Hannah, du bist echt unglaublich.« Corry hatte ihr das Handy aus der Hand genommen und zoomte in das Bild hinein. »Ein sympathischer junger Mann, aber er sieht traurig aus.« Hannah nickte. »Das ist das Erste, an das ich auch gedacht habe. Tina ist der Meinung, das hat was mit seinem Vater zu tun. Das muss wohl ein richtiges Ekelpaket sein.« Lu nahm das Handy, das Corry ihm entgegenstreckte und betrachtete das Bild ebenfalls sehr genau. Dann gab er es Hannah zurück. »Bist du so lieb und schickst mir das Foto? Es könnte durchaus sein, dass es das Einzige ist, das wir momentan von unserem Verdächtigen haben. Außer Ralf ist mit den Miesbachern mittlerweile ein Stück weitergekommen.« Er sah auf seine

Uhr. »Kollegin, wir müssen los!« Corry stand auf, trank hastig den restlichen Kaffee und stellte die leere Tasse zurück auf den Tisch, wobei sie Hannah grinsend ansah. »Und ich dachte, die Schweizer seien so gemütlich«, beschwerte sich Corry. Lu fasste sie an den Schultern und schob sie ins Wohnzimmer. »Die Schweizer vielleicht, aber ich bin ja nur ein halber.« Er drehte sich zu Hannah um, die den beiden amüsiert hinterher sah und formte mit den Lippen ein lautloses »Sorry«. Laut sagte er. »Vielen Dank Hannah, wir sehen uns. Bis dann!« Hannah warf ihm eine Kusshand zu und wartete bis sie das Geräusch der zuschlagenden Haustür hörte, dann ging sie schnell ins Bad. Es war schon Viertel nach elf. Klara würde spätestens in einer halben Stunde vor ihrer Tür stehen.

Kapitel 7

Sonntag, 14. Juli 2013 - 11:45 Uhr

Hannah, jetzt beeil dich doch. Ich bin am Verhungern.« Klara stand ungeduldig wartend in der Haustür. »Außerdem haben wir zwölf Uhr ausgemacht und du weißt, dass ich es hasse zu spät zu kommen.« »Ich bin ja schon fertig.« Hannah schloss die Wohnungstür ab und sah zu ihrer Mutter hoch. »Wow, du siehst toll aus!« Klara strich sich etwas verlegen über ihre Frisur und sah an sich herunter. »Meinst du wirklich?« »Na klar, junge Frau.« Hannah hakte sich gut gelaunt bei ihrer Mutter unter. »Heute gehen wir glatt als Schwestern durch«, meinte sie zwinkernd. Ihre Mutter hatte zwar die siebzig schon überschritten, sah aber immer noch richtig flott aus. Hannah war unheimlich froh, dass ihre Mutter so unternehmungs- und lebenslustig war. Der frühe Tod von Hannahs Vater hatte Klara kurzzeitig aus der Bahn geworfen, aber mit den Jahren war sie wieder ganz die Alte geworden. Klara hielt ihr den Autoschlüssel vors Gesicht. »Du fährst.« Hannah lenkte den Wagen aus der engen Garage und öffnete ihrer Mutter die Beifahrertür. »Du bist ziemlich hinterlistig, Frau Berger. Jetzt weiß ich, warum ich fahren soll. Der Tank ist fast leer. Na hoffentlich reicht das noch

bis Haubersbronn.« Ihre Mutter verzog das Gesicht zu einem unschuldigen Grinsen.
Hannah nahm nicht die Umgehungsstraße, sondern fuhr durch Haubersbronn. Wer weiß, ob ich mit dem letzten Tropfen noch nach Schorndorf komme. Sie atmete tief ein und aus, als sie in die Tankstelle einfuhr. »Gott sei Dank!« Nach den Bahngleisen hatte der Wagen schon zu ruckeln angefangen und Hannah hatte Angst, gleich stehen zu bleiben. Wie peinlich wäre das denn gewesen, wenn sie die letzten Meter hätte zu Fuß gehen müssen? Als sie an die Zapfsäule fuhr, glaubte sie ihren Augen nicht zu trauen. War das nicht Michi Oswald? Der junge Mann hängte gerade den Tankstutzen in die Anlage zurück. Aufgeregt und ohne den Blick von ihm zu nehmen, griff sie nach ihrer Tasche und kramte nach dem Handy. Das »Was ist denn los?« ihrer Mutter ignorierte sie komplett. Sie musste die Polizei informieren. Endlich hatte sie das Handy gefunden. Als Lu sich meldete, rief sie nur aufgeregt. »Michael Oswald ist an der Agip in Haubersbronn. Ich versuche ihn aufzuhalten. Kommt schnell.« Dann legte sie auf, drückte Klara Tasche und Handy in die Hand und stieg mit einem »Ich erklär's dir gleich« aus dem Wagen. Mit schnellen Schritten ging Hannah zum Gebäude und betrat dieses gerade, als Michael Oswald sich von der Kassiererin verabschiedete. Er kam direkt auf sie zu.
»Das gibt's doch gar nicht. Was sucht denn die

Schlierseer Bergwacht hier bei uns im Flachland?« Der junge Mann sah Hannah zuerst verständnislos an. Dann hellte sich seine Miene auf. »Hannah? Ja klar, Hannah. Die Freundin von der Oswald Tina!« Schwungvoll nahm er sie in den Arm und drückte sie lange. »Das ist ja nicht zu fassen. Wohnst du etwa hier?« Hannah nickte. »Ja, ganz in der Nähe. Aber was machst du bei uns im Schwabenland?«, fragte sie unschuldig. Sein Grinsen verschwand für einen kurzen Moment, kehrte dann aber sofort zurück. »Ich bin geschäftlich hier. Mann, ich freu mich wirklich dich zu sehen.« Er musterte sie von oben bis unten. »Du siehst toll aus. Erzähl, wie geht es dir?« Er machte überhaupt keine Anstalten, von hier weg zu kommen, dachte Hannah. Und wie ein zweifacher Mörder sieht er auch nicht aus. Sie bekam ein furchtbar schlechtes Gewissen. Hatte sie einen Fehler gemacht? Sollte sie ihn warnen, dass die Polizei hierher unterwegs war, um ihn festzunehmen? Es war zu spät, denn Hannah hörte bereits die Sirenen, die sich schnell näherten. Sie schluckte. »Mir geht es richtig gut, danke schön. Ich bin gerade auf dem Weg zur SchoWo. Wir...«, stammelte sie, »also, meine Mutter und ich, wollen dort etwas essen.« »Hey, das ist eine gute Idee.« Er strich sich mit der Hand über seinen Bauch. »Ich könnte auch eine Kleinigkeit vertragen. Hättest du etwas dagegen, wenn ich euch begleite?« Hannah konnte nicht mehr antworten, denn zwei Einsatzfahrzeuge hielten gerade mit quietschenden Reifen vor dem Gebäude. Dann ging alles ganz schnell. Vier Beamte stürmten zur Tür herein. Einer von ihnen war Ralf. »Michael Oswald?«, fragte er in scharfem Ton. »Ähm, ja, was gibt's?« Er sah den Beamten verständnislos an. »Würden Sie uns bitte zum Revier begleiten?« »Aber ... Was ist denn los? Was wollen Sie von mir?«, fragte er, bekam aber keine Antwort. Ralf hatte ihn schon am Arm gepackt und zog den protestierenden jungen Mann Richtung Tür. Am Eingang drehte sich der Polizist noch einmal um. »Danke Hannah!« Hannah stand wie angewurzelt da und beobachtete, wie Michi in den Wagen verfrachtet wurde. Ihre Blicke trafen sich. Er sah sie an wie ein verletztes Tier, das man wegführte, um ihm den Gnadenschuss zu geben. Hannah rührte sich nicht. Sie starrte nur aus dem Fenster auf irgendeinen Punkt in weiter Ferne. »Alles okay mit Ihnen?« Die Kassiererin stand auf einmal neben ihr und hatte sie leicht an der Schulter berührt. Hannah fuhr erschrocken zusammen und sah in das fragende Gesicht der Angestellten. »Ähm ... ja, alles okay. Ich muss noch tanken.« Wie in Trance verließ sie den Kassenraum und ging zu Klaras Wagen. Die war mittlerweile ausgestiegen und sah ihre Tochter fragend an. Hannah nahm den Tankstutzen von der Zapfsäule, drehte den Deckel auf und begann Benzin in den Tank zu füllen. Klara stellte die Fragen nicht, die ihr auf der Zunge brannten. Sie kannte ihre Tochter gut genug, um zu wissen, dass dies zum einen kein guter Zeitpunkt war und zum anderen Hannah bald von ganz alleine kommen würde, um ihr zu erklären, was hier gerade passiert war.

Sonntag, 14. Juli 2013 - 12:00 Uhr

»Super, Ralf, das sind ja tolle Neuigkeiten. Corry und ich sind noch in Hegnach. Ich schätze mal, dass wir in einer guten halben Stunde wieder auf dem Revier sind. Seid nett zu ihm! Noch wissen wir nicht, ob wir tatsächlich den Richtigen haben.« Er legte auf. »Sie haben Oswald«, sagte er zu seiner Kollegin, die ihn während des ganzen Telefonats aufmerksam beobachtet hatte. »Dachte ich mir schon. Hannah hat es also tatsächlich geschafft, ihn lange genug hinzuhalten.« In diesem Moment wurde die Tür des hübschen Einfamilienhauses geöffnet, vor dem Lu und Corry warteten. Eine Frau in den Vierzigern stand lächelnd im Türrahmen. »Guten Morgen, sind Sie die Herrschaften von der Kriminalpolizei?« Corry nickte bestätigend. »Guten Morgen, Frau Brunner. Ich bin Corinna Wächter und das ist mein Kollege Lu Odermatt. Dürfen wir kurz reinkommen?« Einladend wurde die Tür noch ein Stück weiter geöffnet und die Dame des Hauses führte sie ins Wohnzimmer. »Nehmen Sie doch bitte Platz. Darf ich Ihnen etwas anbieten?« Corry und Lu lehnten dankend ab. »Wir haben nur ein paar Fragen an Sie.« Lu sah die aufgeschlagene Sonntag Aktuell auf dem Tisch liegen. Das Telefon daneben. Wie die meisten, die sich wegen des Aufrufes gemeldet hatten, hatte auch Frau Brunner scheinbar keine Zeit verloren und sie gleich benachrichtigt. Ich hoffe, dachte Lu, sie hat uns mehr zu sagen, als der junge Mann in Rudersberg. Noch immer ärgerte er sich darüber, dass dieser sich nur hatte wichtigmachen wollen. »Können Sie uns sagen, wann Sie in das SchoWo-Bähnle eingestiegen sind?« Die Frau nickte eifrig. »Natürlich. Es war um halb sieben und ich saß mit meinem Mann im hinteren Wagen auf der letzten Bank.« Lu strahlte. Es schien so, als hätten sie hier tatsächlich eine Zeugin gefunden. »Wie Sie wissen, geht es um den Mann, der in derselben Reihe tot aufgefunden wurde.« Wieder nickte Frau Brunner eifrig. »Ja, aber da hat er noch gelebt. Ich hatte zwar den Eindruck, als wäre er betrunken, aber tot war er ganz sicher noch nicht. Er hat sich unterhalten. Mit einem jungen Mann.« Lu streckte ihr sein Handy mit dem Bild von Michael Oswald entgegen, das Hannah ihm geschickt hatte. »War es zufällig dieser junge Mann?« Sie nahm das Handy und tippte mit dem Zeigefinger auf das Foto. »Genau, das war er.« Lu sah zu Corry. Ihre Vermutung hatte sich also soeben bestätigt und ihr Täter saß schon auf dem Revier. Tja, manchmal klopften die Kommissare Glück und Zufall auch an ihre Tür. Er stand auf und Corry folgte seinem Beispiel. »Noch eine Frage Frau Brunner. Ist der junge Mann nach der Stadtrundfahrt noch sitzen geblieben?« Sie schaute zu den beiden hoch. »Nein!«, antwortete sie wie aus der Pistole geschossen. »Das war ja gerade das Komische. Er ist mittendrin, das war am Schlosspark, aus der fahrenden Bahn gesprungen. Der andere Mann, also der, der gestorben ist, wollte ihn aufhalten. Er hatte so etwas Ähnliches gesagt wie >Bitte bleib, wir bekommen das hin. Ich helfe dir!< Irgendwie war das seltsam. Noch verrückter war allerdings, dass keine zwei Minuten später ein anderer Mann sich neben ihn setzte.« Lu betrachtete sie eindringlich. Auf dem Gesicht von Frau Brunner konnte er rote Flecken entdecken. Sie schien unheimlich aufgeregt. Verständlich, dachte er, sie hat wahrscheinlich nicht jeden Tag mit der Kripo zu tun. Er dachte darüber nach, was sie soeben gesagt hatte. »Das verstehe ich jetzt nicht«, meinte er dann und setzte sich wieder. Corry folgte seinem Beispiel. »Wo kam denn dieser Mann her?« »Er muss irgendwo vorne im Wagen gesessen haben, oder er stand an der Straße. Ich habe ihn erst bemerkt, als er nur noch ein paar Schritte vom Rücksitz entfernt war.« »Er hat sich also neben unser Opfer gesetzt? Hatten Sie den Eindruck, als würden sich die beiden kennen?« Frau Brunner lächelte. »Oh ja, der ältere Herr schien zuerst überrascht und dann verärgert. Leider habe ich nicht gehört, was die beiden gesprochen haben. Der junge Mann hatte sich vorgebeugt und schien dem anderen ins Ohr zu flüstern. Er hatte seinen Arm um dessen Schultern gelegt. Die beiden schienen sehr vertraut.« Sehr vertraut? Wer konnte das gewesen sein? Lu sah fragend zu Corry. Seine Kollegin zog die Augenbrauen hoch und zuckte mit den Schultern. Wer war dieser andere Mann? Welche Beziehung hatte er zu Toni Meininger? »Frau Brunner«, wandte er sich dann wieder an ihre Zeugin. »Haben Sie sonst noch etwas beobachtet, das uns helfen könnte?« »Nein, tut mir leid. Kurze Zeit später waren wir schon wieder am Marktplatz und sind ausgestiegen. Bis dahin hatte ich eine kleine Diskussion mit meinem Mann.« Sie lächelte wieder. »Er wollte mich unbedingt überreden, noch einen Absacker zu nehmen. Da wir aber schon seit Mittag unterwegs waren, wollte ich nur noch nach Hause.« »Haben Sie denn gesehen, ob die beiden zusammen ausgestiegen sind?« Sie dachte kurz nach. »Ich glaube nicht. Noch bevor die Bahn gehalten hat, ist der junge Mann abgesprungen und war der erste, der sie verlassen hat. Wir gehörten zu den Letzten, aber da saß der ältere Herr noch. Er war wohl eingeschlafen. Ich habe noch überlegt, ihn zu wecken und ihm zu sagen, dass wir angekommen sind, aber mein Mann hat mich ungeduldig weggezogen, ich hatte ihm noch eine halbe Stunde gegeben, um seinen Absacker zu trinken, und er wollte jede Minute davon nutzen.« »Können Sie uns denn

den zweiten Mann beschreiben?«, fragte nun Corry. Frau Brunner schloss die Augen und ließ sich Zeit. Sie öffnete die Augen nicht, als sie sprach. »Er war ungefähr gleich alt wie der andere. Achtzehn, neunzehn - vielleicht auch zwanzig. Die Jugendlichen heutzutage lassen sich nicht so leicht schätzen. Sie waren auch ungefähr gleich groß. Er trug Jeans und ein weißes Hemd mit hochgekrempelten Ärmeln. So eines wie der Dieter Bohlen immer an hat. Mir fällt die Marke nicht mehr ein.« »Ein Camp David?« »Ja genau, das stand drauf. Er hatte kurze hellbraune Haare. An mehr kann ich mich leider nicht erinnern.« »Würden Sie ihn denn wiedererkennen?«, erkundigte sich Lu und sah sie hoffnungsvoll an. »Ich denke schon.« Lu und Corry standen wieder auf. »Das war's fürs Erste. Vielen Dank, Frau Brunner.« Sie verabschiedeten sich. »Sollte Ihnen noch etwas einfallen«, Corry gab ihr eine Visitenkarte, »rufen Sie uns bitte an.« »Das mache ich gerne. Tut mir leid, dass ich Ihnen nicht mehr sagen kann.« »Sie haben uns schon sehr geholfen, vielen Dank!«
Corry nestelte an ihrem Sicherheitsgurt und beobachtete Lu, der gerade den Schlüssel ins Zündschloss steckte. »Findest du nicht auch, dass die Geschichte immer seltsamer wird?« Sie bekam keine Antwort. Erst, als er sich ebenfalls angeschnallt, den Wagen gestartet hatte und losgefahren war, sah er sie stirnrunzelnd an. »Seltsam ist gar kein Ausdruck. Ich bin

mal gespannt, was uns dieser Michael Oswald zu erzählen hat.«

Sonntag, 14. Juli 2013 - 12:30 Uhr

»Auf die Sisters in Sweat!« Trudl hob ihr Glas und prostete den anwesenden Schwestern zu. »Schön, dass wir es trotz saunafreiem Dienstag geschafft haben, uns zu treffen.« Die Sauna des Oskar-Frech-Seebads, in der sie sich jeden Dienstagnachmittag trafen, hatte über die SchoWo-Tage geschlossen. »Hey Hannah, träumst du, oder magst du auf einmal keinen Sekt mehr?« Trudl zwickte Hannah in den Oberarm. »Aua, spinnst du? Das tut weh!« Hannah rückte ein Stück von Trudl weg, die sie beleidigt ansah. »Tut mir leid, das wollte ich nicht. Aber seit ihr hier seid, hast du noch kein Wort gesprochen. Was ist denn eigentlich los?« Als sie von Hannah keine Antwort bekam, wandte sie sich an Klara. »Kannst du mir vielleicht sagen, welche Laus deiner Tochter über die Leber gelaufen ist?« Klara zuckte mit den Schultern. »Das musst du sie selber fragen.« Trudl sah wieder zu Hannah, die noch immer nicht reagierte. Hannah starrte ins Nirwana. Geistesabwesend nahm sie ihr Glas und trank es in einem Zug leer. »Ich bin eine Verräterin und es tut mir so furchtbar leid!« Sie spürte, wie sich ihre Augen mit Tränen füllten und wurde wütend.

Reiss dich zusammen Hannah, ermahnte sie sich wortlos und biss sich heftig auf die Lippen. Du kannst doch nicht hier am Tisch anfangen zu weinen. Sie sah bittend zu ihrer Mutter. Hilflos nahm Klara Hannahs Hand und streichelte sie. Eine tröstende Geste, die den Drang zu weinen noch verstärkte. Abrupt stand Hannah auf. »Tut mir leid, ich bin gleich wieder da.« Klara und Trudl sahen ihr entgeistert hinterher. Sie rettete sich zur Toilette der gegenüberliegenden Eisdiele. Dort klappte sie den Klodeckel herunter, ließ sich nieder und ihren Tränen freien Lauf. Nicht einmal die altbewährte Bauchatmung funktionierte in diesem Moment. Als es fünf Minuten später an die Tür klopfte und eine piepsige Stimme sich erkundigte, ob es noch lange dauern würde, stand Hannah auf und schaute in den Spiegel. »Ich bin gleich fertig!«, rief sie dem Kind durch die Tür zu und wischte sich mit einem Papierhandtuch die Spuren der verlaufenen Wimperntusche von den Wangen. Dann betrachtete sie ihr Spiegelbild kritisch. Sie sah viel besser aus, als sie es nach dieser Heulattacke vermutet hätte. »Hannchen, was ist nur mit dir los?«, fragte sie das Spiegelbild. »Du hast einen zweifachen Mörder der Polizei ausgeliefert und hast deshalb Gewissensbisse? Du kannst stolz auf dich sein. Und jetzt geh da raus und freu dich auf einen schönen Mittag mit den Mädels.« Sie stampfte kurz mit dem Fuß auf, zog die Lippen mit dem Gloss nach, den sie aus der Hosentasche gezogen hatte und verließ die Toilette. Das Mädchen, das ungeduldig vor der Tür wartete, sah sie strafend an und schob sich an ihr vorbei. Die Toilettentür fiel mit einem lauten Knall ins Schloss.

»Aber ich kann einfach nicht glauben, dass der Michi diese beiden Männer umgebracht hat«, beendete Hannah ihre Erzählungen. »Der ist so unheimlich nett und sympathisch.« Ihre Saunaschwestern waren zusammengerückt, damit sie auch ja alles von Hannahs Geschichte mitbekamen. Jetzt fingen alle gleichzeitig an zu reden. »Du hast alles richtig gemacht!« »Mach dir doch keine Vorwürfe!« »Woher willst du das wissen?« »Aber du kennst ihn doch gar nicht richtig.«, gab Klara zu bedenken. »Du hast einen einzigen Abend mit ihm verbracht. Man kann in einen Menschen nicht hineinsehen. Kannst du dich erinnern? Das hast du mir nach deiner Trennung gesagt. Und Markus kanntest du schon fast zwanzig Jahre.« »Ach Mutsch, das ist doch was ganz anderes«, versuchte Hannah sich zu erklären. »Das finde ich nicht. Du hast dich in Markus getäuscht, warum sollte es bei diesem Michael denn etwas anderes sein?« Hannah nahm einen Schluck aus dem Sektglas, das Trudl ihr hingeschoben hatte. Natürlich hatten die anderen Recht, sie kannte diesen Michael Oswald nicht wirklich. Und von einem fast Fremden wollte sie sich die SchoWo nicht verderben lassen. Sie schloss kurz die Augen.

Eine Wolke erschien in ihren Gedanken. Und genau auf diese Wolke setzte sie Michael Oswald und schob sie dann, soweit es ging, aus ihrem Gesichtsfeld. Bald war sie nur noch ein heller Fleck am Horizont. Hannah öffnete die Augen. Es hatte funktioniert. Sie lächelte. Coole Nummer. Vor einem Jahr hatte sie die täglich angewandt, nur saß da ein anderer auf besagter Wolke - aber, auch da hatte es funktioniert. Also dieses Unterbewusstsein war schon eine gigantische Sache. Hannah hob lächelnd ihr Glas und sah sich in der Runde um. »Auf die Sisters in Sweat und einen schönen Mittag!«

Sonntag, 14. Juli 2013 - 12:45 Uhr

»Der Verdächtige sitzt im Verhörzimmer«, informierte Ralf Meier die beiden Kripobeamten aufgeregt, kaum dass sie das Revier betreten hatten. »Danke! Ist denn der Obduktionsbericht von Anton Meininger auch schon da?« Ralf nickte eifrig. Er war froh, dass es nach dem zähen Beginn heute Morgen endlich vorwärts ging. »Liegt auf deinem Schreibtisch.« »Hat Herr Oswald alles, was er braucht?«, wollte Lu noch wissen. »Wie man's nimmt. Wir haben ihm alles Mögliche angeboten, aber er hat abgelehnt. Er sitzt nur da und starrt vor sich hin.« »Gut, zumindest haben wir es versucht. Ich möchte nur einen kurzen Blick in den

Obduktionsbericht werfen, dann nehmen wir uns den Jungen vor.« »Geht klar, Chef. Ich schau nochmal nach ihm, vielleicht hat er seine Meinung ja geändert.« »Mach das, danke Ralf.« Lu folgte Corry, die schon vorgegangen war. Sie saß am Tisch ihrer kleinen Einsatzzentrale und durchsuchte einen großen Stapel Papiere. »Ich kann ihn nicht finden«, maulte sie. »Er muss doch hier irgendwo liegen.« Lu griff nach einer grauen Mappe, die auf einem anderen Stapel lag und hielt sie triumphierend in die Luft. »Wie wär's denn damit?« »Oh Mann, das gibt's doch gar nicht. Bin ich bescheuert! Aber das ist wie mit den Bäumen und dem Wald. Was steht drin?« Lu schlug die Mappe auf und überflog die ersten zwei Seiten. »Hier ist das toxikologische Gutachten. Er hatte Bromazepam im Magen. Ein Beruhigungsmittel, das er oral zu sich genommen hat. Das Labor hat den Wodka untersucht, den wir im Rucksack gefunden haben. Da war so viel Bromazepam drin, dass es ein Pferd umgehauen hätte, aber keine tödliche Dosis. In der Spritze und auch im Blut von Anton Meininger wurde Curare gefunden. Du weißt schon, dieses Pfeilgift aus Südamerika. Laut Dr. Brock kommt es schon nach kürzester Zeit zu einer Lähmung aller Muskeln. Auch des Atemmuskels. Er ist ganz einfach erstickt. Die Menge an Beruhigungsmittel, die er intus hatte, führte vermutlich dazu, dass sein Ersticken von niemandem bemerkt wurde. Das Bromazepam war auch der Grund, warum er auf die anderen Fahrgäste einen betrunkenen Eindruck machte. Ganz nüchtern war er allerdings auch nicht. Der Blutalkohol lag bei über einem Promille.« Lu Odermatt schloss die Akte. »Wahrscheinlich war es bei unserem Toten Nummer zwei nicht anders. Haben wir schon eine Info, wann die Obduktion an Paul Winkler abgeschlossen ist?« Corry grinste. »Jetzt habe ich den Wald gesehen. Schau mal auf die Oberseite der Mappe, da hängt ein Post-it.« Lu schloss die Akte und las. »Wir können noch heute Abend damit rechnen. Schön, dann nehmen wir uns jetzt den Michael Oswald vor. Kommst du?« Corry drückte sich aus ihrem Stuhl hoch. »Natürlich, das möchte ich mir nicht entgehen lassen.«

Der fensterlose Raum war stickig und die warme, schale Luft drängte aus dem Zimmer, als sie dieses betraten. Ihr Verdächtiger saß zusammengesunken da und schaute angsterfüllt zu ihnen auf. Sie setzten sich ihm gegenüber und Lu drehte eines der Mikrofone auf dem Tisch zu sich, das andere richtete er auf Michael Oswald. Corry, die den Verdächtigen mit einem durchdringenden Blick musterte, rückte ihren Stuhl zurecht. Nachdem sie sich vorgestellt hatten, begann Lu ohne Umschweife mit der Befragung. »Ihr Name ist Michael Oswald?« Er nickte. »Ja, so heiße ich, aber können Sie mir vielleicht sagen, was das Ganze soll und warum ich hier bin? Hat es etwas mit Toni zu tun?« »Dazu kommen wir gleich. Sind Sie damit einverstanden, dass wir das Gespräch aufzeichnen?« Wieder ein Nicken, das er nach einem Blick auf das Tonband mit einem »Ja« ergänzte. Lu stellte ihm allgemeine Fragen zu seiner Person. Die Stimme von Michael Oswald war leise und zitterte, aber er beantwortete alle Fragen, ohne zu zögern. »Bitte sagen Sie mir doch endlich, um was es eigentlich geht«, flehte er, als Lu eine kurze Pause einlegte. Lu faltete die Hände vor sich und sah ihn eindringlich an. »Herr Oswald, wo waren Sie am Freitagabend zwischen sieben und acht Uhr?« Sein Gegenüber machte überhaupt keine Anstalten zu antworten. Ein Fleck auf seinem Handrücken schien ihn mehr zu interessieren, als die Frage von Lu. Mit dem linken Zeigefinger versuchte er, eine übergroße Sommersprosse wegzukratzen. »Herr Oswald!?« Michi blickte ihn kurz an, beschäftigte sich aber dann sofort wieder mit dem braunen Fleck auf seiner Hand. »Wir können Sie auch hier behalten, wenn Sie nicht kooperieren. Im Moment spricht alles gegen Sie.« Schweigen ... »Ich frage Sie nochmal, wo waren Sie am Freitagabend zwischen sieben und acht Uhr?« Als wäre er aus einer Trance erwacht, hob Michael Oswald jetzt den Kopf, sah Lu mit traurigen Augen an und antwortete mit leiser Stimme: »Ich war im Schlosspark. Ich denke, ich weiß, warum ich hier bin. Die Brüder haben mir erzählt, dass Toni umgebracht wurde, aber ich war das nicht. Ich habe nichts mit dem Tod von Toni zu tun.

Er war ...« Michael Oswald schien nach Worten zu suchen, vollendete aber den Satz nicht. Lu musterte ihn und fragte: »Was war er?« Wieder Schweigen ... »Hören Sie Herr Oswald, das bringt doch nichts. Wenn Sie unschuldig sind, dann müssen Sie uns helfen.« »Ich muss gar nichts«, erwiderte er trotzig und verstummte dann sofort wieder. Eine lange nervenzehrende Stille setzte ein. Befragungen waren Lus Leidenschaft und meistens schaffte er es auch mit seiner unnachahmlichen ruhigen und gelassenen Art, Verhöre erfolgreich abzuschließen. Eine weitere Minute verstrich. »Was war Toni?« Der Tonfall dieser Frage war eindringlich und bittend zugleich. Er hatte absichtlich die Kurzform von Anton gewählt, um das Opfer menschlicher erscheinen zu lassen. »Er war fair.« Corry lächelte. Sie hatte keine Ahnung, was es war, aber Lu war ein Meister darin, Menschen in seinen Bann zu ziehen. Früher oder später bekam er seine Antworten. Lu dachte angestrengt nach. Der angebliche Vergewaltiger war also fair. Wie passte das zusammen? Mit seiner nächsten Frage musste er vorsichtig sein. Er hatte es geschafft, Oswald ein wenig aus der Reserve zu locken, wollte aber nicht gleich wieder alles kaputt machen. »Nach allem, was wir bisher erfahren haben, kann ich mir das gut vorstellen. Er war scheinbar ein toller Kerl, der so gar nicht in das Bild passt, das Sie vor ein paar Jahren von ihm gezeichnet haben.« Der junge Mann sank förmlich in sich zusammen. Er stützte die Ellbogen auf den Tisch und legte seinen Kopf in die geöffneten Handflächen. Lu wartete. Schon jetzt hatte er den Eindruck, dass ihr Verdächtiger nicht der war, den sie suchten. »Es tut mir leid, es tut mir so leid, ich wollte das nicht«, schluchzte Michael Oswald durch die Handflächen. »Ich habe einen riesengroßen Fehler gemacht und es tut mir so leid. Ich wollte alles wieder gutmachen und jetzt ...«, wieder schluchzte er. Corry widerstand der Versuchung, ihn in den Arm zu nehmen und zu trösten. »Jetzt ist er tot.« Michael Oswald nahm die Hände vom Gesicht und schaute Lu traurig an. »Bitte glauben Sie mir, ich war das nicht.« »Wenn ich Ihnen glauben soll, dann müssen Sie mir meine Fragen beantworten.« Er nickte stumm. »Also, warum sind Sie mit Toni in die Bahn gestiegen?« »Er wollte es so gerne. Er war ein großer Bewunderer von Gottlieb Daimler und alles, was mit dessen Geburtsstadt zu tun hat, interessierte ihn. Deshalb ist er ja auch nach dieser ganzen Sache hierhergekommen.« Er wischte sich mit dem Handrücken übers Gesicht. »Ich denke«, sagte Lu, »wir fangen ganz von vorne an. Seit wann sind Sie in Schorndorf und wie haben Sie Anton Meininger überhaupt gefunden?« Jetzt lehnte sich Michael Oswald zurück und saß aufrecht in seinem Stuhl. Er sah wieder auf seine Hände. »Ich bin bei der Arbeitsagentur in Miesbach beschäftigt und für die Hartz-IV-Empfänger zuständig. Eines Tages bekam

ich eine Anfrage von den Kollegen aus Schorndorf. Ich bin beinahe vom Stuhl gefallen, als ich den Namen gelesen habe. Da er zuletzt bei uns gemeldet war, wollten die Kollegen wissen, ob er von uns irgendwelche Bezüge erhält. Die ganze Zeit hatte ich diese unsägliche Geschichte verdrängt, aber in dem Moment kam alles in mir hoch. Ich wusste, dass ich etwas Schlimmes getan hatte. In dem Moment wollte ich nur noch eins. Ihn finden und alles in Ordnung bringen. Es dauerte aber noch über ein Dreivierteljahr, bis ich den Mut aufbringen konnte. Ich habe Urlaub beantragt und bin hierher gefahren. Das war am Mittwoch. Ihn zu finden war nicht schwer, denn mit dem bisschen Geld, das er bekam, war mir klar, dass er auf der Straße leben musste. Bei unserem ersten Zusammentreffen hatte ich die Hosen gestrichen voll, aber es war ganz anders, als ich es mir vorgestellt hatte. Wir haben sehr lange geredet und er brachte unheimlich viel Verständnis auf. Er hat es nicht verdient zu sterben.« Michael Oswald verstummte und Tränen liefen über seine Wangen. Behutsam stellte Lu seine nächste Frage.
»Dann gab es also nie eine Vergewaltigung?« Er sank wieder im Stuhl zusammen und schüttelte langsam den Kopf, den Blick auf die Tischplatte gerichtet. Lu überging die Information. Hier weiter zu bohren wäre ein Fehler, das wusste er. »Sie haben also diese Stadtrundfahrt mit ihm gemacht. Aber warum sind Sie

denn dann ausgestiegen?« »Wir haben geredet. Er hatte etwas getrunken und war eigentlich recht locker, aber dann ...« »Sie bekamen Streit.« Michael Oswald schaute ihn entgeistert an. »Woher wissen Sie davon?« »Ein paar Fahrgäste haben Sie beobachtet«, antwortete Lu und fuhr fort. »Um was ging es bei dem Streit?« Erneut sah Lu ihn auffordernd an. Etwas veränderte sich in seiner Miene. Er verschränkte die Arme vor der Brust. »Dazu möchte und werde ich nichts sagen.«

In diesem Moment klopfte es und Ralf Meier steckte seinen Kopf durch die leicht geöffnete Tür. »Chef, kannst du bitte kurz kommen?« Lu sah ihn sauer an. »Nenn mich nicht immer Chef. Wir sind Kollegen, und wie du siehst, sind wir gerade mitten in einer Befragung.« »Das weiß ich, aber es ist wirklich sehr wichtig.« Widerwillig stand Lu Odermatt auf. An der Tür drehte er sich kurz um. »Bitte entschuldigen Sie, ich bin gleich wieder zurück.« Er betrat den Flur und sah Ralf, der sich gerade mit einem jungen Mann unterhielt. Die beiden entdeckten ihn und kamen auf ihn zu. Der großgewachsene, schlaksig wirkende junge Mann streckte ihm die Hand entgegen. Er trug Tracht. Genauso, wie Lu es von einem früheren Besuch auf dem Oktoberfest kannte. Lederhose, Haferlschuhe und ein Trachtenhemd mit hochgekrempelten Ärmeln. Den passenden Hut mit Gamsbart hielt er in der anderen Hand. »Guten Tag, ich bin Thomas Meininger«, stellte er sich vor. Lu drückte kurz die ihm gereichte Hand, nickte und stellte sich ebenfalls vor. »Guten Tag Herr Meininger. Ich bin Kriminalhauptkommissar Odermatt. Mein herzliches Beileid.« Er wusste, dass er dem Sohn von Toni Meininger gegenüberstand. »Danke schön!« Täuschte sich Lu, oder verzog Thomas Meininger dabei keine Miene? Nein, er täuschte sich nicht. Der junge Mann stand emotionslos da und musterte ihn. Sehr berührt hatte ihn der Tod seines Vaters also nicht. Gut, wenn man die Vorgeschichte kannte, konnte man ihm keinen Vorwurf machen. Und trotzdem, er war sein Vater. »Die Miesbacher Polizei hat uns informiert, was mit meinem Vater passiert ist. Ich bin hier, um Sie wenn nötig zu unterstützen, falls Sie Informationen brauchen. Außerdem würde ich mich gerne um die Überführung nach Fischbachau kümmern.« »Ja, Herr Meininger.« Lu räusperte sich. »So weit sind wir leider noch nicht. Der Leichnam Ihres Vaters ist noch in der Rechtsmedizin und ich kann Ihnen nicht sagen, wann er freigegeben wird. Ich würde mich gerne gleich noch mit Ihnen unterhalten, bin aber gerade in einer Befragung. Würden Sie bitte hier«, er deutete auf eine Bank gegenüber des Verhörzimmers, »kurz Platz nehmen und auf mich warten?« Thomas Meininger nickte. »Selbstverständlich, ich bin nicht in Eile.« Er setzte sich und kramte in den Zeitungen, die auf einem kleinen Tischchen neben der Bank lagen. Lu wandte sich

an Ralf. »Danke dir, du hattest Recht. Würdest du bitte sicherstellen, dass es unserem Gast an nichts fehlt?« »Klar Chef!« Ralf Meier salutierte. Kopfschüttelnd und in sich hineingrinsend öffnete Lu die Tür zum Verhörzimmer und trat ein.
»Es gibt zwar nur wenig Lifte am Spitzingsee, aber es reicht. Wir haben Arbeit genug«, hörte er Michi Oswald sagen. Es wunderte ihn nicht, dass seine Kollegin und der Mann von der Bergwacht sich übers Skifahren unterhalten hatten. Corry liebte diesen Sport und war im Winter oft mit ihrer Familie in den Bergen. »Hatten Sie nicht gesagt, Sie wären bei der Arbeitsagentur beschäftigt?«, fragte Lu, setzte sich und sah in die fragenden Augen seiner Kollegin. Die nicht gestellte Frage, was denn so wichtig war, ihn aus dem Verhör zu holen, konnte er ihr aber momentan nicht beantworten. Michi nickte eifrig. »Ja schon, im Sommer. Wissen Sie, die Gemeinde muss sparen. Es gibt zwei Stellen bei der Agentur, die aufgeteilt wurden. Im Winter arbeite ich bei der Bergwacht und im Sommer beim Amt.« Lu nickte verstehend. Das war wie mit den Bademeistern der Freibäder, die im Winter anderswo eingesetzt wurden. Er rückte seinen Stuhl zurecht und fuhr fort. »Wo waren wir stehen geblieben?«, fragte er, ohne allerdings eine Antwort zu erwarten. »Ach ja, bei dem Streit. Sie wollen uns also nicht sagen, warum Sie so plötzlich aus der Bahn ausgestiegen sind?«, hakte Lu noch einmal nach. Mi-

chael Oswald schüttelte heftig den Kopf. »Auf keinen Fall!« »Herr Oswald«, Lus Stimme war leise und eindringlich, »Sie sitzen hier, weil Sie verdächtigt werden, einen Mord begangen zu haben. Ihr Schweigen kann Sie ins Gefängnis bringen.« »Ich habe niemanden ermordet, das müssen Sie mir glauben«, erwiderte er ebenso leise und nicht weniger eindringlich. »Was zu beweisen wäre, aber dabei sollten Sie uns wirklich helfen.« Michael Oswalds Blick war jetzt der eines störrischen Kindes. So kam er nicht weiter, dachte Lu, nahm sich vor, die Frage nach dem Streit später noch einmal zu stellen und fuhr fort. »Sie sind also aus der Bahn ausgestiegen, und was dann?« »Ich ging durch den Schlosspark und wusste selbst nicht wohin. Dann traf ich Paul, einen Freund von Toni. Er lud mich ein, mit ihm etwas zu trinken und ein wenig zu reden. Im Park würde es bald ungemütlich werden, wegen der ganzen jungen Leute, die während der SchoWo dort feierten. Also bin ich mit ihm zum See gegangen.« »Sie waren also den ganzen Abend mit Paul Winkler zusammen?« Michael Oswald schüttelte den Kopf. »Nein, das waren vielleicht zwei Stunden. Der Wein hat mich müde gemacht. Gegen neun, halb zehn bin ich dann in meine Pension.« Lu fragte nach dem Namen der Pension, den er allerdings noch nie gehört hatte. »Die ist in der Nähe des alten Hallenbads, Richtung Weiler.«, klärte Corry ihn auf. »Sie waren also am Freitagabend mit Paul Winkler zusammen?«, hakte Lu noch einmal nach. »Das habe ich Ihnen doch gerade eben gesagt. Fragen Sie ihn doch, wenn Sie mir nicht glauben.« Wieder widmete sich Michael Oswald der Sommersprosse auf seinem Handrücken. »Paul Winkler ist tot.« Lu betonte jedes einzelne Wort. »Was?« Michaels Kopf fuhr hoch. Lu fragte sich, ob diese Reaktion jetzt wirkliche Überraschung oder nur eine schauspielerische Meisterleistung war. »Das kann doch nicht sein, vorgestern ging es ihm noch ausgezeichnet.« Der Junge schien ehrlich betroffen. »Was ist denn passiert?« »Das kann ich Ihnen leider nicht sagen.« Er schaltete das Aufnahmegerät aus und nickte Corry zu. »Entschuldigen Sie uns bitte kurz Herr Oswald, wir sind gleich wieder zurück.«

Sonntag, 14. Juli 2013 - 13:30 Uhr

»Er kann es nicht gewesen sein. Anton Meininger hat laut der Zeugin noch gelebt, nachdem Oswald aus der Bahn gesprungen ist.« Lu nickte stumm. »Allerdings sollten wir bedenken, dass er auch Kontakt zum zweiten Opfer hatte. Vielleicht hat die Wirkung des Giftes bei ihm mit einer Verzögerung eingesetzt.« Corry schüttelte den Kopf. »Du hast doch auch gelesen, was Dr. Brock geschrieben hat.« Wieder nickte Lu. »Es kommt nach kürzester Zeit zu einer Lähmung. Wahrscheinlich ist dieser andere Mann unser Täter. Überleg

doch mal. Warum ist der verschwunden, wenn er mit der Sache nichts zu tun hat. Er muss das Sterben mitbekommen haben. Da würde doch jeder sofort Hilfe rufen. Außerdem hat Michael Oswald auf mich den Eindruck gemacht, dass er tatsächlich nichts vom Tod Paul Winklers wusste. Wir müssen ihn gehen lassen.«
Lu nickte zum dritten Mal, drehte sich zu der Tafel um und kritzelte ein paar kurze Notizen neben das inzwischen ausgedruckte Foto Michael Oswalds, das Hannah ihm geschickt hatte. Corry saß auf dem Besprechungstisch und beobachtete ihn dabei. »Okay, dann schicke ich ihn jetzt nach Hause und wir unterhalten uns mit dem Sohn. Wir können ihn nicht länger festhalten. Wir haben leider nicht genug in der Hand.«
Sie sprang vom Tisch und ging zur Tür. »Ich komme mit!« Lu Odermatt legte den Stift auf die kleine Ablage des Whiteboards und folgte seiner Kollegin. »Das Zusammentreffen der beiden interessiert mich.«
Während Corry in das Besprechungszimmer ging, wandte Lu sich an den immer noch auf der Bank sitzenden jungen Mann. »Danke, dass Sie gewartet haben. Wir können uns jetzt unterhalten.« In dem Moment als Thomas Meininger sich gerade von der Bank erhob, trat Corry mit Michael Oswald aus dem Besprechungszimmer. Lu beobachtete den Sohn des Toten, dessen Miene sich beim Anblick der beiden sofort verfinsterte. Er konnte ihn gerade noch am Arm festhalten. »Du Mörder! Du hast meinen Vater umge-

bracht!«, schrie er, wobei seine Stimme sich fast überschlug. »Du mieser, elendiger Mörder!« Lu hatte Mühe ihn festzuhalten. Oswalds Blick, der den ausrastenden Sohn seines Peinigers nur kurz gestreift hatte, war auf den Boden gerichtet, als Corry ihn sanft aus der Gefahrenzone Richtung Ausgang führte.

»Herr Meininger, jetzt beruhigen Sie sich bitte.« Lu schob ihn auf die noch offene Tür des Verhörzimmers zu. »Sie müssen ihn festnehmen. Er hat meinen Vater umgebracht. Er wollte sich rächen für die Misshandlungen. Warum lassen Sie ihn gehen? Er ist ein Mörder!« Das Gesicht von Thomas Meininger war rot angelaufen, ein dünner Faden Speichel lief ihm aus dem Mundwinkel, den er mit dem Handrücken abwischte. »Bitte setzen Sie sich«, bat Lu den aufgebrachten Mann und deutete auf einen Stuhl. Nachdem er sich gesetzt hatte, tat Lu es ihm nach und schaltete das Aufnahmegerät wieder an. »Sie können ihn doch nicht einfach so gehen lassen, er hat meinen Vater ermordet.« Seine anklagenden Worte waren an Corry gerichtet, die in diesem Moment den Raum betrat. Sie antwortete ruhig: »Herr Meininger, wir haben keinerlei Beweise, dass Michael Oswald Ihren Vater umgebracht hat, aber Sie können sicher sein, wir finden denjenigen, der es getan hat.« »Sie haben ihn schon gefunden und lassen ihn wieder laufen, das ist nicht zu fassen.« Lu mischte sich ein: »Bitte Herr Meininger, wir tun unser Bestes, das können Sie mir glauben.« Er schaute zu seiner Kollegin, die mittlerweile an der Kopfseite des Tisches Platz genommen hatte. Corry verstand wie immer die stille Aufforderung und stellte ihm die erste Frage. »Wieso sind Sie sich so sicher, dass Michael Oswald Ihren Vater umgebracht hat?«

»Aber das liegt doch auf der Hand«, antwortete er. »Rache. Immerhin hat mein Vater ihn missbraucht.« Thomas Meininger spie das Wort förmlich aus. »Aber dieser Missbrauch wurde doch nie bewiesen. Glauben Sie denn, dass Ihr Vater zu so etwas fähig gewesen wäre?« Lu beobachte sein Gegenüber. Corrys Frage schien ihn zu verunsichern. »Was weiß denn ich? Ich hatte kein so gutes Verhältnis zu meinem Vater. Eigentlich müsste ich froh sein, dass er tot ist, aber ich bin eher wütend. Wissen Sie, so nett und toll er immer mit seinen Schülern umgegangen ist, so streng war er zu mir und meiner Schwester. Aber er war nun mal mein Vater. Nachdem die Sache an die Öffentlichkeit kam, war das Leben in unserem kleinen Ort auf jeden Fall die Hölle. Jeder Schultag war ein Spießrutenlauf. Die anderen zeigten mit dem Finger auf mich. Da ist der Sohn des Vergewaltigers.« Tränen liefen ihm über die Wangen. »Ich war froh, als mein Vater auf einmal spurlos verschwand. Und wenn ich ehrlich bin, wäre ich auch nie hierhergekommen, hätte mich meine Mutter nicht so gedrängt. Sie sagte zu mir: auch wenn er ein Schwein war, jetzt ist er tot und wir sind es ihm schuldig, dass er zu Hause begraben wird. Nicht alles war schlecht in den vielen Jahren unserer Ehe. Er hätte es verdient, ins Gefängnis zu gehen, aber ihn einfach umbringen?« Lu wartete noch einen Moment, um dem jungen Mann nicht ins Wort zu fallen. Nachdem dieser aber keine Anstalten machte, weiter zu sprechen, fragte er ihn: »Gibt es einen Grund, warum Sie erst heute gekommen sind?« Er nickte. »Ich war seit Freitag auf einer Bergtour. Meine Mutter hat den ganzen Samstag versucht mich zu erreichen, aber mein Handy lag auf der Hütte. Erst abends, als ich zurückkam, habe ich davon erfahren.« »Waren Sie alleine unterwegs?« Wieder nickte er. »Wissen Sie, es gibt nichts Schöneres für mich. Nur die Natur und ich. Da kann ich Kraft tanken. Kurz nach dem Vorfall damals war ich jedes Wochenende auf einer Tour. Das hat mir geholfen, nicht durchzudrehen.« Lu hatte Verständnis. Hannah hatte ihm so etwas ähnliches auch schon einmal erzählt.

Kapitel 8

Sonntag, 14. Juli 2013 - 15:30 Uhr

Ich glaube, mir reicht's.« Klara suchte in ihrer Tasche nach dem Autoschlüssel. »Ich gehe jetzt nach Hause. Du möchtest sicher noch bleiben, oder?« »Auf jeden Fall, so ein, zwei Stündchen bleibe ich schon noch«, antwortete Hannah. »Oder drei!« Trudl hob ihr Glas und prostete Hannah zu. »Ach Klara, bleib doch noch, es ist doch so nett hier«, bat Lizzy. Klara schüttelte den Kopf. »Tut mir leid, Lizzy, aber ich bin total kaputt. Diese blöde Sommergrippe, die mich vor zwei Wochen erwischt hat, hat mich ganz schön gebeutelt. Ich muss dringend auf die Couch.« Immer noch kramte Klara in ihrer Tasche. »Wenn ich endlich mal diesen blöden Schlüssel finden würde.« Hannah hielt Klaras Autoschlüssel hoch. »Mutsch, wie wär's, wenn du den nimmst? Vielleicht erinnerst du dich ja daran, dass ich gefahren bin.« »Ach, ich werde eben alt«, lachte Klara. »Danke schön!« Sie nahm den Schlüssel entgegen und steckte ihn ein. »Du kannst mich gerne anrufen, wenn ich dich später abholen soll.« »Könnte durchaus sein, dass ich auf dieses Angebot zurückkomme.« Klara drückte ihrer Tochter einen Kuss auf die Wange und verabschiedete sich von den Saunamädels. Hannah beobachtete, wie sie langsam den Platz überquerte und dachte, was für ein Glück sie doch hatte. Ihre Mutter war einfach klasse. Unzählige Male hatte sie schon Taxi gespielt. Egal, von wo oder zu welcher Uhrzeit, ein Anruf von Hannah und Klara fuhr los. Meli kam mit zwei Flaschen Sekt um die Ecke und riss Hannah aus ihren Gedanken. »Die gehen aufs Haus!«, sagte sie und begleitet von dem Beifall der Mädels füllte Meli die leeren Gläser. »Ich muss euch leider kurz verlassen, sollte aber spätestens in einer Stunde wieder da sein.« »Wie, du musst weg? Das ist aber schade.« Hannah hielt Meli an der Hand fest. »Was ist denn passiert?« Sie sah ihre Freundin fragend an. Meli lächelte. »Du musst nicht immer gleich befürchten, dass etwas passiert ist. Meine Tochter muss morgen in der Schule ein Gedicht vortragen und ich habe ihr versprochen, mit ihr zu lernen. Da gerade nicht viel los ist«, sie deutete auf die nur zur Hälfte belegten Tische, »nutze ich die Gunst der Stunde.« »Ein Gedicht auswendig lernen, macht man denn das immer noch?«, wollte Lizzy wissen. Meli nickte nur, winkte der fröhlichen Runde zu und ging. »Ich finde das gar nicht schlecht.« Hannah nippte kurz an ihrem Glas. »Ich mag Gedichte. Und auswendig lernen trainiert das Gehirn.« Sie hob feierlich ihr Glas. »Zu Dyonis, dem Tyrannen, schlich Damon, den Dolch im Gewande. Ihn schlugen die Häscher in Bande. Was wolltest du mit dem Dolche? Sprich!« »Hannah, hör auf!«

Trudl sah sie strafend an. »Das möchte doch keiner hören.« Schmollend stellte Hannah ihr Glas ab. »Aber das ist die Bürgschaft von Schiller. Mein Lieblingsgedicht. Da geht es um Freundschaft.« »Mir egal, um was es da geht. Meine liebe Hannah, wir sind hier auf der SchoWo ... zum Feiern!« Trudl streckte Hannah auffordernd ihr Glas entgegen. »Komm schon Süße, Proooost.« Hannah nahm ebenfalls ihr Glas und stieß mit Trudl an. »Pah, du bist halt ein Banause!« Sie lachte. »Apropos Schiller«, meinte jetzt Lizzy. »Fang du nicht auch noch damit an«, maulte Trudl. »Jetzt mal ganz locker bleiben, wir machen heute schon noch ein Fass auf.« Lizzy drehte sich zu Hannah. »Ich habe da vielleicht etwas für dich. Toni hat es mir am Freitag gegeben, als ich nach dem Einkaufen noch kurz bei ihm war. Ich sollte es für ihn aufbewahren. Er hatte Angst, dass es vielleicht im SchoWo-Tumult wegkommt. Ich glaube, er braucht es nicht mehr und du würdest es bestimmt in Ehren halten.« »Jetzt bin ich aber neugierig. Was ist es denn?«, wollte Hannah wissen. »Ein alter Gedichtband von Schiller. Ich glaube, es ist sogar eine Erstausgabe. Er hat ihn immer als seinen letzten Schatz bezeichnet.« Hannah winkte ab. »Das ist ja ganz lieb von dir, aber der ist doch sicher etwas wert, und außerdem ist er eine Erinnerung an Toni.« »Ach, weißt du Hannah«, Lizzy nahm ihre Hand und streichelte darüber. Mit einem wehmütigen Blick in Hannahs Augen fuhr sie fort. »Manchmal sind Erinnerungen gar nicht so gut. Sie reißen dich aus der Gegenwart. Ich bin mir sicher, dass es ganz im Sinne von Toni wäre, wenn du das Buch bekommst. Du wirst es in Ehren halten.« Hannah wurde ein wenig verlegen. »Ja schon, ich hätte da in meiner Vitrine auch einen wunderschönen Platz, aber ich kann es nicht annehmen.« »Doch du kannst«, sagte Lizzy bestimmt. »Thema Ende!« »Na endlich, können wir dann jetzt zum gemütlichen Teil übergehen?« Trudl ließ nicht locker. Hannah grinste und hob ihr Glas. »Auf die Sisters in Sweat!«

Sonntag, 14. Juli 2013 - 15:50 Uhr

»Leute, nicht alle durcheinander. Ich weiß ja, dass wir spät dran sind und ihr irgendwann auch gerne nach Hause möchtet, aber je disziplinierter wir jetzt vorgehen, umso schneller sind wir fertig.« Die Stimmen verstummten. Lu stand wieder an dem Whiteboard und sah in die Runde. Er hielt die Mappe, die soeben aus der Rechtsmedizin gekommen war, in den Händen. »Uns liegen jetzt auch der Obduktionsbericht und das toxikologische Gutachten des zweiten Opfers vor. Beide Männer starben an dem subkutan verabreichten Gift Curare. Dieses wurde mit einer handelsüblichen Spritze verabreicht. Das Gift führt zu einer schlaffen Muskellähmung. Aufgrund der Lähmung der Atemmuskulatur tritt schließlich der Tod durch Ersticken ein. Bei beiden hat man außerdem eine nicht unerhebliche Menge Bromazepam im Magen gefunden. Vermutlich wurde ihnen dieses Beruhigungsmittel verabreicht, um sie ruhigzustellen. In beiden Fällen war es mit Wodka gemischt. Die Symptome von zu viel Bromazepam kommen einem Rauschzustand sehr nahe.« Corry, die diese Berichte bereits kannte, schaukelte gelangweilt auf ihrem Stuhl und beobachtete die Kollegen. »Wie lange dauert es von der Verabreichung dieses Curare bis zum Eintritt des Todes?« fragte Karl-Heinz Burger, der den Ausführungen Lus mehr als aufmerksam zugehört hatte. Schon wieder Gift, wie bei ihrem letzten Mordfall. Normalerweise wurde Gift hauptsächlich von Frauen als Mordwaffe genutzt. Eine weibliche Verdächtige gab es aber momentan nicht. »Der Rechtsmediziner ist der Meinung, dass es nicht sehr lange, maximal fünf bis zehn Minuten gedauert hat«, antwortete Lu. »Das heißt also«, Karl-Heinz sprach aus, was alle dachten, »dass dieser Michael Oswald doch der Mörder sein könnte. Vielleicht hat er die Bahn verlassen, gleich nachdem er Toni die Spritze in den Arm gerammt hat.« Lu nickte, er musste zugeben, dass dies tatsächlich möglich sein konnte, ob er es nun glaubte oder nicht. Vielleicht hatte der Sohn doch Recht und sie hatten Oswald zu schnell laufen lassen. »Es ist zwar nicht sehr wahrscheinlich, denn das Zeitfenster ist sehr knapp, aber ganz ausschließen dürfen wir es nicht.«

»Habt ihr denn bei den anderen Obdachlosen etwas herausbekommen?« Karl-Heinz nickte zu Thorsten Krämer, der schon in seinem Notizbuch blätterte. »Laut einem der Obdachlosen hatte Anton Meininger an diesem Freitag mehrere Personen zu Besuch. Michael Oswald, wie wir ja mittlerweile von der Nachbarin erfahren haben, ein noch unbekannter junger Mann und die besagte Nachbarin. Wie unser Informant erzählte, sind aber alle wieder gegangen. Was am Nachmittag auf dieser Bank passiert ist, konnten wir leider nicht herausfinden.« Karl-Heinz kratzte sich hinter dem Ohr. Da war ja doch eine Frau. Die Nachbarin Elisabeth Wernher. Könnte sie vielleicht etwas mit der Sache zu tun haben? »Lu«, begann er vorsichtig. »Könnte vielleicht diese Frau Wernher etwas mit der Sache zu tun haben? Immerhin wurde Gift verwendet.« Lu überlegte kurz und antwortete dann sehr überzeugt. »Ich denke, wir können Lizzy ausschließen. Ich habe sie kennengelernt. Sie war sehr gut befreundet mit Anton Meininger. Sein Tod hat sie ziemlich getroffen. Außerdem hat sie kein Motiv. Die Frage, die wir am schnellsten klären sollten: Wer ist der andere Mann, der Toni ebenfalls besucht hat. Vermutlich derselbe, der nach Michael Oswald in die Bahn gestiegen ist.«, teilte er den anderen seine Überlegung mit. »Was ist mit dem Sohn?«, meldete sich jetzt Corry zu Wort. »Vielleicht war er ja doch nicht, wie er zu

Protokoll gegeben hat, in den Bergen. Vielleicht ist er ja schon viel früher nach Schorndorf gekommen.«

Wieder überlegte Lu. »Du hast Recht Corry. Das müssen wir unbedingt prüfen.« Er schrieb den Namen Thomas Meininger auf die Tafel und kritzelte eine kurze Notiz daneben, dann wandte er sich an Ralf Meier. »Was hat die Befragung des Fahrers ergeben?«

»Nachdem du uns das Bild durchgeschickt hattest, sind wir nochmal zu ihm gefahren. Er hat Oswald eindeutig als denjenigen identifiziert, der mit Toni Meininger eingestiegen ist. Der Fahrkartenkontrolleur konnte ihn allerdings nicht als denjenigen identifizieren, der behauptet hat, der Sohn zu sein.« Ralf machte eine kurze Pause und folgerte dann: »Vielleicht war das ja die Wahrheit und es ist wirklich der Sohn gewesen.« »Ich glaube, wir müssen uns unbedingt nochmal mit dem Herrn Meininger unterhalten. Was haben wir noch?« Jetzt wandte Lu Odermatt sich an die zwei „Frischlinge". »Hat eure Suche in den Schorndorfer Nachrichten denn irgendetwas gebracht?« »Also Chef«, antwortete der Schmächtigere der beiden und schob mit dem Zeigefinger seine Brille nach oben. »Wir sind alle Leserbriefe der letzten vier Wochen durchgegangen. Keine Hasstiraden gegen Obdachlose. Es gibt einige SchoWo-Gegner, aber ich kann mir nicht vorstellen, dass einer von denen zwei Morde begehen könnte.« Sein Nebensitzer nickte eifrig und sagte. »Nein Chef, das kann ich mir auch nicht vorstellen, die Leserbriefe waren zwar teilweise recht heftig geschrieben, aber wir haben uns ein paar der Schreiber vorgenommen und die waren harmlos. Nur ältere Herrschaften, denen der Lärm in den fünf Tagen zu schaffen macht. Potentielle Mörder waren da bestimmt nicht darunter.« »Ihr habt euch die Leute also angesehen? Das gefällt mir. Ich mag Eigeninitiative.« lobte Lu die beiden. Das Brillengesicht errötete. Just in diesem Moment klopfte es. Die Tür zum Besprechungszimmer wurde aufgerissen und eine uniformierte Beamtin trat ein. Etwas außer Atem entschuldigte sie sich für die Störung. Sie hielt eine braune Ledertasche hoch. »Das müsst ihr eEuch unbedingt ansehen.«

Sonntag, 14. Juli 2013 - 16:00 Uhr

»Hallo Bea, das ist aber schön, dass du auch hier bist.« Hannah stand auf und musste sich kurz am Tisch festhalten. Sie fragte sich, ob das nun der Kreislauf war, oder ob sie doch schon ein Gläschen Sekt zu viel hatte. Auf jeden Fall war es jetzt Zeit, auf Mineralwasser umzusteigen, zumindest für eine Weile. Sie nahm Bea in die Arme und begrüßte ebenso überschwänglich deren Freund. Mit einem abschätzenden Blick musterte Bea die ziemlich lustige Runde. Die Mädels hatten sich eingehakt und sangen fröhlich schunkelnd mit. »Auf und nieder, immer wieder ...!« Bea wandte sich wieder an Hannah, die sie ebenso fröhlich anlachte. »Sind Sophie und Jacky denn gar nicht da?« Hannah zog einen Schmollmund. »Nein, leider nicht. Sophie hat morgen früh ein wichtiges Meeting, bei dem sie fit sein muss und Jacky meinte, sie müsse heute Abend bei ihrem Sohn bleiben. Außerdem geht es Jackys Kater nicht so gut. Schade eigentlich.« Hannah deutete auf den freien Platz am Kopf ihres Biertisches. »Setzt euch doch zu uns«, forderte sie die beiden auf. Bea schaute kurz zu ihrem Freund, dessen Blick verriet, dass er von diesem Angebot nicht wirklich begeistert war. »Ich glaube, wir gehen Richtung oberer Marktplatz. Wir haben versprochen kurz bei der SG Schorndorf und in der Laube vom ASV vorbeizuschauen«, antwortete sie. »Außerdem, soviel Frauenpower kann ich meinem Schatz hier nicht zumuten.« Dieser lächelte erleichtert. Hahn im Korb zu sein, war nicht eine seiner Vorlieben. Vor allen Dingen nicht Hahn bei so vielen beschwipsten Hühnern. Bea hakte sich bei ihm ein und erntete ein dankbares Lächeln. »Vielleicht sehen wir uns ja später noch beim Moser!« »Auf jeden Fall!« Hannah warf den beiden noch eine Kusshand zu. »Bis später!« Dann setzte sie sich neben Trudl, hakte sich ein und sang ebenfalls lauthals mit. »Es gibt kein Bier auf Hawaii, es gibt kein Bier ...«

Die Musiker waren in die wohlverdiente Pause gegangen und Hannah nahm einen kräftigen Schluck aus ihrem Wasserglas. Sie hing ihren Gedanken nach, während ihr Blick über den Spitalhof wanderte. Plötzlich fiel ihr etwas ein und sie zog das Handy aus der Tasche. Sie suchte in ihren Fotos, wurde fündig und hielt den Bildschirm direkt vor Lizzys Gesicht. »Schau mal, das ist der Junge, den Toni scheinbar missbraucht hat. Erkennst du ihn?« Lizzy griff Hannahs Handgelenk und schob ihren Arm zurück. Sie betrachtete das Foto und nickte. »Ja natürlich, das ist der, den ich am See gesehen habe.« »Du hast ihn gesehen?«, fragte Hannah überrascht. Wieder nickte Lizzy. »Ja, das habe ich auch schon deinem Freund erzählt, allerdings hatte der kein Foto.« Hannah sah sie verständnislos an. »Meinem Freund? Du meinst Lu Odermatt?« »Wen sollte ich denn sonst meinen? Ich war doch gestern auf dem Revier. Er meinte, dass sie noch auf ein Foto aus Miesbach warten. Wie kommst du denn jetzt an dieses Foto?« Hannah starrte sie an und fragte weiter, ohne eine Erklärung abzugeben. »Du warst bei der Polizei? Davon hast du mir noch gar nichts erzählt.« »Das hätte ich dir schon noch erzählt, aber bei dem Trubel heute hab ich auch nicht mehr daran gedacht.« Lizzy wirkte betreten und war wohl der Meinung, dass sie sich entschuldigen müsse. Hannah bemerkte es und lächelte sie aufmunternd an. »Alles gut Lizzy, kann ich verstehen. Was ich allerdings nicht verstehe ist, warum er sich noch nicht bei dir gemeldet hat. Er hat das Foto nämlich mittlerweile von mir bekommen.« Lizzy zuckte mit den Schultern. »Vielleicht war ja einfach zu viel los und er hat nicht daran gedacht. Außerdem bin ich ja heute seit kurz vor Mittag unterwegs.« Hannah betrachtete nochmal das Foto von Michael Oswald. »Das könnte sein, aber ich muss jetzt auf jeden Fall kurz anrufen.« »Deinen Polizeifreund?« fragte Lizzy. »Ist das Foto der Grund, oder brauchst du nur einen Vorwand, meine Liebe?« Ein breites Grinsen machte sich auf ihrem Gesicht breit. »Hör auf, natürlich ist das Foto der Grund.«, entgegnete Hannah entrüstet. »Ach, wie konnte ich das auch vergessen«, meinte Lizzy amüsiert. »Unsere Kripo sitzt Däumchen drehend da und wartet nur, bis Kommissarin Berger anruft und ihr einen entscheidenden Hinweis gibt.« »Du bist gemein«, erwiderte Hannah beleidigt. »Nein, bin ich nicht. Ich wollte dir doch nur sagen, dass es besser ist, wenn du dich raushältst. Die sind bestimmt schon von alleine drauf gekommen, dass er bei Toni war. Dank dir und deinem fabelhaften Einsatz an der Tankstelle bekommen sie ihre Antworten aus erster Hand.« »Und wenn nicht?«, fragte Hannah zweifelnd. »Na, dann ruf halt an, wenn es dir danach besser geht.«

Kurz darauf kam Hannah zurück und beantwortete Lizzys fragenden Blick. »Er ist nicht rangegangen, also hab ich ihm eine SMS geschrieben. Vielleicht meldet er sich ja.« Lizzy legte ihren Arm um Hannahs

Schultern. »Er meldet sich ganz bestimmt. Sei nicht traurig.« »Ich bin nicht traurig!«, widersprach Hannah empört. »Schon gut«, sagte Lizzy wissend. »Hör mal, ist das nicht dein Lieblingslied?« Hannahs finstere Miene hellte sich auf, als sie den Andrea-Berg-Titel erkannte. »Schieb das Leben nicht mehr auf, bau 'nen Drachen, steig hinauf, denn es kommt kein Augenblick jemals zurück auf der Suche nach dem Glück.«

Sonntag, 14. Juli 2013 - 16:10 Uhr

»Jetzt hol erst mal tief Luft und dann erzähl, was passiert ist.« Die junge Polizistin setzte sich auf den Stuhl, den Karl-Heinz Burger ihr hingeschoben hatte und seufzte. Die braune Tasche legte sie vor sich auf den Tisch. Sie strich über die Einweghandschuhe und ein quietschendes Geräusch ließ vermuten, dass sie in den Plastikdingern ziemlich schwitzte, aber sie zog die Handschuhe nicht aus. Stattdessen öffnete sie die Tasche und entnahm ihr ein Tablettenpäckchen, Einwegspritzen und ein kleines braunes Fläschchen. Alle Augen waren auf sie gerichtet, als sie das Päckchen hochhielt. „Bromazepam" stand in unauffälligen Buchstaben auf der kleinen Schachtel. »Ich weiß ja nicht, ob ihr damit was anfangen könnt, aber das haben wir gerade im Zimmer von Michael Oswald gefunden.« Lauter werdende Stimmen füllten den kleinen Raum. Wieder sprachen alle durcheinander. »Leute, lasst sie doch erst einmal erzählen«, bat Lu. »Am besten ganz von vorne.« Die junge Polizistin sah ihn dankbar an und begann dann schnell mit ihrem Bericht. »Es war vor einer halben Stunde, da kam ein Notruf. Es war die Wirtin vom „Schwarzen Hahn“, der Pension beim alten Hallenbad. Sie meinte, dass sich jemand in einem ihrer Gästezimmer zu schaffen machte. Da alle Schlüssel am Brett hingen, müsse es sich wohl um einen Einbrecher handeln. Sie hatte ziemlich Angst und wir sind auch sofort losgefahren. Ich vermute, dass unser Martinshorn den Einbrecher erschreckt hat. Als wir ankamen, stand sie zitternd hinter der Theke der Rezeption. Sie war so bleich wie die Wand hinter ihr. »Er ist hinten raus.«, hatte sie gerade noch herausgebracht und zu der offenen Tür am Ende des Ganges gedeutet. Wir also gleich hinterher, aber er war schon weg. Wir waren nur zwei Minuten zu spät, wie sich später herausstellte. Frau Schwarz war einer Ohnmacht nah und es hat eine Weile gedauert, bis sie sich wieder beruhigt hatte. Ich habe im Barschrank Cognac gefunden, der hat geholfen. Endlich war sie soweit, dass sie uns berichten konnte, was vorgefallen war. »Wir haben volles Haus, wegen der SchoWo, aber er war auf jeden Fall in einem Zimmer im ersten Stock«, meinte sie. Im ersten Stock waren drei der insgesamt sieben Zimmer untergebracht. Wir sind hoch um nachzusehen. Die Tür von

Zimmer Nummer fünf stand offen. Ich fragte, wer denn hier wohnt und sie meinte, der junge Mann würde Michael Oswald heißen. Bei dem Namen wurde ich natürlich hellhörig. Wir also rein ins Zimmer, um nachzusehen, ob der Einbrecher offensichtliche Spuren hinterlassen hat und da habe ich diese Tasche entdeckt. Sie war offen und ein Teil des Inhalts lag auf dem Tisch. Nachdem die Spusi ihr Okay gegeben hat, hab ich die Tasche genommen und bin hierhergekommen. Ich hoffe, das war richtig?« Sie sah Lu fragend an. »Das war mehr als richtig. Vielen Dank, das bringt uns ein gutes Stück weiter. Hat Frau Schwarz denn den Einbrecher erkannt?« »Nein, sie hat ihn leider nur von hinten gesehen. Er hatte eine Baseballmütze auf, trug Jeans und ein blaues T-Shirt. Mehr konnte sie leider nicht erkennen.« »Wurde denn etwas gestohlen?« Die Polizistin schüttelte den Kopf. »Zumindest nichts vom Inventar. Das einzig Wertvolle war sowieso nur ein Fernseher, und der war noch da.« Lu runzelte die Stirn. »Was könnte der Einbrecher gesucht haben?«, fragte er in die Runde. »Wir wissen ja nicht, welche persönlichen Gegenstände Michael Oswald auf seinem Zimmer hatte. Ist wahrscheinlich auch nicht so wichtig. Auf jeden Fall war dieser Einbruch eine glückliche Wendung, die uns den Täter auf einem Silbertablett serviert hat.« Die junge Polizistin sah Lu fragend an. »Kann ich gehen? Ich muss den Bericht noch schreiben.« »Natürlich, und vielen Dank nochmal.« Lu griff nach hinten in seine Jeans, förderte ein paar Handschuhe zutage und zog sich diese über. »Tut mir leid Leute, aber es sieht fast so aus, als würden wir heute nicht so schnell nach Hause kommen.« Dann nahm er das braune Fläschchen und drehte es zwischen den Fingern. »Vermutlich enthält diese Flasche das Pfeilgift. Wir müssen es sofort zur Untersuchung geben.« Er packte es in eine Sicherungstüte, die er ebenfalls aus der Hosentasche zog. Corry lächelte. Ihr Kollege war stets auf alles vorbereitet. Was hatte er wohl noch in den Taschen seiner Jeans verborgen? Dann drückte er die Tüte Ralf Meier in die Hand. »Ralf, bist du mal so nett?« Der Beamte nickte kurz und machte sich schnellen Schrittes auf den Weg. »Tja Leute, scheint mir, als hätten wir unseren Täter tatsächlich laufen lassen«, gestand er resigniert. »Wir müssen sofort einen Fahndungsbefehl rausgeben. Karl-Heinz, kannst du das übernehmen? Wir müssen landesweit vorgehen. Wahrscheinlich wird er jetzt versuchen, so schnell wie möglich weit weg zu kommen, nachdem wir das Mordwerkzeug gefunden haben.« Corry meldete sich zu Wort. »Aber er weiß doch noch gar nicht, dass wir in seinem Zimmer waren. Ich würde vorschlagen, wir ziehen die Kollegen schnellstmöglich vom schwarzen Hahn ab, falls er zurückkommt. Wir können in seinem Zimmer Posten beziehen und warten.« Lu schaute seine Kollegin dankbar an. »Du hast natürlich recht. Wir ziehen die

Fahrzeuge ab und lassen zwei Beamte auf ihn warten. Gleichzeitig sollten wir aber auch nach dem Einbrecher suchen. Auch wenn er uns einen Mörder in die Hände gespielt hat, so hat er doch eine Straftat begangen.« Er sah zu den im Raum verblieben Kollegen. »Also dann Leute, bitte weist die nächste Schicht noch ein und macht dann Feierabend. War ein langer Tag heute.« Kurze Zeit später waren er und Corry alleine. »Ich hätte nicht gedacht, dass wir so schnell zu einem Ergebnis kommen«, sagte Corry und sah zu Lu, der nachdenklich auf den Lippen kaute. »Ehrlich gesagt, ich auch nicht, aber irgendetwas stimmt an der ganzen Sache nicht.« »Wie meinst du das?« Lu betrachtete noch einmal die Tablettenschachtel, packte sie mit den Spritzen in die braune Tasche und drehte sich dann zu Corry um. »Ich weiß es nicht. Ist nur so ein Gefühl.«

Sonntag, 14. Juli 2013 - 19:00 Uhr

»Na, das wird jetzt aber auch mal Zeit.« Trudl, die heute scheinbar im Feiermodus war, sah zur Bühne. Der Umbau für die zweite Band an diesem Tag war fertig und „Hautnah“ stimmten den ersten Song an. Der Tisch hatte sich ziemlich geleert. Die meisten der Saunamädels mussten am Montag arbeiten, und so waren nur noch Hannah, Trudl und die beiden Ruheständlerinnen Lizzy und Sabine übrig geblieben. Hannah gähnte. »Unglaublich, dass wir jetzt schon beinahe sieben Stunden hier sitzen.« »Das stimmt doch gar nicht«, gab Sabine zu bedenken. »Immerhin haben wir ja schon einen Ausflug hinter uns.« Hannah gluckste. »Ach, mit Ausflug meinst du den kurzen Abstecher nach gegenüber zu Eisbecher und Cappuccino?« Sabine nickte eifrig. »Der war doch prima. Also ich könnte glatt nochmal einen Erdbeerbecher verputzen.« »Ich frage mich nur, wo du das alles hin packst. An dir ist doch kein Gramm Fett.« »Guter Stoffwechsel.«, bekam sie prompt zur Antwort und Sabine strich sich demonstrativ mit der Hand über den flachen Bauch. Wieder gähnte Hannah. »Also ich glaube, ich werde heute bestimmt auch nicht alt.« Sie zog das Handy aus der Tasche. Kein Anruf in Abwesenheit, keine SMS, kein WhatsApp. Eigentlich hatte sie gehofft, Lu hätte sich mittlerweile gemeldet. Das war auch der Grund, warum sie immer noch hier saß. Enttäuscht steckte sie das Handy wieder ein. »Wo bleibt denn nur der Prinz mit seinem Scheissgaul?« Hannah zuckte zusammen. Trudl hatte sie beobachtet und schaute sie bemitleidend an. »Hat sich denn dein Prinz nicht gemeldet?« Hannah wollte schon mit irgendeiner Ausrede um die Ecke kommen, aber Trudl kannte sie einfach viel zu gut und hatte sie schon durchschaut. »Scheiß auf den Prinzen, ich nehm den Gaul«, antwortete sie enttäuscht. »Sei nicht traurig, Hannah.« Lizzy legte einen

Arm um sie. »Ich bin mir sicher, dass er sich noch meldet. Er steckt mitten in einem Mordfall. Wart's einfach ab. Wir trinken jetzt noch einen kleinen Hugo, dann wird es für mich auch Zeit.« »Spielverderber!« Trudl verschränkte die Arme über der Brust und drehte ihnen gespielt beleidigt den Rücken zu. »Gute Idee!« Hannah, die die letzten zwei, drei Stunden nur noch Wasser getrunken hatte und der Meinung war, noch einen Hugo vertragen zu können, stand auf. »Sabine, Trudl, seid ihr auch dabei?« Sabine nickte und Trudl drehte sich lachend wieder um. »Logo, bevor ich irgendwann von euch Spaßbremsen alleine gelassen werde, trinke ich natürlich gerne noch einen mit.« Hannah sah ihre Freundin an. »Ich glaube, danach wird es auch für dich Zeit meine Liebe.« »Ich weiß zwar überhaupt nicht, wie du das meinst, aber wir werden sehen«, erwiderte Trudl und steckte sich schmunzelnd eine Zigarette an.

Als Hannah mit den Getränken an den Tisch zurückkam, glaubte sie ihren Augen nicht zu trauen. Zwischen den Mädels saß Lu Odermatt und ihm gegenüber Corry, die ihr zuwinkte. Urplötzlich war dieses Kribbeln wieder da, als Hannah fasziniert seine Rückseite betrachtete. Er bemerkte Corrys Winken, drehte sich um, entdeckte Hannah und stand auf. Er nahm ihr zwei Gläser aus der Hand und hauchte ihr einen Kuss auf die Wange. »Hallo, meine Hübsche!«, sagte er leise und dann etwas lauter mit einem Augenzwinkern, »Das ist ja schön, dass du für Corry und mich gleich etwas mitgebracht hast.« »Ähm, ja gerne ...«, stammelte Hannah. Obwohl sie eine Reaktion von ihm erwartete, hatte dieses unvorbereitete Treffen sie doch ein wenig aus der Fassung gebracht. »Ich hole gleich noch zwei.« Sie war froh, die Runde kurz verlassen zu können, um sich ein wenig zu sammeln und stellte sich erneut in die Schlange vor der Kasse. Ihr Gespräch mit Lizzy über Michis Foto hatte sie schon wieder vergessen.

Als sie sich kurze Zeit später wieder an den Tisch setzte, empfing Trudl sie mit den Worten: »Na, da schau unsere Hannah an. Kaum hat der Prinz seinen Gaul gefunden, strahlt sie auch schon wieder.« Den heftigen Tritt, den sie gegen ihr Schienbein erhielt, quittierte Trudl mit einem gequälten »Aua, spinnst du?« Hannah funkelte sie gespielt böse an. »Du hast es nicht anders verdient.« Ein flüchtiger Seitenblick zu Lu zeigte ihr, dass er von dem kleinen Zwist der beiden nichts mitbekommen hatte. Er war in ein angeregtes Gespräch mit Corry vertieft. Hannah drehte sich ganz zu ihnen um. »Hey ihr beiden - Feierabend. Euren Mordfall löst ihr bestimmt nicht heute Abend hier auf der SchoWo.« Corry und Lu zuckten ertappt zusammen. Corry nahm ihr Glas, prostete Hannah zu und meinte: »Aber du weißt doch Süße, wir sind eigentlich immer im Dienst.« Auch Lizzy hob ihr Glas. »Auf unsere fleißigen Beamten.« Die kleine Runde stimmte ein. Lu, der sich als Hahn im Korb wieder sichtlich wohl fühlte, grinste. Zu Corry gewandt meinte er leise. »Ich finde, sie hat Recht. Feierabend. Verlassen wir uns auf die Kollegen von der Streife, die werden den jungen Oswald schon finden.« Er sollte Recht behalten.

Kapitel 9

Sonntag, 14. Juli 2013 - 22:00 Uhr

Nachdem Lu jedes einzelne der übriggebliebenen Mädels nach Hause gefahren hatte, stand er jetzt, mit Hannah alleine, vor deren Haus. Sie machte keine Anstalten auszusteigen. Schillers gesammelte Werke lagen auf ihrem Schoss. Hannah hatte darauf bestanden, Lizzy in die Wohnung zu begleiten. Ihre Saunaschwester hatte auf dem Weg zum Auto ein klein wenig geschwankt und Hannah hätte es sich nicht verziehen, wenn ihr auf den Treppen irgendetwas passiert wäre. Lizzy hatte zuerst protestiert, sich dann aber dankbar bei Hannah eingehängt. »Jetzt bist du schon mal da, dann kann ich dir auch gleich das Buch mitgeben.« Sie überreichte es ihr wie einen Schatz. Hannah hatte jetzt auf diesem Schatz die Hände gefaltet und blickte durch die Windschutzscheibe in den noch jungen Nachthimmel. Sie rang mit sich und war hin- und her gerissen. Sollte sie ihn hereinbitten. Noch immer war diese Angst in ihr, wieder enttäuscht zu werden. Vermutlich lag es am letzten Hugo, den sie getrunken hatte, dass ihre Entscheidung zugunsten des Kripobeamten ausfiel. »Lu«, begann sie fragend und zog dabei das "u" soweit es ging in die Länge. »Möchtest du vielleicht noch mit reinkommen? Ich bin zwar niemand für eine Nacht, aber ein paar Stunden hätte ich schon Zeit.« Sie wollte witzig klingen und dieser Spruch, den sie kürzlich irgendwo gelesen hatte, fiel ihr ein. Kaum ausgesprochen, war er ihr auch schon peinlich und sie biss sich in die Innenseite ihrer Lippen. Autsch, dachte Hannah und schmeckte das Blut, das ihr augenblicklich in den Mund lief. Mist! Jetzt wollte sie nur noch raus aus dem Wagen. Lu saß reglos da und sah in ihr errötendes Gesicht. Er sagte kein Wort. Die Sekunden zogen sich wie Gummi und Hannah wollte im Boden versinken. Plötzlich lachte er lauthals los. Er lachte und lachte. Hannah rutschte auf ihrem Sitz hin und her. Die Situation war ihr mehr als unangenehm. Lu lachte noch immer. Eine Träne lief ihm über die Wange, dann holte er tief Luft. Noch immer glucksend nahm er ihre Hand und schaute sie durchdringend an. »Frauen versteht man nicht, man liebt sie!« Er zog ihre Hand zu seinem Mund und küsste sie sanft. »Meine liebe Hannah, es wäre mir ein große Freude, mit dir diese paar Stunden zu verbringen.« Dann zog er sie zu sich und küsste sie sanft auf ihren vom Schmerz zitternden Mund.

Montag, 15. Juli 2013 - 04:50 Uhr

»Gib mir eine Viertelstunde, dann bin ich da.« Das

Klingeln des Handys hatte Hannah nicht geweckt. Jetzt aber, da Lu sie sanft aus seinen Armen schob, öffnete sie schlaftrunken die Augen. Er hatte sein Handy noch in der Hand und lächelte Hannah an. »Guten Morgen, mein Engel.« Liebevoll strich er ihr über die zerzausten Haare. »Schlaf weiter, es ist noch nicht einmal fünf Uhr.« »Aber«, Hannah wischte sich mit beiden Händen übers Gesicht und rieb die Augen, »wieso gehst du? So ernst habe ich das mit den paar Stunden nicht gemeint. Ich dachte, wir frühstücken noch zusammen.« »Tut mir leid«, sagte er, während er in seine Jeans schlüpfte. «Ich muss weg. Es ist sehr wichtig.« Hannah, die für diese frühe Uhrzeit und die wenige Zeit, die sie geschlafen hatte, überraschend fit war, betrachtete wohlwollend den knackigen Hintern, der soeben in der Jeans verschwand. »Wichtiger als ich?«, fragte sie und sah ihn eindringlich mit einem entzückenden Schmollmund an. »Es gibt noch einen Toten!«, wich er ihrer Frage aus und zog sein T-Shirt über den Kopf. »Was? Wer?« Hannah war jetzt hellwach und saß aufrecht im Bett. Lu, der gerade in seine Sneakers schlüpfte, zog die Schultern hoch. »Ich weiß es nicht. Ich muss so schnell wie möglich dort hin. Ich melde mich später bei dir.« Er beugte sich zu Hannah, gab ihr einen flüchtigen Kuss und nahm den Autoschlüssel vom Nachttisch. In der Schlafzimmertür drehte er sich noch einmal zu ihr um. »Wir müssen das unbedingt wiederholen. Ich hoffe, du hast irgendwann nochmal ein paar Stunden Zeit für mich.« Hannah wurde rot. Noch bevor sie irgendetwas erwidern konnte, fiel auch schon die Wohnungstür ins Schloss. Sie saß wie angewurzelt mit verschränkten Beinen im Bett. Noch ein Toter, dachte sie. Es gibt also tatsächlich einen Serienmörder in Schorndorf. Sie erinnerte sich, dass Lu nicht von einem Mord, sondern nur von einem Toten gesprochen hatte. Das könnte genauso gut ein Unfall oder ein Selbstmord gewesen sein. Einen natürlichen Tod schloss Hannah aus, denn da hätte man ihn mit Sicherheit nicht mitten in der Nacht geweckt. Sie lehnte sich zurück und die weichen Kissen fühlten sich verlockend an. Ich kann jetzt nicht schlafen, dachte Hannah. Ich muss nachdenken. Ich muss Lu irgendwie helfen. Sie bemerkte gar nicht, wie sie wieder in den Schlaf hinüberglitt.

Montag, 15. Juli 2013 - 05:15 Uhr

Lu stellte den Wagen hinter einem Einsatzfahrzeug direkt an der Straße oberhalb des Schlosses ab. Er sah das Absperrband, das sich um den ganzen Park zog, den Rettungs- und den Notarztwagen, deren blaue Lichter gegen die aufgehende Sonne zu wetteifern schienen. Zwei weitere Einsatzfahrzeuge, die schräg an der Straße standen und den Leichenwagen, der gerade auf der anderen Seite hielt. Er stieg aus und ging mit schnellen Schritten auf den Pulk von Menschen zu, die unten beim Schlossgraben standen. Von weitem sah er Corry, die sich gerade mit dem Notarzt unterhielt. Ihre Blicke trafen sich und Corry sah ihn mit gequälten Augen an. Als er näher kam, entdeckte er im Graben den Toten. Man hatte eine Rettungsdecke über seinen Körper gelegt. »Er wurde erstochen«, sagte Corry knapp, als er sie und den Notarzt, der ihm kurz zunickte, erreicht hatte. »Ich bin soweit fertig«, meinte Doc Schneider und wandte sich zum Gehen. Mit einem kurzen, bedauernden Blick und einem nochmaligen Nicken zu Lu nahm er seine Tasche, die im morgentaufeuchten Gras stand und ging über die Wiese Richtung Straße. »Weiß man schon, wer der Tote ist?«, fragte Lu, der noch hinter dem Arzt hersah. Corry zog ihn am Ärmel den steilen Graben nach unten. Mit seinen Sneakers rutschte er und musste aufpassen, dass er sich nicht auf den Hintern setzte. Er sah einen großen Fleck, der von der gold schimmernden Folie, die über die Leiche gebreitet war, nicht ganz verdeckt wurde. Ziemlich viel Blut, schoss es ihm in den Kopf. »Zum Henker Corry, wer ist das?« Seine Kollegin antwortete nicht. Sie nahm wortlos einen Zipfel der Folie und zog diese vom Gesicht des Toten. Lu starrte die Leiche an und das Erste, was er sah, war eine riesige klaffende Wunde am Hals des Opfers. Man hatte dem Mann die Kehle durchgeschnitten. »Oh mein Gott!« Er taumelte ein wenig.

Das war nichts, was man unbedingt am frühen Morgen auf nüchternen Magen sehen wollte. »Oh mein Gott«, sagte er noch einmal. »Das ist ja Michael Oswald.« Corry nickte. Noch immer sagte sie nichts. Sie ließ ihm kurz Zeit, sich zu sammeln und erklärte dann. »Doc Schneider schätzt, dass er noch nicht lange tot ist. Er vermutet, dass der Tod vor ungefähr ein bis zwei Stunden eingetreten ist. Der Aufräumtrupp der Stadtreinigung hat ihn gefunden. Er lag unter diesem Müllsack.« Sie deutete zu einem Plastikbeutel, der unweit des Toten lag. Darin eingepackt war der blaue, blutverschmierte Müllsack. »Ich brauche jetzt erst mal einen Kaffee.« Lu stützte sich mit einer Hand an dem alten Gemäuer des Schlosses ab. Sein Kreislauf war im Keller. Kein Wunder, viel geschlafen hatte er nicht und dann so etwas. Corry nickte verständnisvoll. »Den brauche ich auf jeden Fall auch, und zwar dringend. Die Kollegen von der Spurensicherung müssen jeden Augenblick eintreffen, dann fahren wir zum Revier.« Lu betrachtete noch einmal das Gesicht von Michael Oswald, ging in die Hocke und zog die Rettungsdecke wieder über den toten Körper. Er stand langsam auf. »Du weißt, was das heißt?« Corry nickte erneut. »Wir fangen ganz von vorne an. Unser Hauptverdächtiger ist zum Opfer geworden.«

Montag, 15. Juli 2013 - 06:05 Uhr

Wie ein Ertrinkender den Rettungsring hielt Lu seinen Kaffeebecher mit beiden Händen umklammert und trank mit kleinen Schlucken den heißen Inhalt. Er fühlte die wohlige Wärme, die sich in seinem Magen ausbreitete. Das tat gut, dachte er und überlegte, wann ihm zum letzten Mal eine Tasse Kaffee so gut geschmeckt hatte. Corry und er saßen jetzt schon eine Viertelstunde hier, ohne ein einziges Wort gesprochen zu haben. Beide hingen ihren Gedanken nach. »Wir müssen nochmal alles von vorne durchgehen« unterbrach Lu dann diese drückende Stille. »Und zwar schnell. Hast du Ralf und Karl-Heinz schon informiert?« Corry schüttelte den Kopf. »Sie haben sowieso Frühdienst und müssten jeden Moment hier sein.« Genau in diesem Augenblick wurde die Tür geöffnet und die beiden Beamten betraten, gefolgt von ihren jungen Kollegen, den Raum. »Guten Morgen«, kam es wie aus einem Mund und die vier setzen sich gegenüber von Corry und Lu an den großen Tisch. Corry erwiderte den Gruß stumm, während sie Lu sagen hörte: »So gut ist der Morgen leider nicht.« Er stellte die Kaffeetasse ab und lehnte sich im Stuhl zurück. «Ich denke, ihr habt schon gehört, dass unser Hauptverdächtiger heute Nacht ermordet wurde.« Die vier nickten. »Noch bevor wir uns umgezogen hatten«, antwortete Ralf. »Weiß man denn schon Näheres?« Lu sah kurz auf den Notizblock, der vor ihm lag. »Michael Oswald wurde um 4:40 Uhr von den Mitarbeitern der Stadtreinigung im Schlossgraben gefunden. Der Tote hatte zwei Stichverletzungen im Bauchraum. Zusätzlich hat man ihm noch die Kehle durchgeschnitten. Der Mörder wollte auf Nummer sicher gehen. Der Notarzt Doc Schneider schätzt, dass der Todeszeitpunkt zwischen drei und vier Uhr liegt. Genaueres bekommen wir noch von der Rechtsmedizin.« Er machte eine Pause und Corry übernahm. »Auch wenn das Tatwerkzeug dieses Mal ein Messer war, so müssen wir doch davon ausgehen, dass es sich um denselben Mann handelt. Eine Frau können wir zu 99% ausschließen, da der Mord an Michael Oswald«, sie schluckte und fuhr fort, »viel zu brutal war und eine Frau hätte ihn nur schwer überwältigen und ihm die Kehle durchschneiden können.« Jetzt war Lu wieder an der Reihe. »Wir müssen jetzt schnell handeln. Gibt es irgendwelche Personen, die Michael Oswald in der Nacht gesehen haben? Eventuell sogar in Begleitung eines Mannes? Vermutlich waren zu dieser Uhrzeit keine Jugendlichen mehr im Park. Das heißt also, wir müssen uns auf die Obdachlosen konzentrieren. Vielleicht haben wir ja Glück und finden jemanden, der etwas beobachtet hat. Wir müssen auch nochmal mit der Wirtin von Oswald sprechen. Könnte gut sein, dass ihr noch etwas eingefallen ist. Ich gehe davon aus, dass der Einbrecher ihm das Gift untergeschoben hat, um ihn zu belasten.« Lu stand auf und ging zur Tafel. Er betrachtete das Foto von Michael Oswald und schob es dann nach oben, neben das von Paul Winkler. »Ralf, ihr beide übernehmt die Pension. Karl-Heinz, Thorsten und wir zwei werden zum Stadthallensee fahren und sehen, ob wir dort Glück haben.« Er sah auf seine Uhr. »Es ist jetzt kurz vor halb sieben. Wir treffen uns hier um zehn wieder.«

Montag, 15. Juli 2013 - 07:00 Uhr

Es klingelte. Sie versuchte, das Geräusch einzuordnen, das sie aus dem Tiefschlaf geweckt hatte. War das die Tür? Es klingelte erneut. Tatsächlich, es klingelte an der Tür. Ein kurzer Blick zum Wecker. Es war kurz nach sieben. Wer um alles in der Welt wollte schon so früh etwas von ihr? Langsam schlug sie die Decke zurück und stand auf. Sie nahm den Hörer der Sprechanlage und brachte ein krächzendes »Ja bitte?« heraus. Dann lauschte sie eine ganze Weile. »Ist es wirklich so wichtig?«, fragte sie und hörte wieder zu, dann drückte sie auf den Öffner. Lizzy sah an sich herunter. Ach du liebe Zeit, dachte sie, im Nachthemd kann ich keinen Besuch empfangen. Schnell ging sie ins Bad und zog den langen pinkfarbenen Morgenmantel über. Es klopfte an der Wohnungstür. Na, der ist aber schnell, dachte Lizzy. Sie ging zur Tür und sah durch den Spion. Der junge Mann vor der Tür war tatsächlich Tonis Sohn. Wenn er auch drei Jahre älter war, als auf den Bildern, die Toni ihr gezeigt hatte, erkannte sie in sofort. Die Ähnlichkeit mit seinem Vater war verblüffend. Lizzy öffnete die Tür. Er lächelte sie charmant und zugleich entschuldigend an. »Guten Morgen«, sagte er. »Tut mir leid, dass ich so früh störe, aber es ist sehr wichtig.« Lizzy lächelte zurück. »Kein Problem, normalerweise bin ich um diese Uhrzeit schon wach, aber wir haben gestern ein wenig gefeiert.« Sie bat ihn ins Wohnzimmer. »Möchten Sie vielleicht einen Kaffee? Also ich könnte durchaus eine Tasse vertragen.« Er nickte dankbar. »Das wäre toll.« Als sie aus der Küche zurückkam, stand ihr Besucher vor der Bildergalerie, die sie auf dem Sideboard aufgestellt hatte. Alte und neue Fotos von Familie und Freunden in ebensolchen alten und neuen Rahmen. Ein buntes Sammelsurium. Sie stellte Tassen und die Thermoskanne auf den runden Esstisch und trat zu ihm. »Ich hätte nicht erwartet«, sagte er, »dass Sie ein Foto von meinem Vater haben.« Lizzy nahm traurig das Bild in die Hand und betrachtete Anton Meininger. Er saß auf seiner Bank am See und rauchte. Sie hatte es vor einiger Zeit mit dem Handy gemacht. Damals hatte sie zu ihm gesagt, »als Erinnerung. Damit du die Zeit in Schorndorf nicht vergisst, wenn du dein altes Leben wieder hast.« Er hatte geantwortet: »Ach Lizzy, das wäre zu schön, aber irgendwie glaube ich nicht daran.« »Ich schon«, hatte sie erwidert. Leider war es ganz anders gekommen. Tränen liefen ihr über die Wangen. Thomas Meininger legte den Arm um sie und führte sie zum Tisch. »Es tut mir leid«, sagte er. »Mir auch.« Sie nahm seine Hand und drückte sie kurz. Obwohl sie ihn zum ersten Mal sah, war es ihr, als würde sie ihn schon lange kennen. Toni hatte oft von seinen Kindern gesprochen. »Immerhin haben Sie ihren Vater verloren, Thomas.« Sie setzten sich und tranken zuerst schweigend den Kaffee, aber bald begann Lizzy zu erzählen. Wie sie ihn kennengelernt hatte. Wie hilfsbereit er war und ihr im Schrebergarten geholfen hatte. Wie schön die endlosen Gespräche mit ihm waren. Fast eine Stunde lang schwelgte Lizzy in Erinnerungen, die sie dem Sohn ihres Freundes bis ins kleinste Detail erzählte. Es tat ihr gut über ihn zu reden. Das ließ Toni wieder lebendig erscheinen. Thomas hörte zu. Er sagte kein Wort. Sein Blick verfinsterte sich zunehmend. Nachdem sie ihre Erzählungen beendet hatte, sah Lizzy den Sohn ihres Freundes über den Rand der Tasse hinweg an. Sie war neugierig. Was war so wichtig, das ihn um diese Uhrzeit hierher gebracht hatte. Sie fragte nicht, wollte ihm noch ein wenig Zeit lassen. Für ihn war sie eine Fremde aus dem neuen Leben seines Vaters. Der junge Mann betrachtete sie jetzt ebenfalls abschätzend. Unvermittelt fragte er: »Hatten Sie eine Beziehung mit meinem

Vater? Sexuell meine ich?« Lizzy hätte beinahe den Kaffee über den Tisch gespuckt. Sie schluckte angestrengt und begann zu husten. Diese Frage hatte sie nicht erwartet. Sie schlug sich mit der Hand auf die Brust und antwortete, nachdem sich der Husten beruhigt hatte. »Aber nein, wir waren nur gute Freunde.« Er nickte und sah sie weiter eindringlich an. Jetzt war ihr seine Anwesenheit ein wenig unangenehm. »Was gibt es denn so Wichtiges, das Sie mit mir besprechen möchten?« Plötzlich wollte sie ihn so schnell wie möglich wieder loswerden. »Nun«, begann er, »ich möchte die persönlichen Sachen meines Vaters haben. Um genau zu sein, ich bin wegen des Buchs hier. Schillers Gedichtband.«

Montag, 15. Juli 2013 - 08:00 Uhr

Hannah nahm das Handy vom Nachttisch und schaltete das Display ein. Sie war tatsächlich noch einmal eingeschlafen. Es war kurz nach acht. Hannah räkelte sich wohlig in den Kissen, dachte an Lu und die Nacht, die hinter ihr lag. Sie grinste und schob bestens gelaunt die Decke zur Seite. Hero erhob sich ebenfalls von seinem Katzenbett, machte einen Buckel und gähnte. Er folgte Hannah in die Küche und wartete, neben seinem Napf sitzend, geduldig ihr Ritual des Kaffeemachens ab. Der Kater strich um Hannahs Beine, als sie das Futter in den einen Napf und den anderen mit Wasser füllte. Den Kaffeebecher in der einen, Aschenbecher und Zigaretten in der anderen Hand, öffnete Hannah mit dem Ellbogen die Terrassentür und setzte sich plumpsend auf das Rattansofa. Was für ein schöner Morgen dachte sie und sah in die Sonne, die trotz der frühen Uhrzeit schon angenehm warm war. Hannah trank einen Schluck Kaffee und angelte gleichzeitig nach einer Zigarette. Sie zündete sie an und blies den Rauch in kleinen Kringeln in die Luft. Das Hochgefühl, das sie schon die ganze Zeit umgab, verstärkte sich. Was war das Leben schön. Langsam schlürfte sie den heißen Kaffee und ließ den Sonntag noch einmal Revue passieren. Es war wirklich ein wunderschöner Tag mit den Saunamädels gewesen. Von der Nacht mit Lu ganz zu schweigen. Hannah bemerkte, wie sie errötete. Denk an den Tag, denk an den Tag... denk... Sie stand energisch auf. Ich muss mich ablenken, sonst denke ich an nichts anderes mehr, als an diesen tollen Typen. Ihr fiel ein, dass sie aus einer Laune heraus mit Trudl gewettet hatte, dass sie Schillers Bürgschaft beim nächsten Besuch in der Sauna fehlerfrei aufsagen würde. Während des Aufgusses. »Könnte es sein, meine Liebe«, sprach sie laut mit sich selbst, »dass du da den Mund ein wenig zu voll genommen hast?« Auf jeden Fall wollte sie es versuchen. Die ersten anderthalb Seiten waren kein Problem, die kannte sie schon. Hannah ging in den

Flur und sah sich um. Wo hatte sie das Buch heute Nacht nur hingelegt? Sie versuchte sich zu erinnern. Kaum hatten sie die Wohnung betreten, lag sie auch schon in Lus Armen. Seine Küsse wurden immer fordernder. Sie hatte ihn gebeten, kurz zu warten und war ins Bad gegangen, um einen Blick in den Spiegel zu werfen. Hannah ging ins Bad und tatsächlich lag auf dem Spülkasten des WC das gesuchte Buch. Triumphierend und wie eine Trophäe trug sie den Schiller auf beiden Händen nach draußen und legte ihn auf den Terrassentisch. Sie streichelte über den Leineneinband und wurde von Hero, der im Sessel gegenüber lag, misstrauisch beobachtet. »Jetzt ist mein Frauchen völlig durchgeknallt«, schien sein Blick zu sagen. »Jetzt streichelt sie schon Bücher.« Er erhob sich, sprang auf ihren Schoss und forderte seine Streicheleinheiten. »Jetzt sag nur nicht, dass du auf ein Buch eifersüchtig bist.« Hannah kraulte den Kater hinter den Ohren und Hero legte sich auf den Rücken. Während sie automatisch seinen Bauch streichelte, griff sie mit der anderen Hand nach dem Buch. Sie blätterte mit dem Daumen schnell die Seiten durch und hielt, bei der Mitte angekommen, erstaunt inne. Ein weißer Umschlag, auf dem in blauer Schrift der Name Toni stand, lag zwischen den Seiten. Neugierig hielt sie ihn in die Sonne. Der Umschlag enthielt einen Brief, so viel konnte Hannah erkennen. Hannah widerstand dem Impuls, ihn sofort aufzureißen. Er war nicht für sie bestimmt. Aber Toni lebt nicht mehr, da könnte ich doch einen kleinen Blick reinwerfen, dachte Hannah. Nein, du bist nicht der Empfänger. Wieder stritten sich Engel und Teufel in ihr. Hannah legte den Brief vor sich auf den Tisch, während sie das Für und Wider abwägte.

Montag, 15. Juli 2013 - 08:10 Uhr

»Wegen des Buchs?« Lizzy schaute ihn verdutzt an. »Ja genau, wegen des Buchs. Es war nicht bei seinen Sachen. Ich habe mich dann mit ein paar Saufkumpanen meines Vaters unterhalten. Einer war sehr redselig, nachdem ich ihm ein paar Scheine unter die Nase gehalten habe. Er meinte, dass er gesehen hat, wie mein Vater Ihnen das Buch gab. Also, wo ist es?« Lizzy rutschte auf ihrem Stuhl hin und her. Das unangenehme Gefühl, das sie vorhin beschlichen hatte, wurde immer stärker. Thomas Meininger machte ihr Angst. »Aber wieso ist das denn so wichtig? Es ist doch nur ein altes Buch.« »Ach«, er machte eine wegwischende Handbewegung, »was weißt du schon? Also, raus mit der Sprache. Wo ist es?« Lizzy dachte angestrengt nach. Es fiel ihr schwer, denn sie war vom Vortag noch etwas verkatert. Trotzdem wollte sie herausbekommen, warum sein Interesse für dieses Buch so groß war. »Ich habe es nicht mehr«, sagte sie erklärend. »Ich habe es weggegeben.« »Was?« Er starrte sie mit aufgerissenen Augen an. Der Charme, der ihn noch vor kurzem so sympathisch gemacht hatte, war wie weggeblasen. Er griff nach ihrem Arm und drückte kräftig zu. »Aua!« Lizzy schrie auf. »Sie tun mir weh!« Sie sah ihn mit schmerzerfüllten Augen an. Sein Gesicht war rot und glänzte. Der Mund zu einem hämischen Grinsen verzogen. »Ich kann noch ganz anders, wenn du mir nicht sofort sagst, wem du das Buch gegeben hast.« Lizzys Arm schmerzte, aber sie presste die Lippen zusammen und sagte kein Wort. Er sah sie funkelnd an und drückte noch fester. Tränen des Schmerzes liefen über Lizzys Wangen. »Von mir erfahren Sie gar nichts. Ich hab keine Ahnung, warum Ihnen das Buch so wichtig ist, aber ich werde Ihnen auf keinen Fall sagen, wem ich es gegeben habe.« Er griff in seine Jackentasche. »Na, das werden wir ja sehen. Ich werde dich schon zum Reden bringen.« Das Messer, das er auf einmal in seiner Hand hielt, hatte eine doppelschneidige Klinge. Lizzys Arm noch immer umklammert, kam er um den Tisch herum und hielt ihr das Messer vors Gesicht. Sie konnte braune Flecken auf dem funkelnden Stahl erkennen. Lizzy wollte gar nicht wissen, woher die stammten. Angsterfüllt starrte sie ihn an. »Du wirst mir jetzt sofort sagen, wem du das Buch gegeben hast, sonst...« Er zeichnete mit der Spitze der Messerklinge eine Linie in die Luft, die sich vom einen Ohr Lizzys bis zum anderen zog. Bitte Hannah, verzeih mir, dachte Lizzy und wieder liefen ihr Tränen über die Wangen. »Sie heißt Hannah Berger.« »Geht doch!« Thomas Meininger lächelte Lizzy an. »Und jetzt wirst du sie anrufen und sie bitten, das Buch herzubringen.« Lizzy versuchte, ihren Arm aus der Umklammerung zu befreien. Sein Griff lockerte sich nicht. »Ich brauche mein Handy und das ist in meiner Tasche in der Küche.« »Ich begleite dich.« Er zog sie am Arm hoch und schob sie Richtung Küche. Mit zitternden Fingern kramte Lizzy in der Tasche, bis sie ihr Telefon gefunden hatte. Sie legte es auf die Arbeitsplatte und suchte in den Kontakten. Als sie Hannah gefunden hatte, sah sie noch einmal ihren Peiniger an, der ihr mit dem Messer drohte. »Los, nun mach schon.« Lizzy zuckte zusammen und drückte auf die Mobilnummer, die unter Hannahs Namen angezeigt wurde.

Montag, 15. Juli 2013 - 08:15 Uhr

Ihr Handy klingelte. Hannah fühlte sich gestört. Noch immer betrachtete sie den vor ihr liegenden Brief mit Tonis Namen. Engelchen und Teufelchen waren noch zu keinem Ergebnis gekommen. Sie griff nach dem Handy und meldete sich, ohne den Blick von dem weißen Umschlag zu nehmen. »Süße, ich brauche unbedingt deine Hilfe.« Es war Jacky, die sehr aufgeregt klang. »Kannst du ganz schnell zu mir kommen?« Hannah bemerkte sofort, dass etwas nicht stimmte und stand auf. »Gib mir fünf Minuten. Ich muss mich noch anziehen. Was ist denn los?« »Es ist Herr Daniels, es geht ihm nicht gut. Ich muss unbedingt mit ihm zum Tierarzt. Mein Auto ist in der Werkstatt und ich brauche jemanden, der mich fährt.« »Ich bin gleich bei dir.« Hannah legte auf, ging schnell ins Schlafzimmer und zog die Kleider vom Vortag an, die wild auf dem Boden zerstreut waren. Wen interessierte schon, dass die eine oder andere Falte zu viel drin war. Hannah auf jeden Fall nicht. Sie wusste, dass es ernst war und sie keine Zeit verlieren durfte. Herrn Daniels, Jackys Kater, ging es schon seit zwei, drei Wochen nicht gut. Eine Autoimmunerkrankung ließ ihn immer schwächer werden. Hannah machte sich Sorgen. Sie hatte den Kater, den Jacky vor vier Jahren als Baby bekommen hatte, sehr ins Herz geschlossen. Eigentlich wollte ihr Sohn ihn Jacky taufen. Jacqueline konnte ihn dann aber überzeugen, dass es besser wäre, ihm einen anderen Namen auszusuchen, um Verwechslungen aus dem Weg zu gehen. Also hatten sich die beiden auf Herr Daniels geeinigt. Hannah fand den Namen witzig, auch wenn sie selbst ihn meistens Dany nannte. Als sie in den Hof fuhr, stand Jacqueline schon mit dem Katzenkorb vor der Tür. Ihr Sohn Johnny stand neben ihr. Sie öffnete die hintere Tür von Hannahs kleinem Peugeot, ließ Johnny einsteigen und stellte den Katzenkorb neben ihn, dann stieg sie selbst ein. »Ich glaube«, sagte sie zu Hannah, »es ist soweit.« Hannah nickte und schluckte kräftig. Die Hoffnung, dass die verabreichten Medikamente anschlagen könnten, hatte sich demnach zerschlagen. Alle drei wussten, dass dies Herrn Daniels letzter Weg zum Tierarzt war. Hannah sah in den Rückspiegel. Johnny streichelte den Katzenkorb und kämpfte tapfer gegen die Tränen. »Muss er nicht zur Schule?« fragte sie Jacky. Jacky schüttelte den Kopf. »Ich habe mit der Lehrerin telefoniert, er darf später kommen. Sie haben Projektwoche, da ist sein Fehlen nicht ganz so schlimm. Weißt du, er würde es mir nicht verzeihen, wenn ich ihn wieder, wie damals bei unserem Hund, ausschließen würde.« Der Hund musste vor ein paar Jahren eingeschläfert werden und Johnny hatte bis heute ein Problem damit, dass er nicht dabei gewesen war, um ihn auf dem letzten Weg zu begleiten. Er war damals noch sehr jung gewesen und Jacky wollte ihm das ersparen, aber Johnny war anders als andere Kinder, das sollte sich kurze Zeit später wieder zeigen.

Sie durften im Büro der Ärztin warten. Herr Daniels lag total geschwächt in den Armen von Johnny. Ein einziges Häufchen Elend. Hannah konnte die Tränen jetzt auch nicht mehr zurückhalten. Sie streichelte zärtlich über den Kopf des Katers. Er hob ihn langsam und sah sie mit seinen leicht schielenden, wässrigen blauen Augen an. Johnny sah sie ebenfalls an und

bemerkte ihre Tränen. »Nicht traurig sein Hannah. Glaub mir, es ist besser für ihn. Dort, wo er jetzt hingeht hat er keine Schmerzen mehr.« Hannah schluchzte auf. War dieser Junge nicht unglaublich? Er wusste, dass er seinen Kater für immer hergeben musste und versuchte noch, sie zu trösten. Das war zu viel für Hannah. Sie stürmte aus dem Tierarztbüro nach draußen. Hektisch zündete sie sich eine Zigarette an und dachte an ihre erste Katze, die auch hier in derselben Praxis gestorben war.
Als sie zurückkam hatte Herr Daniels gerade eine Beruhigungsspritze bekommen. »Er merkt dann nichts mehr.«, meinte die Ärztin. »Er wird ganz ruhig einschlafen. Wir gehen jetzt in das Behandlungszimmer. Okay?« Sie folgten Johnny, der den benebelten Kater auf dem Arm trug und ihn dann sanft auf den kalten Behandlungstisch legte. Sie setzte ihm noch eine Spritze und hielt das Stethoskop an seine Brust. Ein kurzes Nicken. Johnny sprach auf den toten Kater ein. »Glaub mir Herr Daniels, jetzt geht es dir besser. Du wirst auch nicht alleine sein.« Sein Blick war auf Hannah und Jacky gerichtet, während er das Fell seines Haustiers streichelte. Beide sahen betreten und leise weinend zu Johnny und dem toten Kater. »Dort im Katzenhimmel ist es sicher wunderschön. Bald kommt auch Hero.« Hannah horchte auf. Ihr Kater war erst eineinhalb Jahre alt. Hoffentlich war dieses bald noch ganz weit weg. »Dann kommen auch ir-

gendwann Hannah und Mama. Ich komme dann etwas später.«, sagte Johnny mit der Logik eines Kindes zu dem toten Tier. Hannahs Kehle schnürte sich zusammen. »Ich warte draußen.«, und weg war sie.
Als Jacky, gefolgt von ihrem Sohn, aus der Praxis ins Freie trat, hatte sich Hannah wieder etwas gesammelt. Schweigend fuhren sie nach Miedelsbach zurück. »Komm doch bitte noch kurz mit rein, ich glaube wir können beide etwas Starkes gebrauchen.« Sie gingen in die Küche und Jacky öffnete den Kühlschrank. Ihre Hand blieb kurz auf der Jack-Daniels-Flasche liegen, dann überlegte sie es sich anders und griff zu einem Williams. Sie füllte zwei Gläser und drückte Hannah eins in die Hand. Schnaps am frühen Morgen? Hannah zögerte, sah die klare Flüssigkeit an, sah zu ihrer Freundin, deren Glas bereits leer war, dann kippte sie das scharfe Getränk in einem Zug runter. Wärme breitete sich in ihrem Bauch aus. Das tat gut. Sie schob Jacky das Glas hin. Bevor sie etwas sagen konnte, war dieses auch schon wieder gefüllt. Johnny steckte den Kopf zur Tür herein. »Ich gehe jetzt. Der Wiesel kommt gleich. Dann habe ich nur zwei Stunden verpasst. Tschüss, und Danke Hannah, fürs Fahren.« Was für ein toller Junge, dachte Hannah erneut, schob das gefüllte Glas von sich weg und meinte: »Wenn ich jetzt noch einen Kaffee bekommen könnte, dann ist alles gut.« Jacky kam der Bitte schnell nach und kurze Zeit später saßen sie mit ihren Tassen auf der Terrasse

und schwelgten in Erinnerungen an den schielenden Kater.

Kapitel 10

Montag, 15. Juli 2013 - 09:15 Uhr

Ich kann doch auch nichts dafür, dass besetzt war und sie jetzt nicht mehr rangeht.«, jammerte Lizzy und legte das Handy wieder auf den Tisch. Thomas Meininger spielte mit dem Messer in seiner Hand. Lizzy beobachtete ihn dabei und war sich sicher, dass es sich bei den Flecken um Blut handelte. Aber von wem? Sie hatte furchtbare Angst. Dieser anfangs so sympathische junge Mann hatte sich in ein Monster verwandelt. Kein nettes Lächeln mehr, nur ein verkniffenes Grinsen, das sein Gesicht fratzenhaft erscheinen ließ. In der letzten Stunde hatte sie bestimmt zehn Mal versucht Hannah zu erreichen. Sie hatte ihr drei Mal auf die Mailbox gesprochen, aber bis jetzt noch keinen Rückruf bekommen. »Ich habe Zeit«, meinte er. »Sie wird sich schon noch irgendwann melden.« Lizzy hoffte inständig, dass dies bald sein würde. Je schneller dieser Kerl das Buch bekam, umso schneller wäre sie ihn los. Zumindest hoffte sie, dass er sie dann gehen lassen würde. Was war nur so besonders an diesem Buch, fragte sich Lizzy zum wiederholten Mal. Sie hatte es von ihm wissen wollen, aber nur eine ausweichende Antwort bekommen. »Es ist nicht das Buch«, meinte er. »Es ist der Inhalt.« In der Zeit zwischen den Anrufversuchen hatte sie die wildesten Phantasien, um was es sich bei dem Inhalt wohl handeln könnte. Kompromittierende Fotos, eine Schatzkarte, ein Geständnis. Lizzy sollte bald erfahren, dass sie in ihren Phantasien der Wahrheit ganz schön nahe gekommen war. Er deutete mit dem Messer auf das Handy. »Versuch's nochmal.« Ohne Widerspruch nahm Lizzy das Telefon und wagte einen erneuten Versuch. Nach fünfmaligem Klingeln meldete sich wieder nur die Mailbox.

»Möchtest du noch einen Kaffee?«, fragte Lizzy ihren Peiniger. Mittlerweile war auch sie dazu übergegangen, ihn zu duzen. »Ein Bier wäre mir lieber!«, meinte dieser. »Hab ich ihm Kühlschrank, soll ich es holen?« Drohend fuchtelte er wieder mit dem Messer in der Hand vor ihrem Gesicht herum. »Aber mach ja keine Dummheiten.« »Auf keinen Fall. Ich bin sofort wieder da.« Kurz darauf stellte sie die geschlossene Bierflasche vor ihn auf den Tisch. »Aufmachen musst du selbst. Ich möchte nicht, dass du annimmst ich könnte dich vergiften wollen.« Er sah sie amüsiert an. »Ich habe keine Angst vor dir.« »Na wenn das so ist, dann kannst du mir doch auch erzählen, was das Ganze hier eigentlich soll.« Er nahm einen kräftigen Schluck, stellte die Flasche ab und sah sie prüfend an. »Warum eigentlich nicht. Wir sitzen hier bestimmt noch eine Weile und du sollst eine gute Zuhörerin sein. Zumindest hat mir das mein Vater erzählt. Also, mach es dir bequem. Hier kommt meine Geschichte.«

Montag, 15. Juli 2013 - 09:30 Uhr

Die vier Beamten verließen gerade das Obdachlosenheim im Hammerschlag. Obwohl während des Sommers die Betten dort teilweise leer waren, der Frühstücksraum war es nicht. Es gab doch einige, die Kaffee, Brot und Wurst einem Bier am Morgen vorzogen. In der letzten Stunde hatten sie jeden der Anwesenden befragt. So langsam ging unter den Obdachlosen die Angst um. Der dritte Mord war bereits in aller Munde. Jetzt wollten sie helfen, immerhin könnte man durchaus der Nächste sein. Auch wenn Michael Oswald nicht zu ihrem Kreis gehört hatte, so hatte er doch in den letzten Tagen viel Zeit mit ihnen verbracht. Der Mann, der ihnen einen guten Hinweis lieferte, saß ganz alleine an einem Tisch und schaute müde in seine Tasse. Lu und Corry hatten sich zu ihm gesetzt, während Karl-Heinz und Thorsten sich um eine ziemlich laute Gruppe am anderen Ende des Raumes kümmerten. »Sie sind von der Kripo, oder?« Der ungefähr Dreißigjährige sah die beiden fragend an. Sein Name war René Wenz und seine Geschichte, zumindest wenn sie denn stimmte, war mehr als interessant. »Ich lebe jetzt seit ungefähr sechs Wochen hier«, begann er. »Eigentlich komme ich aus Winnenden und bin freier Journalist.« Lu sah zu Corry, die die Augenbrauen hob. Das war interessant. »Ich kam hierher, um für einen Artikel zu recherchieren. Einen ehrlichen Artikel, der nicht durch unsere Bürokratie beschönigt wird. Nach der ersten Woche habe ich mich entschlossen zu bleiben. Die vielen einzelnen Schicksale der Brüder und Schwestern haben mich berührt. Jetzt wird aus diesem Artikel wohl ein Buch werden. Es liegt mir am Herzen, dass die Menschen erfahren, dass es hier nicht nur Alkoholiker und Drogenabhängige gibt. Natürlich haben wir die auch, aber das sind oft Begleiterscheinungen des Lebens auf der Straße. Man ergibt sich seinem Schicksal und arrangiert sich. Obdachlosigkeit kann jeden treffen, wenn er Pech hat.« »Sie meinen also«, hakte Lu ein, »dass Sie eigentlich ein ganz normales Leben führen?« Er nickte. »Ja, aber mittlerweile bin ich schon ein Teil von dem hier geworden. In den letzten drei Wochen war ich nicht einmal zu Hause. Ich schlafe auf einer Bank und rede sehr viel mit meinen neuen Freunden.« Corry sah sich im Raum um. Wenn das seine Freunde waren, wieso saß er dann ganz alleine an seinem Tisch? René Wenz bemerkte ihren Blick und erklärte: »Durch die Geschichte, die in den letzten Tagen passiert ist, sind viele misstrauisch geworden. Natürlich werden die Neuen wie ich als Erste verdächtigt.« »Heißt das«, erkundigte sich Lu, »dass man den Mörder unter den Obdachlosen vermutet?« René nickte. »Ja, einige glauben das tatsächlich.« »Haben Sie auch mit unseren Opfern gesprochen?« Lu beugte sich zu dem jungen Mann. Dieser nickte wieder, kramte in einem schmutzigen Baumwollbeutel, die Art von Beutel, die man in manchen Geschäften, vor allem Apotheken, als Geschenk bekommt und zog ein großes schwarzes Notizbuch heraus. Er blätterte darin. »Mein Tagebuch.«, erklärte er und suchte eine bestimmte Stelle. »Hier ist es. Donnerstag letzte Woche. Da habe ich wieder ein ziemlich langes Gespräch mit dem Toni gehabt. Er war sehr aufgeregt. Ich denke, Sie kennen seine Geschichte?« Lu und Corry bestätigten seine Vermutung. »Er war felsenfest davon überzeugt, dass jetzt endlich alles gut werden würde. Der Junge, Michael Oswald, der ihm diesen Missbrauch angehängt hat, war aufgetaucht. Er wollte sein Gewissen erleichtern und endlich reinen Tisch machen mit dem, was damals wirklich passiert ist. Toni meinte, es sei nicht ganz so einfach für ihn, aber er wolle ihn unterstützen. Er hat Michael geglaubt. Ganz anders als sein Sohn.« »Sein Sohn?«, fragte Lu, mehr als interessiert. »Ja, der machte seinen Vater und Michael dafür verantwortlich, dass sein ganzes Leben verpfuscht war.« »Hat Ihnen das auch der Toni erzählt?«, wollte Corry wissen. René Wenz schüttelte den Kopf. »Nein, das weiß ich von Thomas selbst. Ich kam dazu, als er bei seinem Vater saß.« »Am Donnerstag?«, fragte Lu überrascht und lauter als gewollt. Ein paar der Stimmen im

Raum verstummten. »Ja, am Donnerstag. Dieser junge Mann hatte sehr viel Wut in sich. Er hat seinen Vater angeschrien, wie er so etwas hätte tun können. >Du scheinst Eindruck bei ihm hinterlassen zu haben, wenn er dich jetzt besucht. Seid ihr jetzt ein Paar, du und dein junger Liebhaber?< Mit einem, entschuldigen Sie bitte den Ausdruck, aber das war genau das was er sagte, >Ihr schwulen Drecksäcke!< ist er wutentbrannt davongerannt.« Lu dachte an die Vernehmung des Obdachlosen, der von vielen Besuchern gesprochen hatte. René Wenz hatte er allerdings nicht erwähnt. Warum nur? Hatte er Angst vor dem Journalisten? Lu konnte sich das nicht erklären. Wieder wechselten Lu und Corry Blicke. »Er war es«, sagte Corry und Lu nickte zustimmend. »Jetzt ergibt wenigstens etwas an der ganzen verworrenen Geschichte einen Sinn.« Er schob seine Unterlippe vor und blies Luft in sein Gesicht. Verdammt, war das heiß hier drin. »Noch eine Frage. Haben Sie den Sohn danach noch einmal gesehen?« »Mehr als einmal.« René Wenz blätterte wieder in seinem Tagebuch. Am frühen Freitagabend bei der Eröffnung der SchoWo. Die wollte ich mir nicht entgehen lassen.« Wieder blätterte er ein paar Seiten um. Am Samstagnachmittag im Schlosspark. Ich wollte mich mit ihm unterhalten, aber er lief weg, als er mich sah. Und gestern Abend dann nochmal am Spitalhof. Das war's.« Lu war schon aufgestanden und Corry folgte seinem Beispiel. Sie

bedankten sich bei René Wenz. »Wären sie so freundlich und würden später zu uns aufs Revier kommen, damit wir Ihre Aussage aufnehmen können?« »Natürlich!« Er riss ein kleines Stück Papier aus dem Buch und schrieb eine Nummer darauf. »Das ist meine Handynummer. Rufen Sie mich an, wenn sie mich brauchen.« Corry steckte den kleinen Zettel ein.
»Tja Leute«, meinte Lu jetzt, als sie bei ihren Fahrzeugen standen. »Es sieht so aus, als hätten wir einen neuen Verdächtigen. Oder besser, ich glaube wir haben den Mörder.« Mit wenigen Worten brachte er Karl-Heinz und Thorsten auf den neusten Stand. »Wir geben sofort eine Fahndung nach ihm raus und prüfen seinen Hintergrund. Er darf uns nicht entkommen.«

Montag, 15. Juli 2013 - 10:05 Uhr

»Ich war damals gerade siebzehn geworden und stand kurz vor meinem Realschulabschluss«, begann Thomas Meininger. «Ich hab die achte wiederholen müssen, obwohl mein Vater Lehrer war. Er hat mir die schlechten Noten nicht verziehen. Jeden Tag hat er mit mir gebüffelt. Es war ganz schön schwer, bei den Tests die falschen Antworten anzukreuzen, aber ich wollte ihn da verletzen, wo es ihm am meisten weh tat. Er war ein Tyrann. Meine Schwester war eine Einser-Schülerin und das hätte ich durchaus auch sein können.« Lizzy betrachtete ihn interessiert. Seine kurze Pause nutzte sie, um eine Zwischenfrage zu stellen. »Kann es nicht sein, dass Ihr Vater nur das Beste für Sie wollte?« »Für mich?« Thomas Meininger lachte schallend. »Nie im Leben. Er, nur allein er wollte gut dastehen. Er wollte keinen Versager in der Familie.« Der junge Mann schluckte das aufkeimende hämische Lachen hinunter und fuhr fort. »Dann passierte diese Geschichte mit Michael. Von diesem Tag an zeigten alle mit dem Finger auf mich. Obwohl ich nicht hören konnte, was die anderen sagten, wusste ich es genau. Das ist der Sohn des Vergewaltigers, schaut ihn euch an. Hat sein Vater ihn sich auch geschnappt? Es war die Hölle für mich. Nach dem Prozess mit dem lachhaften Freispruch ist er verschwunden, aber die Leute hörten nicht auf. Ich bekam nicht einmal eine Lehrstelle. Daran ist nur er schuld. Also hab ich ein freiwilliges soziales Jahr gemacht. Als Hiwi beim Rettungsdienst. Ganz toll! Fast ein Jahr lang habe ich täglich die Rettungswägen geschrubbt und desinfiziert. Im Mai war ich dann zum ersten Mal in Schorndorf. Wir waren mit unserem Trachtenverein zu einer Veranstaltung hier. In dem war ich schon als kleiner Junge. Meine Vereinskollegen waren die einzigen, die mich zu der Zeit normal und fair behandelt haben. Beim Festumzug sah ich dann meinen Vater. Er stand an der Straße zwischen all den anderen Menschen, aber ich habe ihn sofort erkannt. Ich habe mich abgewandt. Ich wollte nicht, dass er mich sieht. Zu Hause ist dann mein Entschluss gereift, zu ihm zu fahren. Ich wollte ihn zur Rede stellen. Ich wollte ihm sagen, dass er mein Leben kaputt gemacht hat. Weißt du, auch wenn ich mein soziales Jahr schon eine Weile hinter mir habe, ich putze immer noch diese Scheiß-RTW.« Ein wenig Mitleid keimte in Lizzy auf und sie nickte verständnisvoll. Dem Jungen schien es gut zu tun, sich alles von der Seele zu reden. »Anfang letzter Woche war ich dann soweit. Ich weiß, es hat eine Weile gedauert. Im Juni war ich schon einmal auf dem Weg, hab aber in Augsburg wieder umgedreht, da hat mich der Mut verlassen. Dieses Mal aber war ich fest entschlossen, es durchzuziehen. Ein Freund von mir arbeitet bei der Polizei in Miesbach und hat für mich recherchiert. Von ihm wusste ich, dass er hier in Schorndorf sein Geld bekommt. Mir war klar, dass er auf der Straße lebt. Ohne Job, mit Hartz IV, wo will man denn da hin. Also habe ich mich durchgefragt, wo man denn in Schorndorf die ganzen Penner findet.« Das vorhin kurz aufgekeimte Mitleid für den jungen Mann war auf einmal wieder verschwunden. Lizzy hasste das Wort Penner. »Nachdem ich zuerst im Schlosspark war, bin ich als Nächstes zu eurem tollen Stadthallensee, und was soll ich dir sagen, da saß dieser Mistkerl dann auch. Neben sich Michael. In trauter Zweisamkeit. Ich war unheimlich wütend.«

Montag, 15. Juli 2013 - 10:20 Uhr

»Ich könnte mich in den Hintern beißen.« Lu Odermatt ging wie ein Tiger im zu engen Käfig von einer Seite des Zimmers zur anderen und wieder zurück. Corry beobachtete ihn. Das ging jetzt schon zehn Minuten so. Vermutlich brauchte er das, um sich zu beruhigen, dachte Corry. »Wir hatten ihn schon hier auf dem Revier. Warum sind wir nicht früher darauf gekommen?« Corry stand auf und stellte sich ihm in den Weg. »Jetzt setz dich erst mal hin, du machst mich total kirre mit deiner Herumlauferei.« Sie rückte an einem Stuhl und er setzte sich. »Kein einziger Hinweis hat auf ihn als Täter hingedeutet. Wir haben leider keine magische Glaskugel, die uns ein Bild des Täters zeigt.« »Ja aber ...,« Lus Stimme war leise und krächzend. »Es gibt kein Aber, PUNKT.« Corry schlug mit der flachen Hand auf den Tisch und Lu sah erschrocken zu ihr auf. Die Tür wurde geöffnet und Karl-Heinz betrat mit einem Stapel Papier den Raum. »Soeben per Fax aus Miesbach gekommen. Scheint, als sträubten sich die bayrischen Kollegen, E-Mails zu schreiben.« Er legte die losen Zettel auf den Tisch. »Dieser Thomas Meininger ist ein ganz schönes Früchtchen. Er war ein paar Mal kurz davor, ins Gefängnis zu wandern. Ruhestörung, Vandalismus, Drogenbesitz, sogar ein Einbruch in das Vereinsheim der Schlierseer Eishockeymannschaft steht mit auf der

Liste. Er ist jedes Mal mit Sozialstunden weggekommen. Die meisten davon hat er beim Malteser Hilfsdienst geleistet. Man hat ihn die Rettungswagen schrubben lassen. Und…« Karl-Heinz machte eine Pause. Er sah Corry und Lu Beifall heischend an. »Was soll ich euch sagen, an seinem letzten Tag dort, vor nicht einmal zwei Wochen, sind einige Betäubungsmittel verschwunden. Unter anderem Bromazepam.« »Was? Ist das dein Ernst?«, fragte Corry. Karl-Heinz nickte. »Mein voller Ernst. Man konnte ihm allerdings nichts nachweisen. Der Junge ist clever.« Lu blätterte in den losen Zetteln. »Da geb' ich dir allerdings Recht. Laut den Unterlagen kann er zwar nicht bis drei zählen, aber ich habe ihn hier auf dem Revier ganz anders erlebt. Wir müssen ihn finden und zwar schnell. Wenn er tatsächlich schon seit Donnerstag hier ist, dann muss er ja auch irgendwo gewohnt haben. Corry, könntest du…« Er sah zu seiner Kollegin. Sie saß vor ihrem Laptop und tippte wild auf die Tasten. »Schon dabei.« Dann drehte sie den Laptop zu den Kollegen um. »Hier ist eine Liste aller Hotels und Pensionen in der Umgebung.« Lu war einmal mehr überrascht, wie wunderbar er und Corry harmonierten. »Dann lasst uns loslegen.« Zu dritt telefonierten sie die Liste ab. Keine fünf Minuten später hob Corry triumphierend ihr Handy in die Luft. »Er wohnt im Haghof.« Karl-Heinz und Lu beendeten ihre Gespräche. »Dann los!«, rief Lu und war schon an der Tür. »Karl-Heinz, du schnappst dir Thorsten. Wir fahren mit zwei Autos. Vielleicht haben wir ja Glück und er ist da.« Corry hob die Schultern. »Vielleicht. Die Dame am Telefon meinte, sie hätte ihn gestern das letzte Mal gesehen, aber wer weiß.« Sie folgte Lu mit raschen Schritten zum Parkplatz vor dem Revier.

Montag, 15. Juli 2013 - 10:30 Uhr

Hannah stellte die leere Kaffeetasse vor sich auf den Tisch und sah ihrer Freundin in die vom Weinen geröteten Augen. Wahrscheinlich sehe ich genauso verquollen aus, dachte sie. »Jacky, ist es okay, wenn ich dich jetzt alleine lasse?« Jacky schniefte und nickte dann. »Natürlich Süße, ich komme schon klar. Außerdem kommt in einer halben Stunde sowieso eine Kundin.« Hannah stand auf und schaute nochmal zu ihrer Freundin, die zusammengekauert mit Herrn Daniels Decke im Arm dasaß. »Bist du sicher?« »Auf jeden Fall. Geh schon. Wenn es mir heute Abend besser geht, dann sehen wir uns ja auf der SchoWo.« Hannah bezweifelte, dass ihre Freundin heute Abend in der Lage sein würde zu feiern, sagte aber nichts. Sie beugte sich zu ihr runter, nahm sie in den Arm und gab ihr einen Kuss auf die Wange. »Dann bis später. Wenn irgendwas ist, kannst du mich ja anrufen.«

Als sie kurz darauf ihre Wohnung betrat, saß Hero im Flur und sah sie vorwurfsvoll an. »Tut mir leid Dicker, es hat doch etwas länger gedauert.« Hannah strich ihrem Kater liebevoll über den Kopf und er begann laut zu schnurren. »Ich bin so froh, dass ich dich habe.« Sie dachte kurz an Herrn Daniels, verscheuchte dann aber die trüben Gedanken gleich wieder. »Komm, wir gehen jetzt erst mal eine rauchen.«, sagte sie zu Hero und ging auf die Terrasse. Hero folgte ihr und setzte sich dicht neben sie. Er schien zeigen zu wollen: »Lass mich ja nicht noch einmal so lange allein.« Wieder streichelte sie ihn. »Das nächste Mal bringe ich dich zu Klara hoch. Versprochen!« Vor ihr auf dem Tisch lag noch immer der Brief und Hannah starrte ihn eine ganze Weile an. Daneben lag ihr Handy. Hannah sah auf die Uhr. Ein guter Zeitpunkt, um Lu einen guten Morgen zu wünschen, dachte sie, griff nach dem Handy und drückte auf den Menüknopf, um den Bildschirm zu aktivieren. Ach du liebe Zeit, was ist denn da los, dachte Hannah, als der Bildschirm hell wurde. Fünfzehn Anrufe in Abwesenheit und drei Mailboxnachrichten. Sie rief die Anrufliste auf. Alle fünfzehn Anrufe waren von Lizzy und die Mailbox-Nachrichten ebenfalls. Na, da bin ich ja mal gespannt, was es denn so wichtiges gibt, dachte sie und spielte die erste Nachricht ab.

Montag, 15. Juli 2013 - 10:30 Uhr

»Ich wusste nicht, was ich machen sollte. Wollte ich Michael begegnen? Ich entschied mich dagegen und wartete, bis er weg war. Dann bin ich zu meinem Vater. Er war überrascht mich zu sehen, schien sich aber zu freuen. So ein verdammter Heuchler. Ich wollte ihm eine reinhauen, konnte mich aber gerade noch bremsen.« Wieder nickte Lizzy verständnisvoll. Was sollte sie auch sonst tun. Thomas saß noch immer mit dem Messer in der Hand neben ihr. Keine Chance, dieser ganzen Misere zu entkommen. Also hörte sie weiter zu. »Ich hatte keinen Bock, mir seine Lügen und sein Gefasel anzuhören. Er hat mir ständig versichert, dass er Michi nie angerührt hat. Der sei nur hier, um alles aufzuklären. >Wer's glaubt<, hab ich zu ihm gesagt. >Ich weiß nicht, was zwischen euch läuft, aber was Gutes kann das nicht sein.< Er hat versucht mich zu beruhigen und mich gebeten, am Abend wiederzukommen. Zu einem Gespräch zu dritt. Michael hätte sicher nichts dagegen, wenn ich dabei wäre. Das waren seine Worte. Zu dem Gespräch kam es aber nicht. Weißt du Lizzy, ganz ehrlich, ich hatte keinen Bock mehr auf die ganze Scheiße. Weder auf meinen Vater, noch auf den Oswald Michi. Ich bin erst mal ins Hotel, um mich zu beruhigen. Am Freitag bin ich wieder zu ihm gegangen. Ich hatte mir einen Plan zurechtgelegt und den wollte ich auch durchziehen.

Zuerst hat er mich angeschrien, sich dann aber beruhigt und wir haben uns in dieser komischen Bimmelbahn verabredet. Ich bin nicht hingegangen. Ich saß im Schlosspark, als die Bahn die Straße entlang gefahren kam. Also bin ich zur Straße hoch. Ich wollte sehen, ob die beiden tatsächlich drin waren. Als der Michi mich gesehen hat, ist er aus der Bahn gesprungen und abgehauen. Was für ein Feigling. Also bin ich aufgesprungen und hab mich zu meinem Vater gesetzt. Du hättest ihn hören sollen. Nichts als Vorwürfe. Er hat mich einen Versager genannt. Ganz ehrlich. Er hat es nicht anders verdient.« Lizzy starrte ihn fassungslos an. »Willst du damit etwa sagen, dass du ihn umgebracht hast? Du hast ihn ermordet? Deinen eigenen Vater?« »Na, und wenn schon. Er war nicht mal den Dreck unter meinen Fingernägeln wert. Dieser Oswald war ihm doch wichtiger als sein eigener Sohn. Es war nicht schwer, denn er hatte scheinbar vor der Fahrt noch etwas von dem Wodka getrunken, den ich ihm am Vormittag mitgebracht hatte.« Lizzy begann zu weinen. Jetzt wurde ihr die gesamte Tragweite ihrer momentanen Situation bewusst. Sie war in den Händen eines Mörders. Eines Mannes, der bereits zwei Menschen umgebracht hatte. Vom Mord an Michael Oswald wusste Lizzy noch nichts. Sie schluchzte und Thomas Meininger sah sie angewidert an. »Jetzt beruhig dich mal. Ich habe der Menschheit einen Dienst erwiesen.« Lizzy schluckte, ich darf nicht weinen, sonst bringt er mich wahrscheinlich gleich um. Sie schnäuzte und wischte sich die Augen. »Aber was hat das denn alles mit diesem Buch zu tun? Warum ziehst du uns in die ganze Geschichte rein?« Mit noch immer tränenfeuchten Augen sah sie ihn eindringlich an. »Das, meine Liebe, hast du diesem Oswald zu verdanken. Anstatt dass der Ruhe gibt, hat er meinem verehrten Vater einen Brief geschrieben, in dem er ihm alles bis ins kleinste Detail erklärt hat. Aber was macht der Alte? Schiebt ihn in das Buch und meint, das hätte später auch noch Zeit.« Thomas Meininger schüttelte ungläubig den Kopf. »Was für ein Depp!«, sagte er mehr zu sich selbst. »Er hätte ihn lesen sollen, dann wäre er mir bestimmt aus dem Weg gegangen und die Spritze wäre ihm erspart geblieben. Da kann ich nur sagen, selbst schuld.« »Aber woher ...?« Lizzy fürchtete sich zu fragen. »Du willst wissen, woher ich das mit dem Brief weiß?« Lizzy nickte stumm. Wieder kämpfte sie gegen die Tränen. »Tja, das waren die letzten Worte von Oswald.« Er hob das Messer und durchschnitt damit die Luft. Jetzt wusste Lizzy, von wem das Blut stammte. Sie würgte, auf einmal war ihr sterbensschlecht und ihr wurde schwarz vor Augen. Genau in diesem Moment klingelte das Handy. Lizzy wurde in die Wirklichkeit zurückgeholt. Sie schluckte ein paar Mal, um den Würgereiz zu unterdrücken. Thomas piekste sie mit der Messerspitze. »Jetzt geh schon ran!« Mit einem kurzen Blick auf das Display stellte Lizzy erleichtert fest, dass es Hannah war. Sie konnte nicht rangehen, sie hatte keine Kraft, den Arm zu heben. Erst als sie die kalte Klinge in ihrer Halsbeuge spürte, griff sie danach. »Mach keine Dummheiten!«, ermahnte er sie und drückte das Messer etwas fester an ihren Hals. »Du bestellst sie auf einen einsamen Parkplatz und sagst, sie soll das Buch mitbringen. Ist das klar? Und wenn sie versucht, die Polizei zu informieren, bist du tot!«, zischte er. Lizzy nickte und hielt das Handy ans Ohr. »Hallo Hannah!« »Lizzy, mein Gott, ist bei dir alles in Ordnung?« Lizzy versuchte normal zu klingen. Trotzdem zitterte ihre Stimme ein wenig, als sie antwortete. »Nein, es gibt da ein kleines Problem.« »Kann ich denn irgendwie helfen?«, wollte Hannah wissen. »So klein kann das Problem ja nicht sein, wenn du mich deswegen fünfzehn Mal anrufst.« »Hör zu Hannah. Ich brauche das Buch und zwar schnell. Bitte sei damit in fünfzehn Minuten auf dem Parkplatz vom Kalaluna, sonst werde ich sterben.« »Waaaas?« »Ich kann dir das jetzt nicht erklären. Es ist...« Lizzy konnte den Satz nicht zu Ende bringen. Thomas Meininger riss ihr das Handy aus der Hand. »Hör zu. Wenn du nicht in einer Viertelstunde auf diesem Parkplatz bist und den Schiller mitbringst, dann wird deine Freundin sterben. Wenn du die Polizei informierst, stirbt sie ebenfalls.« Er trennte die Verbindung, zeigte mit dem Messer auf Lizzy und befahl:

»Zieh dich an, aber zackig!« Lizzy gehorchte. Sie bewegte sich wie in Trance auf das Schlafzimmer zu. Thomas folgte ihr mit dem Messer in der Hand.

Montag, 15. Juli 2013 - 10:45 Uhr

Die Reifen rutschten ein wenig auf dem Schotter, als Lu vor dem Hotel bremste. Noch beim Aussteigen prüfte er, ob seine Waffe, die im Schulterhalfter steckte, entsichert war. Corry tat es ihm gleich. Sie rannten zum Eingang. Aus den Augenwinkeln nahm Lu wahr, dass Karl-Heinz gerade auf den Hof fuhr. Die Dame an der Rezeption beäugte sie kurz kritisch, als sie den Empfangsbereich betraten, deutete dann aber zum Aufzug. »Zimmer 206 im zweiten Stock.« Lu drückte auf den Knopf rechts neben der Aufzugtür. Er wandte sich an Karl-Heinz. »Ihr nehmt die Treppe.« Karl-Heinz nickte, zog seine Waffe und lief gefolgt von Thorsten zum Treppenhaus, auf das die Hotelangestellte jetzt zeigte. Die beiden waren bereits oben angekommen, als sich die Fahrstuhltür leise öffnete. Lu und Corry traten auf den Flur. »Da lang«, sagte Karl-Heinz und sie folgten ihm. Vor der Tür, auf der in kleinen goldenen Buchstaben die Nummer 206 prangte, blieben sie stehen. Lu sah stumm einzeln in die Gesichter seiner Kollegen. Sie waren bereit. Er hob die Hand und klopfte. »Herr Meininger, hier ist Lu

Odermatt von der Kripo. Bitte machen Sie die Tür auf.« Sie lauschten. Keine Reaktion. Lu versuchte es nochmal. »Herr Meininger, bitte öffnen Sie die Tür.« Das Handy in seiner Tasche vibrierte. Genau der richtige Zeitpunkt, dachte Lu und versuchte, den Impuls zu unterdrücken, ranzugehen. Jemand räusperte sich. Direkt hinter ihnen stand die Rezeptionistin mit einer Schlüsselkarte. »Ich habe hier den Generalschlüssel, wenn Ihnen das hilft.«, sagte sie leise. Lu nahm die Karte mit einem dankenden Blick. Zum Zeichen, dass er jetzt die Tür öffnen würde, hob er den Zeigefinger in die Luft. Die Spannung breitete sich im ganzen Flur aus. Alle Anwesenden konnten sie förmlich spüren. Die Angestellte hielt die Luft an. Das Licht an der Schließanlage wurde grün und Lu drückte die Klinke. Das Vibrieren in seiner Hosentasche hörte auf. Er öffnete die Tür weit. Corry und Karl-Heinz stürmten als Erste ins Zimmer. Es war leer. Ein kurzer Blick ins Bad. Auch hier war niemand. »Ausgeflogen!«, stellte Thorsten fest. »Das Bett ist unbenutzt. Vielleicht ist er ja abgereist.« Corry schüttelte den Kopf. »Das glaube ich nicht. Schau, seine ganzen Sachen sind noch hier.« Sie zeigte zum offenen Kleiderschrank.« »Mist!« Karl-Heinz war enttäuscht. »Und was machen wir jetzt?« »Wenn wir schon mal hier sind«, meinte Lu, »dann können wir nachsehen, ob es irgendwelche Hinweise gibt. Zieht euch Handschuhe an.«

Montag, 15. Juli 2013 - 10:50 Uhr

»Ich werde wahninnig!«, schimpfte Hannah. »Für was hast du denn ein Handy, wenn du nie rangehst.« Sie war nervös und aufgeregt. Was hatte das alles zu bedeuten? Wer wollte Lizzy umbringen? Es musste mit dem Brief zu tun haben, den sie in dem Gedichtband gefunden hatte. Sie nahm den Umschlag vom Tisch und riss ihn auf. Die DIN-A4-Seite war auf beiden Seiten vollgeschrieben. Die Überschrift lautete: »Wie es wirklich war.« Hannah drehte den Brief um und erkannte, dass Michael Oswald ihn unterschrieben hatte. Sie sah auf die Uhr. Es blieb keine Zeit, ihn zu lesen. Schnell breitete sie das Papier auf ihrem Terrassentisch aus und fotografierte beide Seiten. Mit einer kurzen Notiz »Bin beim Kalaluna. Bitte kommt schnell.« schickte sie die Fotos an Lus und Corrys Nummer. Sie hoffte inständig, dass die beiden die Nachricht bald lesen würden. Sie nahm den Brief, schnappte sich das Buch, ihre Tasche und schloss die Wohnungstür. Ihren Kater, der traurig im Flur saß und auf die geschlossene Tür sah, hatte sie total ignoriert. Hannah drückte den Garagenöffner und schlüpfte durch das erst halb geöffnete Tor. Was ist, wenn ich zu spät komme, fragte sie sich. Sie wollte nicht daran denken, stieg ein und fuhr los. Dass sie den Mülleimer rammte, der in der Einfahrt stand, ignorierte sie ebenso wie vorhin Hero. Sie hatte nur noch Gedanken für ihre Freundin. Klara stand auf dem Balkon und winkte mit beiden Händen, aber auch das sah Hannah nicht. Ihr Handy klingelte. Sie hielt kurz an, nachdem ein kurzer Blick auf das Display ihr zeigte, dass es ihre Mutter war, steckte die Kopfhörer in die Ohren und ging ran. »Guten Morgen Mutsch!« Hannah versuchte, gut gelaunt zu klingen, was aber scheinbar misslang. Während Hannah weiterfuhr, hörte sie sich die Vorwürfe von Klara an, die erst am Netto-Kreisel in Miedelsbach endeten. »Hannah, was ist los mit dir? Wir wollten doch einkaufen gehen!« Mist, das hatte Hannah total vergessen. »Du lässt deinen armen Kater schon das zweite Mal heute alleine. Warum hast du ihn denn nicht hochgebracht? Du erzählst mir doch sonst auch immer alles.« Hannah wählte ihre Worte sorgfältig, während sie, ohne die Dreißigerzone zu beachten, schnell Miedelsbach hinter sich ließ. »Tut mir leid Mutsch, aber ich kann dir das jetzt nicht erklären. Ich bin furchtbar in Eile.« Sie sah auf die Uhr. Es blieben ihr noch fünf Minuten und sie war gerade erst auf der Haubersbronner Umgehungsstraße. »Ich war mit Jacky und Johnny heute schon beim Tierarzt.« »Ist etwas mit Herrn Daniels?«, fragte ihre Mutter besorgt. Hannah nickte traurig, was ihre Mutter natürlich nicht sehen konnte. »Ja, er hat es leider nicht geschafft.« Ein kurzes Zögern am anderen Ende. »Das tut mir leid.« »Ja mir auch.«, erwiderte Hannah. »Hör zu, ich muss jetzt noch kurz was erledigen und später trinken wir ein Käffchen, dann erkläre ich dir alles.« Wieder zögerte ihre Mutter. »Okay, dann hole ich jetzt mal Hero und warte, bis du wieder zurück bist.« »Danke Mutsch, du bist toll!« Sie legte auf, wollte das Handy schon beiseitelegen, stellte aber dann eine Verbindung zu Lus Nummer her. Sie hörte einen Dreiklang und die Ansage »Der Teilnehmer ist im Moment nicht zu erreichen.« Verärgert riss Hannah die Kopfhörer aus den Ohren und warf das Handy auf den Beifahrersitz. Sie fuhr gerade in die Bauknechtstrasse ein. Noch zwei Minuten. Das wird knapp. Sie beschleunigte und hatte fast 90 auf dem Tacho stehen. Wenn die jetzt blitzen, bin ich meinen Schein los, dachte sie kurz, aber das war im Moment ihr kleinstes Problem.

Kapitel 11

Montag, 15. Juli 2013 - 11:00 Uhr

Nichts!« Corry schloss enttäuscht die Tür der Minibar. Karl-Heinz und Thorsten kamen gerade aus dem Badezimmer. »Bei uns auch nicht.« Alle sahen zu Lu, der den Inhalt des Papierkorbs inspizierte. Er entfaltete gerade einen zusammengeknüllten Zettel und betrachtete ihn stirnrunzelnd. »Das ist die Adresse von Elisabeth Wernher, Hannahs Freundin. Ich hab sie gestern Abend dorthin gebracht. Lasst uns fahren, vielleicht kann sie uns ja weiterhelfen.« Sie bedankten sich bei der freundlichen Angestellten. Karl-Heinz fuhr mit eingeschaltetem Blaulicht voraus. Corry fuhr den anderen Wagen. »Ich muss kurz meine Nachrichten auf dem Handy checken.«, hatte Lu gemeint und ihr die Autoschlüssel in die Hand gedrückt. Da waren drei Anrufe in Abwesenheit, stellte er fest, während Corry konzentriert dem schnell vorausfahrenden Karl-Heinz folgte. Lu ignorierte die Anrufliste und wechselte zum WhatsApp-Menü. Eine neue Nachricht. Er versuchte, die Nachricht zu öffnen. Keine Verbindung zum Internet. »So ein Mist!« Er schüttele das Handy und hob es dann zum Wagenhimmel. Corry beobachtete für einen kurzen Moment sein Treiben, dann wandte sie ihr Augenmerk schnell wieder der Straße zu. Karl-Heinz legte ein halsbrecherisches Tempo an den Tag. »Wenn der so weiterfährt, bringt er uns noch alle um!«, schimpfte sie und erkundigte sich dann etwas ruhiger. »Was für einen Mist meinst du?« Lu starrte noch immer auf sein Handy. »Hannah hat mir eine Nachricht geschickt, aber ich kann sie nicht abrufen. Keine Verbindung. Angerufen hat sie auch.« Corry lächelte, während sie in die haarnadelähnliche Kurve vor dem Haubersbronner Kreisel fuhr. »Wahrscheinlich möchte sie sich nur für die gestrige Nacht bedanken.« »Corry!« Lus Stimme hatte einen warnenden Unterton. »Egal, was du denkst, ich habe ein komisches Gefühl.« Sanft, um ihn nicht zu verärgern, lenkte Corry ein. »Du wirst gleich erfahren, ob dich dein Gefühl täuscht oder nicht. Du müsstest ab sofort wieder ein Netz haben. Die Strecke nach Welzheim ist ein schwarzes Loch für Mobilfunk.« Lu ließ die Augen nicht vom Display. Plötzlich erschien das 3G in der linken oberen Ecke. »Endlich!« Er öffnete Hannahs Nachricht. »Planänderung!«, stieß er hervor, nachdem er die paar Worte zweimal gelesen hatte. »Wir müssen zum Kalaluna. Ich glaube, Hannah steckt in Schwierigkeiten.« Er drückte auf „Bilder herunterladen“ und griff zum Funkgerät. Die Verbindung zu Karl-Heinz war schnell hergestellt. »Ist gut.«, sagte Thorsten gerade. »Wir fahren zum Kalaluna. Brauchen wir Verstärkung?« Lu überlegte kurz. »Gib nur Ralf Bescheid. Ich möchte nicht das ganze Revier in Aufruhr versetzen. Ich weiß ja selbst nicht, was los ist.« Er öffnete das erste der heruntergeladenen Bilder und vergrößerte es.

Montag, 15. Juli 2013 - 11:00 Uhr

Hannah hielt neben Lizzys rotem Ford, dem einzigen Fahrzeug, das auf dem Parkplatz des Kalaluna stand. Der Parkplatz der Sportsbar, in der Hannah schon einige spannende Fußballspiele gesehen hatte, war ziemlich groß. Der Ford wirkte verloren auf dem leeren Gelände. Sie sah zwei Gestalten, die im Fond saßen. Lizzy schaute wie hypnotisiert aus dem Fenster. Blankes Entsetzen stand ihr ins Gesicht geschrieben. Hannahs Herz pochte bis zum Hals. Sie hatte ebenfalls furchtbare Angst. Der Brief, den sie zu Hause noch schnell in einen neuen Umschlag gesteckt hatte, lag in ihrer Handtasche, die sie um die Schultern hängte. Dann nahm sie das dicke Buch vom Beifahrersitz und stieg aus. Lizzy und ihr Begleiter waren ebenfalls ausgestiegen. In seiner Hand konnte Hannah ein langes Messer blitzen sehen. »Hast du das Buch dabei?«, rief er ihr fragend zu. Zur Bestätigung hob Hannah das Buch hoch über das Wagendach ihrer Knutschkugel. Der kleine Peugeot stand wie ein Schutzschild zwischen Hannah und ... einem Serienmörder, dachte sie. Angst schnürte ihr die Kehle zu. Er hat zwei Menschen auf dem Gewissen, da kam es doch auf zwei weitere nicht an. Noch wusste Hannah nicht, dass Michael Oswald ebenfalls nicht mehr am Leben war und zu den Opfern dieses Mannes gehörte. Hoffentlich hatte Lu mittlerweile ihre Nachricht gelesen. Sie hörte ein Auto, das sich näherte. »Bitte lass es Lu sein!«, flehte sie leise zum Himmel und drehte sich kurz zu dem Geräusch um. Hannah stellte enttäuscht fest, dass es ein grüner Lieferwagen war, der sich langsam näherte. Sie sah wieder zu Thomas Meininger. Sein drohender Blick ließ sie trotz der Hitze frösteln. »Ein Wort«, zischte er, bevor der Lieferwagen auf dem Gelände gegenüber parkte, »und deine Freundin ist tot.« Er presste das Messer noch fester in Lizzys Seite. Hannah nickte unmerklich, zum Zeichen, dass sie verstanden hatte. Aus dem grünen Lieferwagen stiegen zwei ältere Herren. Sie grüßten freundlich zu den dreien herüber und verschwanden dann im Gebäude gegenüber. Wenn Hannah sich nicht allzu sehr täuschte, war es das Vereinsheim der Kleintierzüchter. Sie wollte gerade etwas sagen, als sie lautes Gebell hörte. Jetzt drehte sich Thomas um, denn das Geräusch kam aus der entgegengesetzten Richtung. Ein schwarzer Labrador stand bellend an dem Zaun, der den Parkplatz säumte. Thomas Meininger reagierte blitzschnell und verdeckte das Messer, indem er das Hemd, das er über seinem T-

Shirt trug nach unten zog. »Max..., Max..., Max aus.« Noch bevor sie den Besitzer des Hundes sahen, konnten sie ihn hören. »Max, komm sofort hierher.« Der Hund unterbrach kurz sein Bellen und spitzte die Ohren. »Max, hiiier!« Aber Max bewegte sich nicht von der Stelle. Er sah mit blitzenden Augen zu ihnen herüber und knurrte immer lauter. Der Besitzer, Hannah schätzte ihn so um die sechzig, kam um die Ecke gelaufen, mit der Leine in der Hand. Mit einem entschuldigenden Blick befestigte er die Leine am Halsband des Hundes. »Der tut nix!«, rief der Mann zu ihnen herüber. Wäre die Situation eine andere gewesen, hätte Hannah den Satz wahrscheinlich mit »Der will nur spielen!« beendet. »Wissen Sie«, meinte der Mann, als er an ihnen vorbei ging, »es ist der Zaun. Max mag keine Zäune, er hasst es, eingesperrt zu sein. Tut mir leid.«, entschuldigte er sich nochmal und setzte seinen Weg fort.

»Wir gehen ein Stück!«, befahl Thomas, als der Mann außer Hörweite war. »Und«, er sah Lizzy an, »wenn ich sage einen ruhigen Parkplatz, dann meine ich das auch so.« Er stach das Messer leicht in ihre Seite. Lizzy und Hannah schrien beide auf. »Kein Ton mehr!«, sagte er leise. »Das ist nur ein Kratzer, also stell dich nicht an. Du gehst vor.« Er deutete mit dem Messer auf Hannah und in Richtung Urbach. Hannah ging schnell die paar Schritte zur Einfahrt und folgte dann dem Weg, den er ihr gezeigt hatte. Sie hörte

Lizzy dicht hinter sich leise jammern. »Ein wenig schneller, wenn ich bitten darf.« Hannah rannte jetzt fast voller Panik. Sie sah hoch zur Straße, die Schorndorf mit Urbach verband. Keine Chance, dass sie von dort gesehen werden könnten. Sie waren zu weit weg. »Jetzt links!« Hannah folgte seinem Befehl. Sie ging durch kniehohes Gras an mannshohen Büschen vorbei. »Stopp!« Hannah drehte sich um. Er stand direkt hinter ihr und blickte in alle Richtungen. Die Büsche, in die er sie bugsierte, schirmten sie nach drei Seiten ab. Er stellte sich so, dass er die offene Seite im Blick hatte. Hannah sah zu Lizzy, die leicht nach vorne gekrümmt und noch immer leise jammernd neben dem jungen Mann stand. Auf ihrem T-Shirt war ein größer werdender dunkelroter Fleck zu sehen. Dieses Schwein hatte ihre Freundin tatsächlich verletzt. Kurz schwand die Angst und Wut machte sich breit. Er hob seine Hand und legte das Messer an Lizzys Kehle. »Und jetzt gib mir das Buch!«, forderte er drohend. Hannah starrte den Gedichtband in ihrer Hand angewidert an, ging zwei Schritte auf ihn zu und hob das Buch. Er griff danach und senkte für einen kurzen Moment das Messer. Diesen Augenblick nutzte Hannah und zog ihre Freundin zu sich. Sie legte schützend die Arme um Lizzy, die jetzt leise weinte. Grinsend sah Thomas Meininger die beiden Frauen an. Mit zwei schnellen Schritten hatte er sich zwischen die beiden und die Öffnung in dem Dickicht geschoben.

»Und jetzt?«, fragte er triumphierend und hob das Messer. »Glaubst du, ihr kommt an mir vorbei?« Hannah schüttelte den Kopf. Im Moment war ihr das egal. Ihr war klar, dass es nur eine Möglichkeit gab, ihm zu entkommen und das war Lu. Hoffentlich hatte er ihre Nachricht gelesen und war auf dem Weg hierher. Hannah sah zu ihrem Peiniger, der am Eingang der Lichtung stand und sich umsah, als würde er dort draußen etwas suchen. Diesen kurzen Moment nutzte sie und wandte sich zu ihrer Freundin. Sie hob Lizzys T-Shirt und sah sich die Wunde an. Die war zum Glück nicht sehr tief, blutete aber ziemlich stark. Hannah wusste, dass sie die Blutung stoppen musste. Sie überlegte nicht lange. Schnell zog sie ihr eigenes T-Shirt aus, knüllte es zusammen und presste es auf die Wunde. »Wo ist der Brief?« Thomas Meiningers Stimme überschlug sich. Er hatte sich wieder zu ihnen gewandt, hielt das Buch am Umschlagdeckel und schüttelte es hin und her. Hannah, deren Oberkörper jetzt nur noch mit einem weißen Spitzen-BH bekleidet war, wusste, dass sie unbedingt Zeit gewinnen musste. Viel Zeit. Lu würde kommen. Bewusst unschuldig fragte sie: »Was für ein Brief?« »Du weißt genau, was für einen Brief ich meine.« Er spie die Worte aus und ein feiner Nebel seines Speichels traf Hannah im Gesicht. Angeekelt wischte sie die Spucke weg. Ein Moment der Unachtsamkeit. Das Messer schnellte vor und traf sie am Arm. Zuerst spürte sie gar nichts. Sie sah nur eine rote klaffende Wunde, die sich ungefähr 10 Zentimeter vom Ellbogen Richtung Handrücken zog. Der Schmerz setzte ganz plötzlich ein. Ihr Arm wurde heiß und tat höllisch weh. Jetzt hatte Hannah ebenfalls Tränen in den Augen. Tränen, die Wut und Schmerz paarten. Sie presste ihre Hand auf die Wunde und sah tatenlos zu, wie der junge Mann die Hände von Lizzy mit einem Kabelbinder fesselte. Ihr blutverschmiertes T-Shirt, mit dem sie versucht hatte, Lizzys Blutung zu stillen, lag im Gras. Hannah hob es schnell auf und wickelte es so fest sie konnte um den schmerzenden Unterarm. »Und jetzt zu dir, meine Liebe.«, wandte sich Thomas an Hannah, nachdem er Lizzy nach unten gedrückt hatte. Diese kniete jetzt im hohen Gras und sah mit angsterfülltem, panischem Blick zu Hannah. Das Messer lag wieder an Lizzys Kehle. Hannah musste handeln, und zwar schnell, sonst würden sie und ihre Freundin den morgigen Tag nicht mehr erleben. Ihre Gedanken überschlugen sich. »Wo ist der Brief?«, fragte Thomas Meininger erneut. Hannah blieb stumm. Sie spürte ihre Handtasche, die unter der Achsel klemmte. Solange er den Brief noch nicht hatte, würde er ihnen nichts tun. Ein Trugschluss, wie Hannah bald darauf feststellen musste. »Keine Ahnung, wovon du redest.«, antwortete sie trotzig.

Montag, 15. Juli 2013 - 11:20 Uhr

Karl-Heinz stellte Blaulicht und Sirene ab, als sie in die Bauknechtstrasse einfuhren. Lu hatte mittlerweile das zweite Foto geöffnet und las. Immer wieder schüttelte er den Kopf und sagte: »Der arme Junge.« Corry, die sich aufs Fahren konzentrierten musste, fragte nicht nach. Lu hatte ihr kurz erklärt, dass Hannahs Nachricht die Bilder eines Briefes enthielt. Ein Brief von Michael Oswald, in dem er seine ganze traurige Wahrheit niedergeschrieben hatte. »Steck das Handy ein.«, sagte sie Augenblicke später. »Wir sind gleich da. Sie bog gerade von der Bauknechtstrasse ab auf die Straße, die zum Gelände der Manufaktur führte. Karl-Heinz hatte den Wagen abgestellt und stand mit Thorsten am Straßenrand. Corry hielt an und ließ die beiden einsteigen. Weil alle nicht wussten, was sie erwarten würde, hatten sie beschlossen, den Streifenwagen stehen zu lassen, um nicht sofort aufzufallen. In der dunklen Limousine fuhren sie gemeinsam zum Kalaluna. »Da ist ihr Auto.« Lu zeigte nach vorne. Hannahs Knutschkugel stand neben einem anderen Wagen verlassen auf dem Parkplatz. »Und wo ist Hannah?« Besorgt blickte sich Lu suchend um. Er konnte niemanden entdecken. »Wir müssen sie suchen.« Er wirkt angespannt, dachte Corry, als sie den Wagen parkte, obwohl er doch überhaupt nicht wusste, warum Hannah sie hierher beordert hatte. Sein siebter Sinn. Corry war jetzt ebenfalls besorgt. Sie hörten eine Sirene, die sich schnell näherte. So viel zum Thema nicht auffallen. Sie warteten, bis Ralf, der gerade den schmalen Weg entlang gefahren kam, sein Fahrzeug geparkt hatte. Karl-Heinz brachte Ralf und seinen Kollegen auf den neusten Stand, während Corry und Lu sich nach allen Seiten umsahen. »Und wo sollen wir anfangen Chef?«, wollte Thorsten wissen. »Wir bilden drei Gruppen.« Jetzt war Lu erschreckend ruhig und professionell. Sein Gefühl sagte ihm, dass sie schnell handeln mussten. »Ihr nehmt euch die Gegend hier um den Parkplatz vor.«, wies er Karl-Heinz und Thorsten an. »Ralf, ihr beide geht Richtung Hammerschlag und schaut euch da um. Und wir zwei gehen da lang.« Lu deutete in Richtung der Wiesen, die Schorndorf und Urbach trennten. Sie waren zu wenig, das wusste er. Aber er wusste auch, dass er nur seines Gefühls wegen nicht noch mehr Verstärkung anfordern konnte. Sie wollten sich gerade auf den Weg machen, als sie einen markerschütternden Schrei hörten. Einen kurzen Augenblick blieben sie wie vom Blitz getroffen stehen.

Montag, 15. Juli 2013 - 11:30 Uhr

»Du Schwein.«, brachte Hannah mühsam hervor. Ihre Kehle war wie zugeschnürt. Lizzys Schmerzensschrei

war ihr durch Mark und Bein gegangen. Sie stand regungslos da - wie paralysiert. Thomas war auf einmal neben ihr. »Du wirst jetzt ganz genau das tun, was ich dir sage, oder es geht dir wie deiner Freundin.« Mit dem blutverschmierten Messer deutete er nach hinten auf Lizzys reglosen Körper, der zusammengekrümmt im Gras lag. Er zog sie an ihrem unverletzten Arm hoch und schob Hannah ein Stück. »Los!«, befahl er. »Wir dürfen keine Zeit verlieren.« Um seinen Worten Nachdruck zu verleihen, piekste er Hannah mit dem Messer in die Seite und Hannah lief. »Da rüber!« Er drehte sie Richtung Rems und seine nächste Attacke war kein Pieksen mehr. Hannah spürte, wie der Stahl in ihre Hüfte eindrang. Sie wollte schreien, aber noch immer war ihre Kehle wie zugeschnürt. Mechanisch begann Hannah zu laufen. Sie nahm nichts um sich wahr. Setzte nur einen Fuß vor den anderen und hoffte, dass sie bald nichts mehr spüren würde. Ihr Arm brannte wie Feuer und auch der Schmerz in ihrer Seite setzte ein. Sie taumelte kurz, fing sich und lief weiter. Sie lief wie in Trance und achtete nicht auf die Umgebung. Vor ihren Augen liefen noch einmal wie in einem Film die Geschehnisse ab, die sich vor wenigen Minuten auf der kleinen Lichtung zugetragen hatten.
Lizzy kniete im hohen Gras mit dem Messer am Hals. Thomas Meininger stand über sie gebeugt und wiederholte seine Frage: »Wo ist der Brief?« Genau in

diesem Moment hörte Hannah die Polizeisirene. Thomas hatte das Martinshorn ebenfalls gehört und war völlig ausgetickt. »Du Schlampe!«, hatte er geschrien. »Du hast doch die Polizei angerufen.« Sie wusste, was kommen würde und war mit einem Satz bei ihm. Sie klammerte sich an den Arm, der das Messer hielt. Blitzschnell stieß er mit dem Ellbogen nach hinten. Er traf Hannah knapp unterhalb der Brust und sie taumelte zurück. Entsetzt sah Hannah ihre Freundin zusammenbrechen. Sie hatte die Attacke nicht verhindern können.

Heiße Tränen des Schmerzes, der Wut und Verzweiflung liefen über ihre Wangen. Sie war an der Remsbrücke, die zu den Sportplätzen führte, angekommen und sah ihren Peiniger mit schmerzerfülltem Blick an. »Auf was wartest du?«, fragte er und schob sie weiter über die Brücke. Hannah taumelte erneut. Diesmal konnte sie sich nicht fangen. Sie kippte nach vorne und landete unsanft auf ihren Knien. Er packte sie an ihrem verletzten Arm und zog sie hoch. Wie glühende Nadeln stach der Schmerz bis in die hintersten Windungen ihres Gehirns. Leuchtende Punkte, die Hannah an Glühwürmchen erinnerten, tanzten vor ihren Augen. Mit letzter Kraft stemmte sie sich gegen sein Zerren und blieb stehen. »Ich kann nicht mehr!«, presste Hannah hervor und sah in das zornrote Gesicht von Thomas Meininger. Wie in Zeitlupe nahm sie seine Faust wahr, die sich auf ihr Gesicht zubewegte und Hannah fiel. Das Fallen wollte nicht aufhören. Aber es war angenehm. Keine Schmerzen, nur wohlige Dunkelheit, die sie umfing.

Montag, 15. Juli 2013 - 11:35 Uhr

Lu rannte zuerst in die Richtung, aus der der Schrei gekommen war, gefolgt von den anderen, die kaum mithalten konnten. Als er den Fußweg nach Urbach erreicht hatte, blieb er kurz stehen und lauschte. Außer dem entfernten Verkehrslärm, ein paar summenden Bienen und den herannahenden Schritten seiner Kollegen konnte er nichts hören. Er sah sich um und wartete. Corry blieb heftig schnaufend neben ihm stehen. Jetzt lauschten alle sechs. Sie hörten ein entferntes Wimmern. »Das kommt von dort.«, sagte Karl-Heinz aufgeregt und zeigte zu einer Ansammlung von Büschen, die inmitten einer hohen Wiese aufragten. Schnell rannten sie auf die Stelle zu. Wieder dieses Wimmern, dieses Mal schon etwas lauter. Dann ein leises Rufen, das immer wieder unterbrochen war. »Hilfe..., Hilfe..., ich bin ... hier, Hört ... mich denn ... niemand?... Hilfe!« Mit tiefem Bedauern erkannte Lu, dass es sich nicht um Hannahs Stimme handelte. Er war als erster bei Lizzy. Sie lag zusammengekrümmt im hohen Gras und hielt die Hand an den Hals gedrückt. Blut drang durch die Finger. Mit einem Satz war er bei ihr. »Wir brauchen einen Notarzt, schnell!«, rief er Corry zu, die gerade in der Öffnung der kleinen Lichtung auftauchte. Corry hatte schon das Handy in der Hand und sprach mit der Leitstelle. Ralf, der als letzter eintraf, überblickte rasch die Situation und zog aus seiner Uniformjacke zwei Verbandspäckchen. »Die habe ich immer dabei.«, beantwortete er Lus überraschten, fragenden Blick und beugte sich zu Lizzy, um die blutende Wunde an ihrem Hals notdürftig zu versorgen. »Er hat Hannah.«, stieß diese jetzt hervor. Ihre Stimme war erschreckend leise. Lu, der gerade aufgestanden war, um zu Corry zu gehen, schnellte herum. »Wer? Thomas Meininger?« Lizzy versuchte zu nicken, aber Ralf hatte die Hände sanft um ihren Hals gelegt. »Ja, Thomas. Sie sind noch nicht lange weg!« Lizzy wollte sich aufsetzen, aber Ralf drückte sie ins Gras zurück. »Hannah ist verletzt.« Wieder wimmerte Lizzy. Ralf sprach beruhigend auf sie ein, dann wandte er sich an seine Kollegen. »Geht schon! Wir warten hier auf den Notarzt. Bitte findet sie.«

»Dort,« Karl-Heinz deutete in Richtung Rems und zu den Sportplätzen, die dahinter lagen. »Seht ihr die Hütte dort, da habe ich gerade etwas aufblitzen sehen. Als sie die Hütte erreicht hatten, sahen sie gerade noch, wie zwei Gestalten über die Brücke liefen. »Da sind sie! Schnell!« Lu lief und lief. Er achtete nicht darauf, wie schnell seine Kollegen waren. »Hannah!«, war sein einziger Gedanke, »Dir darf nichts passieren. Jetzt wo wir gerade erst ....« Nein, das musste er verhindern. Er sah sich kurz um. Corry und Thorsten waren ungefähr dreißig Meter hinter ihm. Dann blickte er wieder nach vorne. Was er sah, ließ das Blut in seinen Adern gefrieren. Kurz hinter der Brücke lag, mitten auf dem Weg, Hannah. »Oh nein, oh mein Gott, Hannah!« Er rannte zu ihr, drehte sie an den Schultern zu sich um und legte ihr zwei Finger auf die Halsschlagader. Sein Herz machte einen kleinen Satz, als er ihres schlagen hörte. Sie lebte. Hannah war bewusstlos, aber sie lebte. Er brachte sie in die stabile Seitenlage. Corry und Thorsten hatten jetzt ebenfalls die Brücke überquert. Corrys Wangen waren dunkelrot und Schweiß lief ihr von der Stirn in die Augen. Mit einer ärgerlichen Handbewegung wischte sie ihn weg. »Wo ist er?«, fragte sie atemlos. Lu zuckte mit den Schultern und streichelte sanft über Hannahs Haare. Hannah schlug die Augen auf. »Was, wo ...« Sie blinzelte verwirrt. Dann erkannte sie Lu und richtete sich auf. Sie sah gerade noch, wie Corry und Thorsten die kleine Brücke über die Wieslauf zum Industriegebiet Wiesenstraße überquerten. Hannah versuchte aufzustehen, aber die Schmerzen, die plötzlich wieder da waren, als hätte jemand einen Schalter umgelegt, und die sich wie Feuer anfühlten, das sie innerlich verbrennen wollte, ließen sie innehalten. Sie sank stöhnend zurück und lehnte sich an Lus Brust, der

immer noch neben ihr kniete. Da waren auch die Glühwürmchen wieder. Hannah schloss die Augen und versuchte sich zu konzentrieren. Sie durfte nicht noch einmal ohnmächtig werden. Durch einen dichten Nebel hörte sie die Stimme von Karl-Heinz. Zuerst weit weg, dann immer deutlicher. »... noch einen Rettungswagen. Außerdem brauchen wir dringend Verstärkung. Schickt alles, was ihr zur Verfügung habt.« Sie versuchte, die Augen zu öffnen, schloss sie aber gleich wieder. Ihr war auf einmal sterbensschlecht. Sie hatte das Gefühl, als müsse sie sich gleich übergeben. Hannah fühlte Lus Arme, die sie hielten und seine Hand, die auf der verwundeten Hüfte lag. »Ja verdammt, alles was Beine hat. Fordert auch den Hubschrauber an. Wir müssen dieses Schwein finden.« Karl-Heinz gab noch die Beschreibung von Thomas durch, dann kam er zu Hannah und Lu.
»Lizzy? Was ist mit Lizzy?« Der Gedanke an ihre Freundin hatte sie wie ein Blitz getroffen. »Alles okay.« Lus Stimme war sanft und beruhigend. »Mach dir keine Sorgen. Sie lebt.« »Gott sei Dank!« Hannahs Stimme war nur noch ein heiseres Krächzen. »Ich gehe rüber zum Parkplatz und warte auf die Verstärkung. Wir werden alles abriegeln. Der entkommt uns nicht.« Karl-Heinz sah zu den beiden hinunter. Sein besorgter Blick war rührend und Hannah verzog den Mund zu einem schiefen, gequälten, aber dankbaren Lächeln. »Ja, mach das.«, antwortete Lu. »Sobald die

Sanitäter da sind, komme ich nach.« Er sah zum Parkplatz des Sportgeländes, auf dem gerade die ersten beiden Streifenwagen eintrafen. Kurze Zeit später erinnerte die Szenerie an einen amerikanischen Actionfilm. Blinkende Lichter, rennende Polizisten, offene Wagentüren. »Da kommt Doc Schneider.« Lu drehte seinen Kopf in die Richtung, in die Hannah zeigte. Tatsächlich, der Notarzt kam über die Wiese gelaufen. Die Tasche auf seinem Rücken baumelte hin und her und im Laufen wechselte er die Handschuhe. Er begrüßte sie knapp, legte den Rucksack ab und sah sich Hannahs Stichwunden an. Während er ihr einen Zugang für den Tropf legte, sagte er: »Das bekommen wir wieder hin. Keine Sorge. Außer Narben werden Sie nichts zurückbehalten.« Lu, der jeden Handgriff von Doc Schneider aufmerksam beobachtet hatte, stand auf. Der Rettungswagen war eingetroffen und er winkte den Sanitätern, die sich in dem ganzen Chaos suchend umblickten. Er wusste, dass Hannah jetzt in guten Händen war. Er küsste ihre schweißnasse Stirn und stand auf. Hannah hielt ihn an der Hand fest. »Bitte pass auf dich auf.«, krächzte sie. Lu nickte und ging zu Karl-Heinz, während die Sanitäter Hannah auf die Trage betteten.

Montag, 15. Juli 2013 - 11:45 Uhr

»Es ist alles abgeriegelt.« Karl-Heinz, der mitten auf dem Parkplatz stehend seine Anweisungen gab, war überraschend ruhig. »Da kommt keine Maus mehr durch. Wir werden jetzt anfangen, den Kreis enger zu ziehen.« Lu sah durch die Bäume, die die Wieslauf säumten, zu dem nahe gelegenen Industriegebiet. »Es wird nicht einfach werden. Diese großen Gebäude bieten genug Schlupflöcher.« Lu erinnerte sich, dass er vor ein paar Monaten, jetzt erschien es ihm wie Jahre, Hannah von der Arbeit abgeholt hatte. Die Firma, bei der sie arbeitete, war in einem großen Gebäude am Ende der Wiesenstraße untergebracht. Allein dieser Komplex war riesengroß. Karl-Heinz' Funkgerät knackte. »Karl-Heinz, hier ist Corry, bitte kommen.« Lu war erleichtert, die Stimme seiner Kollegin zu hören. Er nahm Karl-Heinz das Funkgerät aus der Hand und drückte die SPRECHEN-Taste. »Hallo Corry, wo seid ihr?« »Lu.« Corry war ebenfalls erleichtert, seine Stimme zu hören. »Wie geht es Hannah?« »Alles okay. Sie wird wieder. Wo seid ihr?« »Im Gabler-Areal. Könnt ihr schnell rüberkommen? Er hat sich einen Wagen organisiert und ich befürchte, er ist entkommen, bevor wir alles absperren konnten.« »Wir sind unterwegs!« Er reichte Karl-Heinz das Funkgerät und sie liefen durch das Chaos der Streifenwagen, die teilweise schon wieder den schmalen Weg Richtung

Hauptstraße fuhren, zur Wieslaufbrücke. Als sie diese überquert hatten, sah er sich kurz um und konnte gerade noch erkennen, dass die Trage mit Hannah in den RTW geschoben wurde. Doc Schneider und der Sanitäter, der den Tropf hielt, stiegen mit hinten ein. »Los!«, trieb Karl-Heinz ihn an. »Wir sind gleich da.« Sie bogen in die Wiesenstraße ein und sahen Corry, die mit Thorsten und zwei Männern in der Einfahrt des Gabler-Areals stand. Ein Streifenwagen schoss an ihnen vorbei und ein weiterer fuhr gerade vom Edeka-Parkplatz gegenüber. Schnell wandten sich beide nach rechts und waren kurz darauf bei der kleinen Gruppe um Corry angelangt. »Das sind Rolf und André Salatzki aus Berlin.«, stellte Corry die beiden Männer vor. »Thomas Meininger hat wahrscheinlich ihr Auto.« Die beiden nickten bestätigend. »Bitte erzählen Sie, was passiert ist.« Der Größere antwortete. »Wir sind hier, um einen Kunden zu besuchen und haben unseren Wagen dort vorne«, er deutete zu einem offenen Tor neben der Eingangstür, »abgestellt, da wir ein paar Möbel von der letzten Veranstaltung ausladen mussten. Wir waren in der Halle, als ich hörte, wie jemand den Motor startete. Ich wusste sofort, dass es unser Auto war. Der Wagen ist nicht mehr der Jüngste und muckt etwas beim Anlassen. Zuerst dachte ich, dass er vielleicht im Weg stand und ihn jemand umparkt. Ich ging raus und konnte gerade noch sehen, wie er durch das Tor fuhr. Den Fahrer habe ich leider nicht erkannt.«, setzte er bedauernd hinzu. »Die Schlüssel haben demnach gesteckt?« Rolf Salatzki nickte. »Wir wollten ihn ja gleich nach dem Ausladen auf den Parkplatz stellen.«, antwortete jetzt André Salatzki. »Meinen Sie, wir bekommen ihn wieder? Wir müssen heute noch zurück.« Corry zuckte mit den Schultern. »Ich hoffe es.« Dann wandte sie sich an Lu und Karl-Heinz. »Ich habe die Beschreibung des Wagens bereits durchgegeben. Es handelt sich um einen schwarzen Renault Kangoo mit einer auffälligen Aufschrift und einem Berliner Kennzeichen. Ich habe die Beschreibung bereits durchgegeben. Es würde nicht mit rechten Dingen zugehen, wenn wir ihn nicht schon bald finden.« Thorsten nahm gerade die Daten der beiden Messebauer auf, als diesmal sein Funkgerät knackte. »Hier ist Ralf, Thorsten bitte kommen.« Er nahm das Funkgerät aus der Gürteltasche. »Ich bin da, bitte kommen.« Ein Rauschen, dann wieder Ralfs Stimme. »Wir haben ihn. Ich kann Karl-Heinz nicht erreichen.« Karl-Heinz, der neben Thorsten stand, sah auf sein eigenes Funkgerät. Das grüne Licht an der Oberseite war aus. Er schüttelte es und das Licht ging wieder an. Diese scheißalten Dinger, dachte er. »Er steht neben mir und hat wohl Probleme mit der Technik.«, antwortete Thorsten schmunzelnd. »Lu und Corry hören auch mit. Also erzähl.«

Kapitel 12

Montag, 15. Juli 2013 - 12:05 Uhr

Die kleine Gruppe stand jetzt dicht bei Thorsten, der den Lautsprecher des Funkgeräts nach oben hielt, und lauschte den Worten von Ralf Meier. »Es war ein Streifenwagen, der zur Unterstützung aus Welzheim unterwegs war. Auf Höhe des Wanderparkplatzes kurz vor dem kleinen Waldstück kam er ihnen entgegen. Sie haben sofort gewendet und die Verfolgung aufgenommen. Als er bemerkte, dass man ihn entdeckt hatte, raste er mit vollem Tempo in den Wald, frontal auf einen Baum. Da ist nicht mehr viel übrig. Er hat den Aufprall nicht überlebt.« Lu, der bisher gespannt auf das Funkgerät geschaut hatte, hob den Blick. Außer bei den beiden Berlinern, die fassungslos und mit offenem Mund dastanden, konnte er so etwas wie Erleichterung in den Gesichtern sehen. »Thomas Meininger ist tot.« Auch Ralf schien nicht unglücklich über diesen Ausgang zu sein. »Wir sind gerade auf dem Weg dorthin. Es wird wohl eine Weile dauern, bis die Feuerwehr seine Leiche geborgen hat. Ich melde mich später wieder. Ende.«
Ein LKW fuhr auf den Hof und an der kleinen Gruppe vorbei. Lu musterte Corry, die an ihrer Lippe nagte.

»Ich kann es nicht glauben.«, sagte sie. »Nach allem, was er hier abgezogen hat, bringt er sich einfach um.« Lu konnte ihre Enttäuschung verstehen. Er hätte den Kerl auch liebend gerne zwischen die Finger bekommen. »Vielleicht ist es besser so.«, meinte er. »Stell dir mal vor, dass irgend ein guter Psychologe ihm eine seelische Störung attestiert hätte, was ja bei der Vorgeschichte nicht abwegig ist. Er wäre vermutlich in eine Anstalt gekommen und irgendwann hätte man ihn als geheilt eingestuft. Dann Sicherheitsverwahrung und früher oder später wäre er wieder frei gekommen. Nach allem, was ich in Oswalds Brief gelesen habe, ist das ein Ende der Geschichte, mit dem wir leben können.« »Wahrscheinlich hast du Recht.«, antwortete Corry. Sie ging einen Schritt auf die beiden Männer zu. Rolf und André Salatzki sahen sie fragend an. »Meine Herren, es tut mir leid, aber Sie müssen wohl nach Hause fliegen, oder die Bahn nehmen.« »Und was wird mit unserem Wagen?« »Das wird alles geregelt werden, kann aber ein paar Tage dauern. Mein Kollege hat ja alle Ihre Daten. Wir werden uns bei Ihnen melden.« Die beiden Brüder streckten ihr die Hand hin. »Danke schön!« Corry verabschiedete sich und drehte sich zu Lu um. »Und was machen wir jetzt?« Lu sah sie mit einem Blick an, der keinen Widerspruch duldete. »Ich fahre auf jeden Fall zu Hannah und Lizzy ins Krankenhaus. Und du kommst mit mir.« Corry nickte erfreut. Ihr Bedarf an Aufregung war für heute gedeckt. »Aber sollten wir nicht zuerst die Kollegen unterstützen?«, gab Corry dennoch zu bedenken. Karl-Heinz mischte sich ein. Es klang wie eine väterliche Anordnung, als er sagte: »Geht ihr nur zu den zwei Mädels ins Krankenhaus. Hannah wird euch brauchen. Wir schaffen das schon alleine. Ich fahre mit Thorsten nach Steinbruck, um Ralf zu helfen.« Er wandte sich zum Gehen. Lus »Danke schön Kollege! Ich mache das irgendwann wieder gut!« quittierte er mit einem verständnisvollen Grinsen. »Richtet Hannah ganz liebe Grüße von mir aus und meldet euch, damit wir wissen, wie es den beiden geht.«

Montag, 15. Juli 2013 - 12:50 Uhr

»Er ist tot?« Diese Nachricht ließ Hannah noch blasser werden. Sie ließ sich zurück auf die Kissen sinken. Man hatte sie gerade erst auf Station gebracht. Ihr Arm war dick eingebunden und das Weiß des Verbands leuchtete auf ihrer gebräunten Haut. Die Wunde hatte mit 12 Stichen genäht werden müssen. Die andere Stichwunde an ihrer Hüfte hatte schlimmer ausgesehen, als sie eigentlich war. Hannah hatte unheimliches Glück gehabt. Sie sah zum Nachbarbett, in dem die schlafende Lizzy lag. Ihr Hals war dick eingebunden, ihre Verletzung wesentlich schlimmer. Nur ein wenig tiefer, dann hätte er die Halsschlagader erwischt und Lizzy würde jetzt nicht neben ihr liegen. »Du hast mir das Leben gerettet.«, hatte Lizzy unten in der Ambulanz noch zu ihr gesagt. »Wärst du nicht dazwischen gegangen ... Ich möchte gar nicht daran denken.« Hannah war es peinlich gewesen. In der Situation hätte jeder wie sie reagiert, aber sie hatte wegen der vielen Schmerzmittel keine Kraft, sich mit ihrer Freundin auseinanderzusetzen. »Das können wir irgendwann mal in der Sauna diskutieren.«, hatte sie nur lächelnd geantwortet. »Ich bin froh, dass wir das überstanden haben.« Sie hatte Lizzys Hand gedrückt und dann so lange gehalten, bis man die beiden Betten in den Aufzug schob.

Hannah hatte so viele Fragen, wusste aber nicht, welche sie zuerst stellen sollte. »Ich möchte nach Hause.«, jammerte sie stattdessen. »Ich mag keine Krankenhäuser.« Corry streichelte ihren gesunden Arm, während Lu die Finger von Hannah hielt, deren Spitzen nicht eingebunden waren. »Süße, ein wenig musst du schon noch bleiben.« Corry verstand ihre Freundin, denn sie mochte Krankenhäuser genauso wenig. »Aber mir geht es gut.«, antwortete Hannah trotzig. »Ich will heim zu Hero und Klara. Wegen so einer Kleinigkeit können die mich doch nicht hier behalten.« »Und ob sie das können.« Lus Stimme hatte einen Tonfall, der Hannah frösteln ließ. Die Stimme war ... Hannah suchte nach einer passenden Beschreibung ... Ja, sie war tatsächlich sexy. Tief und bestimmend. Ich glaube, ich bin high von dem Morphium, dachte Hannah grinsend und beobachtete Lu. Zum ersten Mal fühlte sich der Gedanke an eine Beziehung mit ihm gut an. »Ich habe mit dem Arzt gesprochen.«, fuhr er fort. »Er möchte dich für eine Nacht zur Beobachtung da behalten. Wenn du alles tust, was die Schwestern und Ärzte dir sagen, dann darfst du morgen nach Hause.« »Wirklich?«, fragte Hannah hoffnungsvoll. Lu nickte. »Dann können wir ja den letzten SchoWo-Abend zusammen verbringen!« »Hannah, du kannst doch nicht so«, Lu deutete auf ihren verletzten Arm und ihre Hüfte, an der das OP-Hemdchen mit Blut verschmiert war, »zum Feiern gehen. Das ist nicht dein Ernst.« »Und ob ich das kann! Es ist mein voller Ernst.« Corry lachte. »Das ist meine Hannah, die wirft so schnell nichts um.« Lu beobachtete seine beiden Mädchen, die sich jetzt umarmten. Er war froh, dass sie sich so blendend verstanden. Nicht auszudenken, wenn seine neue Freundin, als die er Hannah sah, eifersüchtig auf seine Kollegin wäre.

»Hör zu Süße, Lu und ich haben jetzt noch eine Menge Papierkram vor uns. Versuch zu schlafen, umso fitter bist du morgen. Wir können dir dann bei einem guten Glas Wasser«, Corry betonte das Getränk, als ob es das beste der Welt wäre, »die ganze Geschichte erzählen.« »Lass es ein Glas Sekt sein, dann bin ich dabei!« »Du bist unverbesserlich.« Corry drückte ihr einen Kuss auf die Wange und wartete, bis auch Lu sich verabschiedet hatte. Sie gingen kurz zu Lizzy, die aber immer noch schlief. Noch bevor die Tür ins Schloss fiel, war auch Hannah eingeschlafen, den Schmerzmitteln sei Dank.

Dienstag, 16. Juli 2013 - 11:00 Uhr

»Ich bin soweit!« Hannah drehte sich um und sah ihre Mutter liebevoll an. Klara hatte es sich nicht nehmen lassen, ihre Tochter selbst abzuholen. Sie stand neben Hannahs Bett und hatte die Tasche mit den blutverschmierten Kleidern des gestrigen Tages in der Hand. Sie war wirklich ein Schatz, dachte Hannah. Gestern hatte sie den ganzen Nachmittag an ihrem Bett gesessen. Sie war erst gegangen, als Hannah sie darum gebeten hatte. »Ich bin müde und möchte schlafen. Bitte geh heim. Du musst doch Hero noch füttern. Außerdem ist dieser unbequeme Stuhl nicht so gut für deinen Rücken. Ich ruf dich morgen an, sobald ich weiß, wann ich nach Hause darf.« Aber Hannah brauchte nicht anzurufen, denn noch vor der Visite klopfte es und ihre Mutter stand im Zimmer. Sie hatte ihr genau die Kleinigkeiten mitgebracht, die Hannah brauchte, um sich gut zu fühlen. Saubere Kleider, ihre Schminkutensilien und vor allen Dingen ihre Zahnbürste. Klara hatte ihr geholfen, denn es war nicht so

einfach, sich mit nur einem Arm, der andere war in einen Plastikbeutel eingepackt, zu duschen. Hannah fühlte sich wohl. Wie ein neuer Mensch. Es klopfte und eine Abordnung Ärzte betrat das Zimmer. Ihre Mutter ging, um die Formalitäten zu erledigen. Der Oberarzt trat an ihr Bett, auf dem sie mit baumelnden Beinen saß. »Sie sind ja ganz schön optimistisch.«, sagte er grinsend mit einem Blick auf ihre Kleider. »Und was ist, wenn ich Sie doch noch hier behalten möchte?« Hannah schaute ihn entsetzt an, während er ganz genau die Naht an ihrem Arm untersuchte. »Aber ich möchte nach Hause, bitte!« Er grinste noch immer. »Das dürfen Sie auch. Ihr Arm sieht prima aus. Würden Sie bitte einen neuen Verband anlegen?«, wandte er sich an die Schwester, die hinter den Assistenzärzten stand. Dann ging er zu Lizzys Bett. So lange die Schwester ihren Arm verband, beobachtete Hannah die Ärzte, die jetzt um das Bett ihrer Freundin standen. Sie hörte zu, wie der Oberarzt seinen jungen Kollegen die Verletzungen erklärte. Trotz ihrer Sanitäterausbildung verstand sie nicht einmal die Hälfte der medizinischen Begriffe. Kurze Zeit später waren sie wieder alleine und Hannah war bereit, das Krankenhaus zu verlassen.
»Geh ruhig!«, sagte Lizzy mit leiser Stimme zu ihr und schob Hannahs Hand, die auf ihrem Arm lag, weg. »Ich komm hier schon klar.« »Bist du sicher?« Lizzy hob die Augenbrauen. Mit dem Kopf zu nicken

war unmöglich, denn der dicke Verband am Hals ließ keine Bewegung zu. »Ganz sicher! Glaub mir, es wird bestimmt nicht langweilig werden. Es hat sich schon so viel Besuch angekündigt, dass mir Angst und Bange wird. Eigentlich möchte ich nur schlafen.« Hannah lächelte, während sie Lizzy über das blutverkrustete Haar strich. cWenn ich eine Hand mehr zur Verfügung hätte, dann hätte ich dir die noch gewaschen.« »Seh ich schlimm aus?«, fragte Lizzy. Hannah verzog das Gesicht. »Also, wenn ich ehrlich sein soll«, sie suchte nach den richtigen Worten, »dann muss ich dir leider sagen, dass du schon besser ausgesehen hast.« Feinfühligkeit war zwar eine von Hannahs Stärken, aber sie hatte beschlossen, dass Ehrlichkeit in diesem Moment angebrachter wäre. Spätestens, wenn Lizzy einen Spiegel vor die Nase bekam, würde sie selbst sehen, dass ihre Erscheinung einem Menschen glich, der gerade ein Date mit einer Dampfwalze hinter sich hatte. Aber es war nichts, das nicht in Ordnung gebracht werden konnte. »Hör zu, nächsten Montag, wenn wir mit den „SIS“ auf den Plüderhäuser Festtagen sind und uns das Mega-Feuerwerk ansehen, bist du wieder die Alte. Du wirst zwar einen Schal brauchen«, gab Hannah mit einem Blick auf Lizzys Hals zu bedenken, »aber die trägt man mittlerweile ja nicht mehr nur im Winter. Also mach dir keine Sorgen.« »Meinst du wirklich, dass ich bis dahin hier raus bin?«, fragte Lizzy hoffnungsvoll. Hannah nickte

heftig. »Aber klar! Du warst doch bei der Visite gerade eben dabei. Oder hast du nicht gehört, was der Arzt gesagt hat?« »Wir werden sehen.« »Ja, aber auch, dass die Chancen gut stehen, dass du am Wochenende nach Hause darfst.« »Ach Hannah.« Lizzys Stimme wurde noch leiser. »Deinen Optimismus möchte ich auch haben.« »Schlaf jetzt!« Hannah küsste sie leicht auf die Wange. »Ich schau morgen wieder nach dir.« Dankbar schloss Lizzy die Augen.
»Komm Mutsch, nichts wie raus hier.« Ein wenig wackelig ging sie auf Klara zu und hakte sich bei ihrer Mutter unter. »Meinst du, wir schaffen es noch rechtzeitig nach Hause?«, fragte Hannah, während sie mit ihrer Mutter auf den Fahrstuhl wartete. Klara sah auf die Uhr. »Lu kommt erst um zwei. Wir haben also über eine Stunde Zeit. Du bist doch nicht etwa nervös Schätzchen?« »Wie ein Teenager vor dem ersten Rendezvous.«, gab sie zu. »Es fühlt sich richtig an, aber trotzdem komisch.« Die Fahrstuhltüren öffneten sich und sie traten ein. »Ich habe Angst. Angst, wieder so enttäuscht zu werden.« »Ach Schätzchen, mach dir keine Sorgen. Lu ein sehr netter Mann. Lass es einfach zu. Eine Garantie wirst du nie bekommen, dass etwas funktioniert. Wenn du es aber nicht zulässt, wirst du es auch nie herausfinden.« Hannah nahm ihre Mutter in den Arm und drückte sie, bis sich die Fahrstuhltüren wieder öffneten. »Danke! Ich hab dich lieb!«

Dienstag, 16. Juli 2013 - 14:00 Uhr

Ihr Magen zog sich zusammen, als es klingelte. Sie war bestens vorbereitet. Ungefähr zehn Mal war sie in der letzten Viertelstunde zum Spiegel gelaufen, um ihr Äußeres zu begutachten. Hero war bei Klara, die Wohnung dank ihrer Mutter wunderbar aufgeräumt, ihre Handtasche stand bereit. Mit leicht zitternden Fingern drückte Hannah auf den Türöffner und hörte, wie die Haustür aufging. Sie schluckte noch einmal heftig, trat an die Wohnungstür, setzte ein strahlendes Lächeln auf und drückte die Türklinke. Kurze Zeit später lag sie in Lus Armen. Die Nervosität hatte hunderten Schmetterlingen Platz gemacht, die sich jetzt in ihrem Bauch tummelten, während sie Lus Kuss erwiderte. Schon komisch, dachte Hannah, und sah zu, wie Lu ihnen Espresso machte. Ich kenn' den Typen ein Jahr, und doch ist alles ganz neu. Natürlich, denn jetzt waren sie ein Paar. PUNKT!
Sie tranken ihren Espresso auf der Terrasse. Hannah weinte. Lu hatte ihr gerade von dem Mord an Michael Oswald erzählt. Bewusst hatte er diesen am gestrigen Tag nicht erwähnt, um Hannah jegliche Aufregung zu ersparen. »Ich kann es nicht fassen.« Hannah begann zu zittern. »Er war doch so ein netter Junge. Dieser Thomas war ein Monster. Ich bin froh, dass er niemandem mehr etwas antun kann.« Lu streichelte beruhigend ihre Hand und erzählte weiter von der Suche

nach Thomas Meininger im Haghof. »Erst als wir dort draußen waren, habe ich deine Nachricht gesehen. Allerdings hat es auch da noch ein wenig gedauert, bis ich sie abrufen konnte. Und dann dieser Brief.« Über den Rand der Espressotasse sah Hannah in Lus blaugrüne Augen. »Hast du den Brief eigentlich mittlerweile gelesen?« Hannah schüttelte den Kopf. »Nein, irgendwie habe ich Angst davor.« Wieder liefen ihr Tränen über die Wangen, als sie an den jungen Mann dachte, der jetzt tot in der Leichenhalle lag. Wie hatte sie nur je glauben können, dass er der Mörder sein könnte? »Soll ich ihn dir vorlesen?« Hannah überlegte kurz und nickte dann. Sie zündete sich eine Zigarette an, während Lu die WhatsApp in seinem Handy aufrief. Das Original, das Hannah ihm gegeben hatte, lag als Beweisstück auf dem Revier. Er fuhr mit den Fingern über das Display, um das Bild zu vergrößern und legte einen Arm um ihre Schultern. Hannah kuschelte sich an ihn und hörte aufmerksam zu.

»Lieber Toni, eigentlich weiß ich gar nicht, wo ich anfangen soll, aber ich bin unheimlich froh, dass ich mir jetzt die letzten Jahre von der Seele schreiben kann. Zuerst möchte ich dir sagen, dass es mir unheimlich leid tut, was ich dir alles angetan habe, aber ich konnte nicht anders. Ich versuche, mich kurz zu fassen. Alles begann mit dem Tod meiner Mutter und dass man mich gezwungen hat, zu meinem Vater zu ziehen. Glaub mir, er war noch viel schlimmer, als er nach außen wirkte. Die unzähligen Prügel, die ich über Jahre hinweg einstecken musste, konnte ich ertragen, aber das andere war die Hölle. Er war derjenige, der mich missbraucht hat. Es begann, als ich dreizehn war. Jedes Mal, wenn er betrunken nach Hause kam. Und er war oft betrunken. Zu oft. Ich hatte solche Angst vor ihm. Ich wusste, er würde mich umbringen, wenn ich nur ein Wort zu jemandem sagen würde. Ich wollte einfach raus aus diesem Martyrium. Ich habe tausend Möglichkeiten durchgespielt, über Monate hinweg. Ich habe dich angezeigt, weil ich nie gedacht hätte, dass irgendeiner meine Geschichte glaubt. So ein Mensch wie du würde doch keinen Jungen anfassen. Dass es anders kam, konnte ich damals nicht ahnen. Ich wollte nur die Aufmerksamkeit der anderen, und dass sie mich wegbringen. Irgendwohin, in eine Klinik, oder sogar in die Klapse, nur weg von meinem Vater. Der Schuss ging aber komplett nach hinten los. Die Polizisten hatten ihn während des Verhörs benachrichtigt und er war sofort da, um mich abzuholen. Du kannst dir nicht vorstellen, wie ich mich gefürchtet habe. Ich konnte schon die Schläge auf meinem Körper spüren. Als wir zu Hause waren, hat er zwei Flaschen Bier aufgemacht, und mir erklärt, dass er unheimlich stolz auf mich sei. >Da hast du es diesem aufgeblasenen Arsch<, damit hat er dich gemeint, >so richtig gezeigt.< Er konnte dich nicht ausstehen, weil ich immer von dir als dem besten Lehrer der ganzen Schule geschwärmt habe. Ob du es glaubst oder nicht. Von diesem Tag an hat er mich nie mehr angefasst. Alles wird gut, dachte ich, aber es dauerte nicht lange und Thomas kam ins Spiel. Es tut mir leid, dir das sagen zu müssen, aber ich glaube, dein Sohn ist krank. Anfangs waren seine Attacken nur verbal. Er hat mich in der Schule schlecht gemacht. Ich sei eine miese Schwuchtel, die seinen Vater verführt hat. Ein dreckiger kleiner Lügner. Ein paar Wochen hat er sich damit zufrieden gegeben, dann gingen die Quälereien erst richtig los. Er hat mir oft aufgelauert und mich mit einem Messer bedroht. Dann hat er mich verprügelt. Es wurde immer schlimmer. Einmal, ich kam gerade von einem Kinobesuch, hat er mich am Bahnhof abgepasst und mich gezwungen, zu ihm ins Auto zu steigen. Er ist mit mir zu einer Hütte gefahren, hat mich dort festgebunden und mir den Kopf rasiert. Seit diesem Tag trage ich dort ein hübsches Tattoo. „Schwanzlutscher". Vier Wochen habe ich meine Mütze nicht mehr abgenommen, bis die Haare nachgewachsen waren. Ich hatte solche Angst. Was hätte ich denn machen sollen? Hätte mir irgendjemand geglaubt, wenn ich jetzt auch noch auf deinen Sohn losgegangen wäre? Ich hatte gehofft, dass nach der Schulzeit auch das aufhören würde, aber leider war dem nicht so. Dieses Martyrium ging fast drei Jahre lang. Das Ganze gipfelte dann in einer erneuten Entführung auf

die Hütte. Dort hat er mich drei Tage lang gequält. Hier kommst du nie mehr weg, meinte er. Er hat seinen ganzen Hass an mir ausgelassen. Ich musste Dinge essen, die andere nicht einmal in die Hand nehmen. Er wollte meinen Willen brechen, aber ich bin froh, dass ich durch alles, was ich in meiner Kindheit erleben musste, stark genug war, ihm zu trotzen. Am dritten Tag war das Glück auf meiner Seite. Er war weggefahren, um ein paar „schöne“ Dinge für mich zu kaufen. Sein Blick sagte mir alles. Ich wusste, dass ich diesen Tag nicht überleben würde. Eine Bierflasche, die er auf dem Tisch, neben dem ich an die Heizung gefesselt war, vergessen hatte, war mein Schlüssel. Ich weiß nicht mehr genau, wie lange es gedauert hat, und wie genau ich es geschafft habe, aber nach unzähligen Stößen ans Tischbein ist sie auf dem Boden gelandet und mit den Scherben konnte ich die Fesseln zerschneiden. Dann bin ich nur noch gelaufen und gelaufen. Immer den Berg runter. Stunden später stand ich am Tegernsee. Ich wusste, dass ich nicht mehr nach Hause konnte. Ich wusste, dass du nach Schorndorf gegangen bist. Also habe ich angefangen, dich zu suchen und jetzt bin ich hier. Toni, ich hoffe, du kannst mir irgendwann verzeihen und wir können Freunde werden. Es tut mir so unheimlich leid.
Michael Oswald

Dienstag, 16. Juli 2013 - 14:30 Uhr

Lu legte das Handy auf den Tisch und sah zu Hannah, die tränenüberströmt neben ihm saß und schniefte. Er ging ins Bad, um ihr ein Taschentuch zu holen. Sie nahm es dankbar, putzte sich die Nase, zog die Knie hoch und legte den gesunden Arm um ihre Beine. Sie saß da wie ein Häufchen Elend und er streichelte beruhigend über ihr Haar.

»Der arme Michi.«, brachte sie dann hervor. »Das ist ja wie in einem ganz schlechten Film. Nicht möglich, dass das wirklich passiert sein soll. Könnte ich vielleicht einen Kaffee haben?« Sie sah Lu bittend an. Noch einmal stand er auf und kam mit zwei dampfenden Tassen zurück. Hannah saß noch in der gleichen Position und sah auf ihre Füße. Erst als Lu ihr die Tasse vor die Augen hielt, hob sie den Blick. Dankbar nahm sie den Kaffee und trank einen kräftigen Schluck. Lu begann zu erklären.

»Ich war vorhin mit Corry kurz bei deiner Freundin im Krankenhaus. Thomas Meininger hat zwar vieles, das er ihr erzählt hat, beschönigt und teilweise hat er auch gelogen, aber wir konnten uns die Geschichte aus allen Puzzleteilen zusammenbasteln. Die Akten der Miesbacher Polizei bestätigten, was dieser Thomas für ein Früchtchen war. Sein freiwilliges soziales Jahr beim Malteser Hilfsdienst, von dem er

Lizzy erzählt hat, waren unzählige Sozialstunden für Sachbeschädigungen, Einbrüche und ... und ... und. Er war nicht das Opfer, als das er sich selbst immer gesehen hat. Weißt du Hannah, er war ziemlich krank. Das erklärt zwar nicht alles, aber zumindest einiges. Der gute Toni konnte und wollte das nicht sehen. Er hat Michis Brief nie gelesen. Hätte er von den perfiden Dingen erfahren, die sein Sohn Michael Oswald angetan hatte, wäre er wahrscheinlich zu uns gekommen und hätte nicht versucht, die beiden im SchoWo-Bähnle zusammenzubringen. Toni hat Michael erst in der Bahn erzählt, dass Thomas ebenfalls in Schorndorf ist. Er wollte unbedingt, dass sich die beiden jungen Männer aussöhnen, was wahrscheinlich die Grundlage für den gewünschten Neubeginn war. Es kam zum Streit und Michi sprang aus vom Zug. Er wollte seinem Peiniger auf keinen Fall begegnen. Thomas hatte die Szene beobachtet. Lizzy hat uns erzählt, dass er an der Straße stand. Er spang auf den Wagen und ging zu seinem Vater. Der Hass auf ihn, nachdem er ihn zuerst so einträchtig mit Michi gesehen hatte, wuchs ins Unermessliche. Vielleicht hatte er die Spritze ja auch dabei gehabt, um Michi zu töten, das wissen wir leider nicht. Aber der Wodka, den er seinem Vater am Morgen mitgebracht hatte, und in dem sich eine große Menge Beruhigungsmittel befand, lässt uns vermuten, dass sein Vater das Ziel war.« Hannah nickte. Sie war der gleichen Meinung.

»Aber warum dann Paul Winkler? Der hatte doch überhaupt nichts damit zu tun.« Etwas Farbe war in ihr Gesicht zurückgekehrt. Die wie in Abwehr hochgezogenen Knie hatte sie seitlich auf die Couch gelegt. Hannah wirkte jetzt wesentlich entspannter. »Wir nehmen an, dass er den Verdacht auf jemanden lenken wollte der die Obdachlosen hasst. Dafür reichte ein Toter natürlich nicht. Hier kann man schon sehen, dass sein krankes Hirn nicht richtig tickte. Irgendwann wäre die Wahrheit herausgekommen. Da gab es ja noch Michael Oswald. In einem lichten Moment erkannte er, dass Michael eine tickende Zeitbombe für ihn war und darum musste auch er sterben. Fehlte nur noch der Brief, von dem Michi ihm kurz vor seinem Tod erzählte. Vielleicht hat er ihm gedroht oder ihn damit erpresst, um zu überleben. Thomas musste diesen Brief haben. Den Rest kennst du ja.« Hannah nickte, griff nach ihren Zigaretten und zündete sich eine an. Sie nahm zwei tiefe Züge. »Das ist wirklich absolut krank. Irgendwie bin ich froh, dass er tot ist.« »Irgendwie bin ich das auch.« Er wusste zwar, dass er das nicht sagen sollte, aber das hier war kein Gespräch mehr zwischen einem Kriminalbeamten und einer Zeugin. Hannah trank einen Schluck von ihrem Kaffee und sah ihm tief in die Augen. Er zog sie zu sich und küsste sie lange. Mit einem unschuldigen Augenaufschlag, der alles zu sagen schien, fragte sie: »Meinst du, wir können den SchoWo-Nachmittag sausen lassen? Ich fühle mich nicht so prickelnd.« Er lachte. Seine Augen strahlten dabei wie die eines kleinen Jungen kurz vor der Bescherung. »Überhaupt nicht. Ich hätte da schon eine Idee für ein Ersatzprogramm. Vielleicht haben wir ja später noch Lust, oder auch Hunger, dann können wir immer noch gehen.« Jetzt war es Hannah, die lachte. »Auf dieses hungermachende Programm bin ich aber höllisch gespannt.« Dann lehnte sie sich an ihn, sah in den strahlend blauen Himmel und lauschte der Musik, die vom Nachbargrundstück kam. „Nein, sorg dich nicht um mich, du weißt, ich liebe das Leben."

Hannah war glücklich. Zum ersten Mal nach fast zwei Jahren war sie so richtig glücklich.

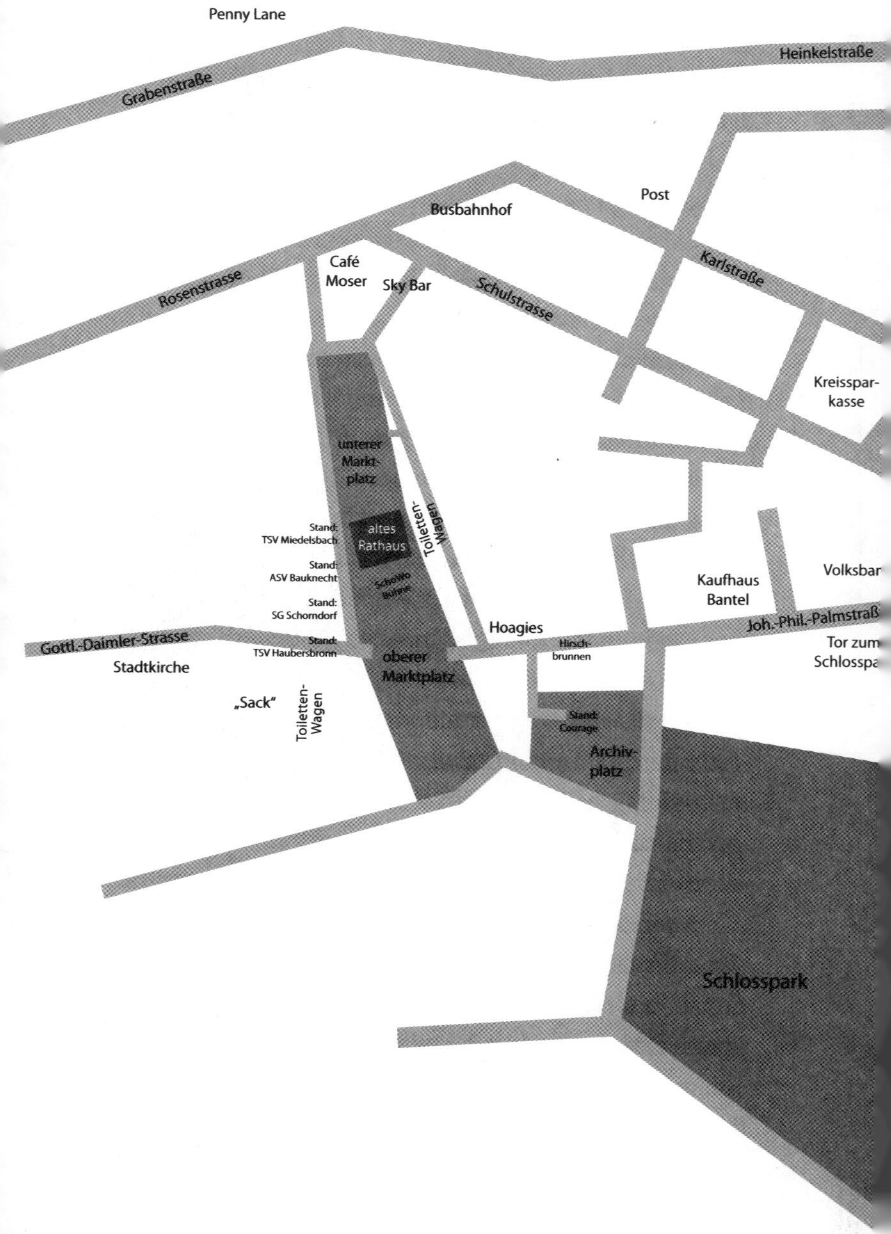
Penny Lane
Grabenstraße
Heinkelstraße
Post
Busbahnhof
Karlstraße
Café
Moser
Sky Bar
Schulstrasse
Rosenstrasse
Kreisspar-
kasse
unterer
Markt-
platz
Toiletten-
Wagen
Stand:
TSV Miedelsbach
altes
Rathaus
Stand:
ASV Bauknecht
SchoWo
Bühne
Stand:
SG Schorndorf
Kaufhaus
Bantel
Volksban
Joh.-Phil.-Palmstraß
Hoagies
Gottl.-Daimler-Strasse
Stand:
TSV Haubersbronn
Hirsch-
brunnen
Tor zum
Schlosspa
Stadtkirche
oberer
Marktplatz
„Sack"
Toiletten-
Wagen
Stand:
Courage
Archiv-
platz
Schlosspark